21

世纪文学之星

丛书 2018年卷

散文集

你自己就是每个人

闫 语／著

作家出版社

作者简介:

闫语,中国作家协会会员,鲁迅文学院第36届中青年作家高级研讨班学员。有诗歌、散文、小说作品刊发于《大家》《山花》《三联爱乐》《散文海外版》《中国诗人》等,并入选多种选本。

目 录

第二辑　复杂对单纯的怀念

总　序

袁　鹰

中国现代文学发轫于本世纪初叶，同我们多灾多难的民族共命运，在内忧外患，雷电风霜，刀兵血火中写下完全不同于过去的崭新篇章。现代文学继承了具有五千年文明的民族悠长丰厚的文学遗产，顺乎20世纪的历史潮流和时代需要，以全新的生命，全新的内涵和全新的文体（无论是小说、散文、诗歌、剧本以至评论）建立起全新的文学。将近一百年来，经由几代作家挥洒心血，胼手胝足，前赴后继，披荆斩棘，以艰难的实践辛勤浇灌、耕耘、开拓、奉献，文学的万里苍穹中繁星熠熠，云蒸霞蔚，名家辈出，佳作如潮，构成前所未有的世纪辉煌，并且跻身于世界文学之林。80年代以来，以改革开放为主要标志的历史新时期，推动文学又一次春潮汹涌，骏马奔腾。一大批中青年作家以自己色彩斑斓的新作，为 20 世纪的中国文学画廊最后增添了浓笔重彩的画卷。当此即将告别本世纪跨入新世纪之时，回首百年，不免五味杂陈，万感交集，却也从内心涌起一阵阵欣喜和自豪。我们的文学事业在历经风雨坎坷之后，终于进入呈露无限生机、无穷希望的天地，尽管它的前途未必全是铺满鲜花的康庄大道。

绿茵茵的新苗破土而出，带着满身朝露的新人崭露头角，自然是我们希冀而且高兴的景象。然而，我们也看到，由于种种未曾预料而且主要并非来自作者本身的因由，还有为数不少的年轻作者不一定都有顺利地脱颖而出的机缘。其中一个重要的原因，乃是为出书艰难所阻滞。出版渠道不顺，文化市场不善，使他们失去许多机遇。尽管他们发表过引人注目的作品，有的还获了奖，显示了自己的文学才能和创作潜力，却仍然无缘出第一本书。也许这是市场经济发展和体制转换期中不可避免的暂时缺陷，却也不能不对文学事业的健康发展产生一定程度的消极影响，因而也不能不使许多关怀文学的有志之士为之扼腕叹息，焦虑不安。固然，出第一本书时间的迟早，对一位青年作家的成长不会也不应该成为关键的或决定性的一步，大器晚成的现象也屡见不鲜，但是我们为什么不在力所能及的范围内尽力及早地跨过这一步呢？

于是，遂有这套"21 世纪文学之星丛书"的设想和举措。

中华文学基金会有志于发展文学事业、为青年作者服务，已有多时。如今幸有热心人士赞助，得以圆了这个梦。瞻望 21 世纪，漫漫长途，上下求索，路还得一步一步地走。"21 世纪文学之星丛书"，也许可以看作是文学上的"希望工程"。但它与教育方面的"希望工程"有所不同，它不是扶贫济困，也并非照顾"老少边穷"地区，而是着眼于为取得优异成绩的青年文学作者搭桥铺路，有助于他们顺利前行，在未来的岁月中写出更多的好作品，我们想起本世纪20年代和30年代期间，鲁迅先生先后编印《未名丛刊》和"奴隶丛书"，扶携一些青年小说家和翻译家登上文坛；巴金先生主持的《文学丛刊》，更是不间断地连续出了一百余本，其中相当一部分是当时青年作家的处女作，而他们在其后数十年中都成为文学大军中的中坚人物；茅盾、叶圣陶等先生，都曾为青年作者的出现和成长花费心血，不遗余力。前辈们关怀培育文坛新人为促进现代文学的繁荣所作出的业绩，是永远不能抹煞的。当年得到过他们雨露恩泽的后辈作家，直到鬓发苍苍，还深深铭记着难忘的隆情厚谊。六十年后，我们今天依然以他们为光辉的楷模，努力遵循他们的脚印往前走去。

开始为丛书定名的时候，我们再三斟酌过。我们明确地认识到这项文学事业的"希望工程"是属于未来世纪的。它也许还显稚嫩，却是前程无限。但是不是称之为"文学之星"，且是"21世纪文学之星"？不免有些踌躇。近些年来，明星太多太滥，影星、歌星、舞星、球星、棋星……无一不可称星。星光闪烁，五彩缤纷，变幻莫测，目不暇接。星空中自然不乏真星，任凭风翻云卷，光芒依旧；但也有为时不久，便黯然失色，一闪即逝，或许原本就不是星，硬是被捧起来、炒出来的。在人们心目中，明星渐渐跌价，以至成为嘲讽调侃的对象。我们这项严肃认真的事业是否还要挤进繁杂的星空去占一席之地？或者，这一批青年作家，他们真能成为名副其实的星吗？

当我们陆续读完一大批由各地作协及其他方面推荐的新人作品，反复阅读、酝酿、评议、争论，最后从中慎重遴选出丛书入选作品之后，忐忑的心终于为欣喜慰藉之情所取代，油然浮起轻快愉悦之感。"他们真能成为名副其实的星吗？"能的！我们可以肯定地、并不夸张地回答：这些作者，尽管有的目前还处在走向成熟的阶段，但他们完全可以接受文学之星的称号而无愧色。他们有的来自市井，有的来自乡村，有的来自边陲山野，有的来自城市底层。他们的笔下，荡漾着多姿多彩、云谲波诡的现实浪潮，涌动着新时期芸芸众生的喜怒哀伤，也流淌着作者自己的心灵悸动、幻梦、烦恼和憧憬。他们都不曾出过书，但是他们的生活底蕴、文学才华和写作功力，可以媲美当年"奴隶丛书"的年轻小说家和《文学丛刊》的不少青年作者，更未必在当今某些已经出书成名甚至出了不止一本两本的作者以下。

是的，他们是文学之星。这一批青年作家，同当代不少杰出的青年作家一样，都可能成为 21 世纪文学的启明星，升起在世纪之初。启明星，也就是金星，黎明之前在东方天空出现时，人们称它为启明星，黄昏时候在西方天空出现时，人们称它为长庚星。两者都是好名字。世人对遥远的天体赋予美好的传说，寄托绮思遐想，但对现实中的星，却是完全可以预期洞见的。本丛书将一年一套地出下去，十年二十年三十年五十年之后，一批又一批、一代又一代作家如长江潮涌，奔流不息。其中出现赶上并且超过前人的文学巨星，不也是必然的吗？

岁月悠悠，银河灿灿。仰望星空，心绪难平！

1994 年初秋

序

散文的温度、骨骼和灵魂

王　干

　　散文是最有自由度的文体，很多作家不拘一格，写出了形态各异的散文。现代文学史上的散文大家，鲁迅的散文，朱自清的散文，冰心的散文，林语堂的散文，都有自己的形态。当代的散文作家，汪曾祺、余秋雨、周涛的散文也都有自己的艺术形态和审美个性。闫语是一个年轻的作家，她的散文也有自己的个性，也有自己的形态。这本散文集里收的散文初步展示了她向这些散文大家看齐的自觉意识和文学追求。

　　我个人认为，好的散文应该具有感情的温度，思想的骨骼，灵魂的诗意。这三者的融合才能产生散文独特的魅力。当然，有的作家可以偏重于某一个方面，而闫语的散文在三个方面都有自己的追求。首先，她的写作是带着体温带着个人的热情的，她在一篇获奖感言中多次提到"温度"的问题，她认为温度是文学的重要元素。"混沌学有一个奇妙的概念：当一只蝴蝶在欧洲扇动几下翅膀，就有可能在亚洲掀起一场风暴。所以，当这种蝴蝶效应发生到文学身上，我们得以在这里相聚，学习，分享，收获友情，让一颗心带着写作的温度去眺望。""让一颗心带着写作的温度去眺望"，就是闫语散文的写作理念和写作状态。文学的温度来自情感，尤其散文，离不开感情的流淌。如果某些小说家某些小说流派可以规避感情的渗透，去追寻"写作的零度"和"情感的零度"，比如法国新小说派，比如中国有些"新写实"的作家，但是对散文而言，这一古老的文体，也不能离开古老的文学原则，以情动人。闫语的散文充沛着热情和温度，她对于乡情、亲情、风情的描绘，不掩饰自己的热情和感受。当然，散文如何处理好感情的分寸也是需要拿捏好的，散文的流弊之一就是滥情，滥情不是散文的温度，而是散文的稀释剂。闫语让这个温度在合适的度数上，温而不燥，静而不冷。

思想是散文的骨骼，散文里的思想不一定是伟大的划时代的宏大叙事，但散文一定要有哲思，要有作家的思考，哲思也是治愈滥情的良药。从闫语的散文中可以看出她是一个具有思考能力且善于思考的作家，她对西方现代哲学尤其是人道主义哲学尤其具有浓厚的兴趣，同时对中国古代的哲学也时时回望，这让她的文字背后时不时流露出智者的身影。她那些议论性很强的文字和评点更能体现出她的思想者的姿态。她看到一个远方亲戚的脸，居然联想起"生存"和"现实"的关系。"去年看到的是他扑满风尘的脸，今年看到的是他沧桑的背影。这是生存的现实，同时也是一份暗语式的文学现实。写作常常使我耽于幻想而忽略现实，但幸运的是，现实的隐喻之花总是会通过词的嘴唇绽放"，这样的笔墨在她的文中经常出现，"隐喻"是闫语散文中的一种思维的方式，也是思想借着"语词"的嘴唇悄悄绽放。因而，闫语作为女性作家，她的文字带有女性的细腻和敏感，但绝无时下流行女性散文的软弱和纤弱，哲思让她的散文具有骨感和柔性的力度。而在《你自己就是每个人》这篇堪称闫语代表作的"大作"中，闫语的思维的能力，哲学的思辨水平，对人的存在和价值的认识，是叩问，也是回答，是自我，也是众生，足以和当代那些思想家的随笔媲美。

散文是有灵魂的。散文的灵魂是什么？我认为是诗意，诗意来自生活的酿造，也来自作家的内心。闫语的诗意来自生活的酿造，也源于她女性的情怀，还源于她诗人的气质。很多人写诗，内心没有诗人的气质，写出来的诗也只是分行的散文，而一个真正具有诗人气质的人，即使写的是散文，也难掩盖住诗意的流淌。闫语写作诗歌的经历，让她的散文自然而然充满了诗的气息和诗的润泽。无论是写春天的松花江和太阳岛，还是写秋天淅淅沥沥的细雨和雨中的火车站，或者写冬日里到处弥漫的一场大雪以及那些顶风冒雪匆匆赶路的人，她的笔端带着足够的诗意和情感的温度，这是夫子自述，也是我作为一个评论家的同样感受。

比诗意更加具有灵魂感的是音乐，当代很多作家受到音乐的影响。王蒙先生没有接触过意识流小说，但由于对音乐的热爱和潜心研究，他的《春之声》《夜的眼》通过音乐的旋律，与意识流小说产生了共振，而这两篇40年前的小说，我们今天把它归入"新散文"的范畴一点也不会有人诧异。闫语的散文里有一种乐感，这是源于一种自觉，"我一次次尝试着将音乐与散文融合到一起，但我不知道的是，勃拉姆斯邮差会传递给我怎样一封舒伯特来信，或者，布里顿是否会捎来诗人奥登的歌剧口讯"，她那些"阅读"（其实是倾听）的音乐的随笔，进入另一个境界，音乐更贴近人的身体，也更容易化入人的灵魂，闫语的散文是有灵魂的。

闫语的散文创作来自她多方面的文学实践，来自多种文体的尝试，一个作家适合某种文体有时候是有某种必然性的，如果闫语只是写散文或许形成不了今天的格局。当下的散文创作，需要革新、需要融合、需要创造，而融合其他的艺术元素和文体元素，才会让散文有新的气象，闫语的散文才找到话语的源头，希望她坚实地走下去，一定不辜负散文这个灵魂的载体。

第一辑

说给你听

说给你听

一

你来了。

我知道，你就在那里。

你来了，这个七月的午后开始涌动无限的惊奇，一缕漫过街对面屋顶的阳光，开始灌溉书桌上那株虎皮兰的母性，一个角色被无限地缩小与放大，然后深陷进子宫里。而我却开始迷失在手足无措的恐惧之中。这不是对其他事物的恐惧，这是对你的恐惧。我从来不曾急切地期望着你的来临，更不能肯定你是否愿意战胜虚无降临到这个世界上。你来了，仅仅是一种生命的可能，是一次点头，是一种暗示，抑或是一种痛苦。好在，我们已经习惯了痛苦。

你看见食物在流动，从我的肠胃经过我的喉咙倾泻到地面上。开始你也许会以为是一次地震，轻微的地震，就像你轻轻地转身。接着，日子抱紧你起舞，舞步在子宫里痉挛。就在这时我听到了一个声音，我想应该是你的声音吧，那是一种微弱的喘息或是一种狂热的心跳，抑或是洞窟中经年的枯叶逃离灰尘的声音，一种不为人知的魅惑人的低语？

我是在看到 B 超屏幕上那个不断闪烁的"点"的瞬间，决定为你拍下这张照片的。是的，我看到的只是一个点，一个极其活跃、电波信号一样闪动着的点，一个兴奋而执着闪动的点。医生说，那是你的心跳。这是一张十二周胎儿的照片，看着它的时候，我内心的恐惧莫名地消失了。你的头已经依稀可见，脊椎发育得很好，眼睛和嘴巴的位置还是深邃的孔洞。我多么希望你有一双清澈的眼睛，能够透过这个世界上挽歌般安详的狂暴，看到一种难得的宁静与温馨；我多么希望在你发出生命第一声啼哭的时候，你的心，如兰花般晶莹。

你正在发育，开始慢慢形成肠胃、肝脏、肺叶那样的东西。你的肢体会日渐有力，你的心跳会有计划地左右我的心跳，你的存在会在若干年后取代我的存在。你会有属于自己的天空和雨后的彩虹，会有粉红色的墙壁，会有一个七月和一个窗口，会有热切的听众和讲不完的故事……

在你二十周大的时候，我把你带到医生那里。医生说，你很健康，还特别高兴地向我描述你的小嘴有多么好看。我向医生表达了谢意，走出彩超室的时候，走廊里还坐着很多如我一样体态的准妈妈，她们一脸的骄傲与光荣。是啊，把一个小生命包容在自己的身体之中，倾听着彼此的心跳，感受着彼此的存在，这的确不能不说是有几分骄傲与光荣的，从此，两个生命相互依偎，而非生命的一个孤独的存在了。

从那天开始，总是会有人有意无意地向我问起你是男孩还是女孩。我回答说，不知道啊，医生没有告诉我，不管男孩女孩，健康就好。其实你爸爸早就问过我喜欢男孩还是女孩了，我说我喜欢好孩子。

那么，如果你生为一个女人，时间就会像一尾鱼一样游向你的美丽，慢慢地，湛蓝的心事就会衬得那枚银质的手镯格外耀眼。接着，月亮的疼痛就是你的疼痛，五指紧紧相握的茫然也会说变就变。二十岁的肖像越缩越小的时候，快感就开始沿着一根时间的细绳闭着眼睛夜游，一次迷路，就会被一场永无休止的内心谈话所压垮。如果你生为一个男人，你就应该具有结实的肌肉和宽阔的臂膀，去毫不畏惧地扛起加在你肩上的担子和责任。你应该不会害怕黑暗与暴力，你不必强颜欢笑，你不必刻意装扮得光鲜亮丽，你应该智慧而风趣。你应该对弱者同情对傲慢者轻蔑，你应该有能力反抗嘲弄，有能力去承担人类的爱。你应该会成为我喜欢的那种真正的男子汉，因为你知道，生活对一个男人来说是相当沉重的。在这个选择的过程中，你可能会在瞬间迷失自己，然而你不会变成另一个人的，你将根据自己的意愿处理各种变化莫测的关系，你将成为自己选择成为的那个人。

季节的密码换成雪的时候，我开始计划着要花大把的时间给你准备礼物了。我决定亲手织一件毛衣给你，我选了白色，保守干净的颜色，知道了你的性别之后再把缎带加上去，要么蓝色要么粉红色。我想象着你穿上毛衣后的样子：纯洁，散发着光辉，多么可爱。这时，你的手在我身上迅速滑过，只一刹那，一种白色的纯就被吸进了肺里，比一捧雪或一块冰还要赤裸。你的未来，我的往事，每天都在你爸爸的唠叨声中沉睡又醒来：不要拖地，不要提水，不要搬重物，等等。于是，这些任务自然落到他的肩上。他说，没有诗的日子，他就把文字埋进一滴古往今来的水里，然后隔着繁星苦苦盼望与你相会的日子。他说，每种等待都有可能是谎言，只有你不是。

门铃响了，是拿着航空包裹的邮递员。包裹是霏姐寄来的，因为我曾对她说起过我对你的一无所知，当然，我也对别人说起过。出乎意料的是霏姐在默默地给你准备小衣服，各种款式，各种尺码，甚至连奶瓶都没有落下。之后，我又收到了童姐寄来的包裹，满满一大箱全是你的被褥，里外全新，舒适柔软温暖极了。这些是你的第一份礼物。我把它们摊开摆放在床上，当我的手掌触摸到它们的时候，我鼻子一酸，趴在你爸爸的背上哭了起来，你爸爸轻轻地拍着我，眼睛也是泪盈盈的。那一刻，我们的心被温暖着，被呵护着，也被融化了。她们和爸爸妈妈虽然只有一面之缘，感觉上却已是多年不见的老朋友了，我想你会喜欢她们的，因为她们的心胸宽广善良慈爱，她们都拥有一双善于发现美好的眼睛，还有和谐纯洁的笑声。我想这是因为她们流过许多泪的缘故吧。哭是容易的，笑则很难。你现在还小，不能够理解其中的含义，虽然你将会哭着来到这个世界上，但是你与这个世界上的丑陋是那么的格格不入，你是温暖的太阳，是清新的空气，是一切一切美好的化身。

二

当一把手术刀硬生生地闯入一个暖洋洋的子宫时，一片溃散的鲜红，忍着头晕目眩的流动，把你轻轻安放在我的胸口。于是，远隔千年的一次拥抱瞬间就融化了药物的麻木。我听到了你的啼哭声，它在追着一朵云扫描，然后变成一朵小小的苹果花，甩掉了雨和雪，沿着湿漉漉的曲线抚摸着在无影灯下的我。一些词，用一个刚刚换下的昨天亲吻着你，一些时刻，模拟时间的秘密守护着你。你的小脸凉凉的，我贴了又贴。你紧闭的双眼，混淆着前生与来世。你的耳垂听着我圆润的泪，你的舌头陶醉于对话似的自言自语，你的体温热情地打捞着一个主题，你是美丽的公主，你的一切一切都在尽情地兴高采烈着。我想是这样的，一定是这样的。后来，你爸爸说，他从护士手中接过你的一瞬间，一颗晶莹的泪从你的眼角慢慢滑落，旋即流进了他的心里。星际间，水的孤独，走投无路却不得不流。是这样的吗？

你来了，你很可爱。但你却不肯睡觉，一放下就惊醒大哭。也许这个世界的焦虑阴云使你没有一丝安全感，一晚上你要醒八九次，哀哀恸哭。而且这种情形并没有像育婴手册里写的那样慢慢好转，反而越来越糟。每天，我和你爸爸轮流抱着你，逗你开心。你爸爸还给你买玩具买新衣服买你能够吃的东西。因为他缺少睡眠，体重在迅速下降，头发暗沉，眼睛也没有了往日的神采。为了让他多休息，我必须和他抢着做家务，而且一定是我第一个在深夜里听到你的哭声，并且把你放在我的臂弯里轻摇，慢慢地哄你入睡。

我们都会记住，三月里的一场大雪，填满了你小小枕头的凹陷，你伸出衣袖的小手在空中不停地挥舞，漫无目的又不肯罢休；你小脸上的各种表情不可思议又天真可爱，和着我们的疼爱溶解在阳光里。你的哭声不眠不休，你不喜欢这个有着无尽疲倦的家园吗？你想继续你的梦中梦吗？

三十天后，两只圆圆的酒杯斟满的是对你无限的爱意，你菌丝般的胎发被我们收藏起来，你干枯脱落的脐带被我们收藏起来。你的脸蛋开始圆润了，你的眼睛可以追随近在咫尺的影子了，鸟鸣和开始绿起来的树托着你的哭声，成为你眺望未来的一部分。

一百天后，你的脸上有了可爱的笑容。一场意想不到的小雨开始环绕着你，告诉你成长的味道就是雨水和眼泪的味道，告诉你温暖的阳光总是枕着哭声的臂膀。从一滴血开始的生命如同一个亘古的传说，在快乐里飞成一只鸟，在哀伤里游成一尾鱼。

一百四十天后，你生命中的第一个夏天分外热情地亲吻着你。你开始无知无畏地练习翻身，试着在俯仰之间看世界。这个夏天的雷声不知道飘飞去了哪里，没有雨水的午后，你的哭声突然响起，并且针扎一般刺痛了我的心脏，而你，像一组不会弄错的号码一样趴在地上大哭不止，簌簌而下的泪水诉说着你的无限委屈和惊慌失措。我手忙脚乱地把你从地板上抱起来，紧紧地抱在怀里，给你擦拭满脸泪水的同时，我也心疼地流下了泪。没有雨水的午后，你坚持用翻身来给我们惊喜，最后却是我们的泪水混合在一起，慢慢溶解着那一声声心疼的埋怨。

二百一十天后，你可以坐在角落里咯咯地笑了，笑声循着空气中幽暗的轨道，抛出乱石一样的问号。我揽你入怀，情不自禁地翻阅着一张小小的脸庞上的插图，只一瞬间，就等于一整个秋天了。你的小嘴开始吮吸奶头了，一根带刺的舌头，还有刚刚长出的两颗洁白的小牙，你用力一咬，报复性的撒娇，疼痛就立刻布满了我的周身。一阵火辣辣的灼痛过后，我微笑地抱着你，你天真地望着我，我们一同沐浴在温暖的秋阳里。所有的生命都是故事，只有你这个故事能够让我眼泪炙热而空洞，能够让我顾不上年龄地苦苦追赶，毫无悔意地爱上了一个为自己虚构的理由。因此，我写了一个只对自己来说值得写的一个故事，独一无二就是这个故事的主题。

三百天后，北风如刃，雪亮地擦过窗前，六棱形晶莹的冷，放大又放大的雪花，裹着一株被季节选择的植物。雪之茫茫，一朵花的茫茫，追上了散落风中的可能，你开始了喃喃自语。会心的对视中，你用不停的哭演绎不哭，用不停的模糊演绎真切，在一个不用开灯的下午，你第一次喊出了：爸爸。于是，你爸爸的脚步既向东又向西，无数次转身迈步，却仍然在原地打转，可是他一双疲倦的眼睛早已经充满了慈祥的笑意。

爸爸把你抱在怀里，嘴唇在你的额头上抛锚，任凭情感恣意汪洋。

又一个春天来到我们家里的时候，你就整整一周岁了。时间不骗人，你的蹒跚学步、远征或是停止，都是在和自己无休止地争论。你的牙牙学语，说或者不说，对每只耳朵都是外语。没人听懂时，你就只对自己说，有人听懂时，你就什么都不说了，任凭这语言陈旧得能和你对坐，然后一同饮着浑浊的季节掉头而去。事实上，你只是一轮按时升起的太阳，一艘满载征兆的航船，一切都在时间之中，都是吹散云朵的一个深长的叹息，不必怨，也别怕爱，你终将在这条时间铺就的路上才情万千，远走高飞。

三

曾经有一段时间，我陷入了一种恶劣的心境。你一定会原谅我说过的那些抱怨的话，对吗？那仅仅是说说而已。

那个雨夜，最初的雨水正脱下潮湿的皮肤，我抱着浑身滚烫的你焦急地等待医生的检查结果。黑暗在慢慢移出视线，酒精在持续发烧。病，来自一次肉体的内分泌。你发烫的额头上，一缕早晨的阳光，钉成一架双脚僵硬的梯子。病，恣意地爬上爬下，然后找到你。于是，药液的冷酷比未来更长久。泪水，是一大块捧不住的心疼，正从指缝间漏出，碎开，坠落，流过地板。只有嘴唇是例外，张开，合拢，简单如同水的白。一场病又一场病，我的恶劣心境坏到了极点，那些无端的抱怨，渗漏得比一个地址更深。今夜是夜，俯拾之处，那不曾离开的过去，那幸存的美丽和幸存的埋怨，点点滴滴，来不及编辑，就已经风尘仆仆了。

也有欢心愉悦的时候。

你醒来的每个早晨，都会对着我们微笑，鲜美如花的样子。你的小床就是一块肥沃的花圃，你的梦就是拔节的幼苗，你的笑脸就是美丽的花冠，你是可爱的天使，是爸爸笔下会说话的词，是妈妈的《玫瑰经》。我听见你爸爸在叫你的名字：砚儿。每叫一次，粘在耳膜上的疼爱就会挤进你的血型里，去加深一个不停涂改的形象，去接近生命中隐秘的部分，一声漫过一生。

砚儿，这是杨炼伯伯给你起的名字，取含义雅致，和姓同音不同声，犹如一首谐音诗。你爸爸特别喜欢这个名字，我也很喜欢，但是我更喜欢童姐起的裕心这个名字，寓意着不求大富大贵，只求内心丰盈，生命丰盈！那么好吧，两个名字都要，一个做官名，一个做笔名吧。

说了这么多，不知道你什么时候才可以看到。十岁？二十岁？我不知道。希望到时候你看到的不仅仅是一堆密密麻麻的方块字，或是我的絮叨。

讲个故事给你听吧。从前，在一座城市的边缘，有一片很大很茂密的树林。一天，一只可爱的小鸟飞到这里，落在一棵最大最茂盛的树冠上唱歌。小鸟的歌声很美很悠扬，整片树林都在小鸟的歌声中翩翩起舞。小鸟就不停地唱啊唱啊，从春天唱到了夏天，又从夏天唱到了秋天。转眼，寒风吹起来了，树叶就要掉光了，小鸟知道自己不得不离开这里了，很伤心。大树就对小鸟说：小鸟小鸟，你不走好不好，留在这里给我们唱歌。小鸟说：你们不要难过，明年春天我还会回来的，还在这棵大树上给你们唱歌。小鸟依依不舍地飞走了。春暖花开的时候，小鸟果然回来了。它在城市的上空盘旋着，寻找去年的那棵最大最茂盛的树，可是它怎么都找不到了。它问树林里的其他大树，它们说，那棵最大最茂盛的大树已经被送到了伐木场。小鸟飞快地赶到伐木场，伐木机欢快地说，那棵大树已经变成烧柴被送到了各家各户。小鸟伤心地在城市的上空盘旋着，久久不愿离去。傍晚的时候，各家各户都冒起了炊烟，小鸟就在炊烟中依稀看到了那棵大树的影子，于是小鸟就对着炊烟唱起了歌。

这个故事还可以吧？其实，我没有给别人讲过故事，什么故事都没有讲过，我不想讲也不会讲。我相信，如果你睡觉前要听故事的话，那个讲故事的人一定是你的爸爸。他是个温文尔雅的人，多才多艺又学识渊博，他身上最打动人心的品质就是他的善良和勤劳，他读了很多的书，走了很多的路，他会讲很多故事，还会讲许许多多的笑话呢。

现在，对你来说，一切一切都是新奇的、未知的、变化的，每一个昨天都是明天，每一个明天又都是需要去征服的未知。其实，世界变是变了，但却仍然保持着原状。

爱的方式

　　十六个月大的女儿玩抽屉时夹到了手，顷刻间滚圆嫩白的手指就红红肿肿的，而且还流血了。女儿大哭，举着手指给我看。我赶紧抱起女儿，一边哄着她一边找创可贴，可是女儿怎么也不肯用创可贴，我就只好先用喷雾剂处理一下她的伤口，然后再慢慢平复女儿的哭声和疼痛。经过了一阵手忙脚乱和痛哭流涕，女儿渐渐安静下来，不再大哭了，可是还在不停地抽泣。我抱着女儿，摸着她受伤的手指，反复地告诉她以后不要再玩抽屉了，语气很温和。女儿泪眼汪汪地看看我又看看抽屉，支支吾吾了半天，可惜我一句也没有听懂，但是我相信，女儿下次再玩抽屉的时候，一定会多多少少记得今天的疼痛。

　　过了一会儿，女儿睡着了，我在一旁静静地看着她，熟睡中的女儿还在不时地抽泣一两声。小小的女儿，从出生到现在，一直都被我们细心地呵护着，今天是她第一次受伤，第一次感受到了疼痛和委屈，她用哭声来抗议。往后的日子里，她会遇到各种各样的疼痛和委屈，我希望她都可以坚强地面对。想到这些的时候，我的脑海不自觉地闪过了妈妈的身影。

刚上小学的时候，爸爸工作在外地，妈妈一个人支撑这个家。一天，妈妈洗好了土豆正准备炒菜的时候，邻居来找妈妈给他家刚刚出生几天的小宝宝看病。妈妈急急忙忙地出去了，我就拿过刀切土豆，想给妈妈一个惊喜。马上就要大功告成的时候，谁知道土豆一滑，刀落到了我左手的手指上，鲜血立即一涌而出，我慌了心神。就在这时妈妈回来了，她一边用纱布给我包扎伤口一边不停地数落我，又气又恨的样子。我的心里相当委屈，虽然很疼可是我没有哭，包好伤口后我就一个人默默地回到屋里做功课去了。

夜里，一阵疼痛把我惊醒，我看到妈妈还没有睡，她就坐在我身边，在小心翼翼地帮我包扎伤口。妈妈说：纱布掉了，我再帮你包上。今天你没哭，妈妈很高兴。以后无论遇到什么困难，一定也要像今天这样坚强啊！

轰隆隆，一阵雷声，把我吓了一跳，立刻看女儿有没有被雷声吓到。女儿还在睡着，满头大汗，嘴角还微笑着，我用毛巾给女儿擦汗，动作很轻很轻，生怕惊了她的好梦。这时窗外下起了雨，越来越大，往远处看已经是一片迷茫了。女儿翻了个身，继续着她的睡眠，我在一旁给她扇着扇子。

上高中的时候，因为学校离家很远，我必须赶最早的一班公车才不会迟到。妈妈不放心，总是陪我一起去车站等车。那天早上，下了一夜的小雨反而大起来了，还夹杂着闪电和雷声。要出门的时候，我再三劝阻，妈妈仍然执意要送我去车站。母女两个虽然是各打一把伞，还是被雨水淋湿了衣襟和裤脚。终于到车站了，看着妈妈开始苍老的身躯在冷风中有些颤抖，我过去抱住了妈妈，想用我的体温给妈妈一些温暖。谁知，妈妈身上竟然是滚烫滚烫的，摸摸额头，还是滚烫滚烫的，妈妈在发烧！我的心一阵抽搐，眼泪情不自禁地流了出来。妈妈拍拍我的头说：我没事的，吃点药就好了。倒是你，路上要注意安全，上课要认真听讲啊。

　　直到今天，我仍然不知道自己那天是怎么去到学校的，更不知道妈妈是怎么回到家里的，只记得放学回家的时候，妈妈做了一顿特别好吃的饭菜，我和妈妈都吃得很香，很香……

从左到右的温暖

　　我和妈妈刚刚因为一种传销的药品争吵起来，一个哭了，另一个在生气。妈妈经常会在看过一个新的广告之后，就去买一堆的药回来，不管对症不对症地先吃下去再说。这期间，云彩绕到屋后，给另外的人遮阳去了，残月也沉入了春天的底部，只有紫丁香还躲在墙外偷听。妈妈正在气头儿上，根本没注意到这一切。

　　妈妈勤劳，日复一日地在时间里忙活，甚至顾不上将一将肆意的头发。妈妈的脚步在季节的路上匆匆忙忙，偶尔才会停下来晒一晒太阳。那时候，为了缓解家里的经济压力，妈妈把院子的左边开垦成菜园，在院子的右边围起栅栏养家禽。于是，偌大个院子到处都是妈妈不停忙碌的身影。女儿心疼妈妈，经常会力所能及地帮忙，太阳仿佛也在心疼妈妈，时常用一轮暖阳照耀着妈妈在院子里从左到右的辛劳。为了女儿为了家，妈妈感觉不到腰酸背疼，青春飞逝，她好像也感觉不到地球在转动，但是她却能真切地感受到阳光的温暖。她常常微笑地看着太阳对我说：这是从左到右的温暖。

记得那一年，妈妈把刚刚孵化出来的小鸡捧在手里，就像捧着黄色的花瓣，然后再小心翼翼地放在热乎乎的炕上。顷刻间，一枚枚花瓣又像一只只毛茸茸的球，两只脚不停地动啊动的。一缕阳光透过窗子照在炕上，那些跑来跑去的黄色小球就会从左到右地追随着阳光，并且安逸地躺在阳光中，把阳光的温暖变成了自己的体温。当妈妈看到有的小球不再跑动不再需要温暖的时候，她都会轻轻地把它们抱起来，看看是否还有生存下去的希望。如果发现那些黄色弱小的身体确实没有了生气，她就会说"可怜的小东西"，然后，默默地看着那一缕温暖的阳光。

时间在乡村是步行，到城里就变成奔跑了。妈妈知道，女儿会慢慢长大，会上学，会工作，会离开家。妈妈有一个很大的盒子，里面装满了好多女儿成长的相片，然后穿越遥远的时光，走过许多路，像倒放的电影胶片转啊转，只听咔嚓一声，扁平的女儿站在了相纸上，被照相机锁定成妈妈永远的牵挂。

因此，一有空闲，我就会归心似箭地回到妈妈身边，我们一起做饭，一起洗衣服，我们手拉着手穿过嘈杂的人群，然后看着彼此微微地笑。夏天的夜晚，妈妈指给我看那把"勺子"的时候，每次都会讲同一个故事：很久很久以前，一个小姑娘为她生病的母亲找水喝，累得倒在草地上睡着了。当她醒来的时候，罐子里竟然装满了清亮新鲜的水。小姑娘喜出望外，赶紧跑回家去。路上，她看见一只小狗，就给小狗喝了点水，小狗醒了，木头做的水罐就变成了银的。回到家里，小姑娘把水递给母亲，母亲舍不得喝，又把水递给小姑娘的瞬间，水罐从银的变成了金的。突然，从门外走进来一个过路人讨水喝，小姑娘自己都没舍得喝，就把水罐递给了过路人，这时从水罐里竟然跳出了七颗钻石，接着从水罐里涌出了一股巨大的清澈而新鲜的水流。后来，那七颗钻石越升越高，升到了天上，变成了七颗星星。每次听完这个故事，我都会不自觉地把夜空中的七个白点从左到右地连在一起，然后就会有一股巨大的暖流漫过我的周身。

傍晚，远处村庄的炊烟越来越胖，最后，弥漫了我的视线。妈妈已经做好了晚饭，走过我的房间时，停了好一会儿，才喊我吃饭。妈妈还在生气，我也不曾妥协。妈妈的腰有些弯了，头发全白了，眼睛却不花，还能在我睡熟之后帮我把丢失的扣子钉上。那个深冬的夜晚，我高烧不退，妈妈就一直守在我的床边。她告诉我夜里下起了大雪，嘱咐我要按时吃药，等病好了，和我一起去堆雪人。小时候，我最喜欢的就是堆雪人，妈妈一直都记得。

人们隐蔽在夜幕里，酣然大睡的时候，妈妈却失眠了。倔强的她怎么也想不明白，白日里的争吵到底是为了什么？妈妈一辈子好强，不愿意给别人添麻烦，相反，却帮了别人不少的忙。如今年纪大了，不想拖累女儿，就想有个好身体。她弄不明白，买药怎么会遭到女儿这么强烈的反对？春天到了，阳光明媚，这多好。可是暖暖的春阳却被一场母女间的争吵所纠缠，又被夜空所吸引。妈妈的心里有些酸楚，却没有人能够触摸到妈妈的这种酸楚……

后半夜下起了小雨，是春日里那种润物细无声的小雨，*丝丝缕缕的*。妈妈打开灯，轻轻地走到我的床边。这时雨脚越来越密了，像一群小女孩光着脚丫在跳绳，她们真乖，轻轻跳起，又轻轻落下，仿佛温馨的从前。妈妈帮我盖了盖被子，又坐了一会儿，然后小心翼翼地走出了房间。

妈妈真的老了，在孤独的想象中，我已经认不清妈妈了，我也无法从她的片断中收集到完整的面容了。妈妈的一生就是这样被一场场或大或小的雨水分割着，同时又被一场场或长或短的争吵牵绊着。妈妈的爱是那么触手可及，又是那么有理由被忽略，就像这刚刚盖好的被子，简简单单却又无比温暖。这样的雨夜，我也失眠了。

黎明再次到来的时候，瞬间就将它的金色颗粒洒向云彩的边缘，万物，顷刻间，醒来。我来到妈妈的床边挨着她坐下，我们如往常一样开始漫无目的地说着季节、天气、工作和生活。我伸出左手搂住了妈妈的腰，妈妈就顺势用她的右手抚摸着我的头发，当我再一次依偎在妈妈瘦弱而苍老的身上时，我突然感觉到自己的心在无声地碎裂着，我开始慌乱不安，我忍着突如其来的内心疼痛，我倒进妈妈的怀里，重新变成了一个小女孩。

树叶，用一连串婴儿的动作，咬破枝条的时候，我决心，一定要把一些想法说出来。我要向妈妈道个歉，让我的心也为妈妈疼一次，我要抱紧妈妈，让她感受到女儿的怀抱和妈妈的怀抱一样温暖。这个春天，我终于知道：妈妈，就是我从左到右的温暖！

写在夏天

爸爸。我其实没什么想说的，只是好长时间没有这样称呼您了，我想叫您。

爸爸。您是过了春节就外出工作的吧？在时间中我总是盲目而混乱，总想活在时间之外，把很多物事置放在时间之外。我就是这么拿东忘西的一个人，爸爸您一路数落过来，不知不觉间您就老了。

爸爸。您已经七十岁了吗？您身体硬朗思维敏捷，还会风趣地给我们讲笑话，让慕名来邀请您去工作的人都惊诧不已呢。您一生中最美好的时间都是在大山里为国家寻找矿藏。您的技术和认真是单位里数一数二的。您还从不吝啬地为别人作嫁衣裳。每当有人说您厚道说您傻的时候，您都一笑置之。您常对我说，这一生中最令您欣慰的就是光明磊落和心安理得。而我欣慰的就是您在晚年还可以有个好身体。

爸爸。今天我生病了，写信的时候没有告诉您。我是自己去医院的，医生给我开了很多药，我把它们装在一个大盒子里。这是您的习惯，现在，这也是我的习惯了。爸爸，我多想像从前一样赖在您的背上，毫无顾忌地撒娇，让您背着我去打针，让您买好多好吃的，然后我们一起听妈妈的唠叨。现在，是这个夏天里一个普通的黄昏，四周很安静，我就这样安安静静地病着。

爸爸。您是个能干的爸爸。您看我们的家多好，我们兄妹四人还有妈妈以及我们拥有的一切，这都是您带给我们的。还记得山坡上的那片菜地吗？那是您在工作之余开垦出来的，我时常都会梦到它——我穿过山坡，看到那个种菜的您，在一个长满杨树和荒草的坡地上劳动，您浇水、除草、施肥。孩子们在身后和夏天的庄稼混在一起——这是片美丽的菜地，是我童年的伊甸园，也是您减轻生活压力的一种方式。现在，它就出现在我的梦里，我睁开眼睛，它就出现在眼前了。

爸爸。您七十岁生日那天，我们都用拥抱表示了儿女的祝福。也就是这么轻轻一抱，您的消瘦让我的心无法平静了。

把一个人抱在怀里是因为心中有爱，那是一种深沉的爱，一种无法描述的爱，一种比任何语言的表达都要博大凝重的爱。小时候您经常抱我，抱我看医生，抱我看星星。我要是听话，您还会不厌其烦地给我讲故事，我就会搂住您的脖子，那是一种渴望、一种依赖、一种让我终生难忘的幸福。但是随着年龄的增长，我不愿再让您抱了。当我长到渴望异性拥抱的时候，我会激情地抱住男友而不再是您了。这时，您就会远远地、静静地看着我，微笑着。

爸爸。您还记得初春的那个清晨吗？就是我去外地上学后第一次赶早车返校的那个清晨。那天特别冷，我又拿了很多东西，您不放心，送我去车站。一路上您沉默着，一句话也没说。到了车站，我本想着可以陪您说说话了，可是那天的火车却出乎意料地准时。当我透过车窗向您摆手时，才发现您的腰有些弯了，背有些驼了，寒风从背后吹来，一下子就吹白了您的一头黑发。随着年龄的增长，我更加理解了，您肩上不仅扛着这个家的知足和快乐，还扛着这个家的烦恼和辛酸。然而，我却不敢去触碰它，怕会让您伤心。上课了，我坐在一个没有边缘的教室，眼前就是您用父爱的语言书写的黑板。夜晚的红墙之上，月亮枕着瓦屋的飞檐，在细听一只蟋蟀的歌唱。就在那个瞬间，我学会了用心握紧感恩的笔杆。

爸爸。我刚刚吃过药了，您不用担心，倒是您的生活起居着实让我挂念。您对我们的要求总是有求必应，可您却可以把一件衬衫穿上十年，乃至更久，您还可以把一棵白菜吃上一个星期。当我无意中听到这一切时，眼泪再也止不住了，或者说我根本就没想去止住。这是幸福的泪水，更是女儿歉疚的泪水啊。

爸爸。外面下雨了。这是您的汗水，还是我的泪水，抑或是上天的圣洁之水？这样的雨天，终于有一些时光停了下来，雨水把我和您连在了一起。我们的背后，就是那片山坡上的菜地。慢慢地，整个大地会在傍晚后变黑。我想在天黑之前早一点儿走进您的视线，早一点儿走在回家的路上。我会在这段路上收集一阵阵风同炎热作对，收集一点点阳光同寒冷作对，然后把沉重的雨季扛在肩头，留给您一个舒适的夏天。

爸爸。我其实没什么想说的，只是好长时间没有这样称呼您了，我想叫您：爸爸！

你自己就是每个人

我是我自己，你是谁

我，时常梦见自己睡在一个和现实中一样的房间里，并且做了一个同样现实的梦。在做梦的那一时刻，现实中床头柜上的闹钟响了，梦中的我开始醒来。

当然，为了醒过来，我必须从一个又一个的梦中醒过来。当我小心谨慎地在现实的房间里醒过来的时候，闹钟已经不响了。

此刻，我已经完全清醒，但是眼前的房间竟然和梦里的房间如此相像，我不知道自己是在梦里还是在现实中，或者现实中的房间就是我做的一个梦？

所以，我用清凉的现实洗刷梦境的一部分，用毛巾擦干它，涂上乳液。我出发了，于是我的头发随着你眼中的颜色再次飘动。我颇有争议的话题，我内涵丰富的话题，我近视的话题，我粗俗的话题，我现实的话题，我梦幻的话题，在我迈出房间的一瞬间，就穿上了尺寸不同的外衣，步履蹒跚地走着。

你，依然坐在现实的房间里，你在敲击键盘。开始的时候像一种噪音，在黑暗的深渊里声声相应。然后成为一种含混不清的呼啸，间或汇入大街上商店摇摇晃晃的刺耳的音乐里。再后来，空中清清楚楚的声音，突然落入了寂静。

你说，如果给房间注入生命的气息，它就会呼吸，会呻吟，会生气，会欢笑，也会哭泣。你摁动不同的配件按钮，就会照亮不同的系统。循环系统是洗漱间，呼吸系统是卧室，消化系统是厨房，淋巴系统是管道和线路，人属于神经系统。

你说，房间曾被用作繁衍生息的圣地、遮挡风雨的港湾，被用作朋友相聚吟诗作画的心脏，也被用作偷情赌博的世外桃源。它可以是胜利女神脚下的宫殿，也可以是灾区暖人心扉的帐篷。只要把它的材质变换一下，整个建筑物就支撑在心灵的基座上了。

是的，我们现在没有谈论别的，我们在谈论房间，我们在谈论房间的结构和用途，我们在这种结构和用途中寻求着生存的信息。房间本身是平等的，它给予人们的愉悦也是平等的，然而人们却赋予了房间不平等的待遇，并且日渐牢固。

每一个房间都具有一个房间的大脑。选择按钮，促使它行动起来，就会得到惊喜的结果。古老的流行音乐。现代的商务信息。装修。噩梦。无论如何，每一个这样的大脑都可以分为两半。它们由时间和空间连接，中枢神经系统的通路从这一半流入那一半，像一场谈话。

所以，站在世界这个大房间里战战兢兢地打量生活，我没有看到什么，仅仅看见喧闹的人们在各自的小小角落，专注于自己的事情。像醉酒的开始，一种巨大的乏味暴露出事物的本相。

而我因此犯了一个重要的错误，我开始渴望回到从前的时空，查看一下我做梦时的那个房间，看看能否在那里找到某种同现实一致的痕迹。但是，我没有找到，所以又接着从前的梦继续睡去，希望在以后的梦中可以找到。

我说，能够在这样一个房间里重新醒来，从一个又一个梦中寻找跳动的脉搏，说穿了，那是我们与自己争执不休。但是由于混乱，我忘记了计算时间和梦的重量，也没有留意现实。

你说，如果我们不让这种争执发生，房间就不会与众不同。这就会成为问题。房间会渴望与众不同，房间会渴望梦与现实的交织，这样才能使它最终安宁。

我说，我曾久久地这样想，我之所以没有写这篇有关房间的散文，是因为我没有这样一个房间。现在，当我想起它并写出它的时候，我忽然意识到，我写这篇散文时的房间和我一直想为我的散文设计的房间一模一样。

你说，最好趁现在就把它完成了。不过要记住，闹钟必须是在现实的房间里响着。

我在房间里写出这篇散文时，我发现这篇散文不是我的，而是属于更久远的、更令人喜爱的马尔克斯或是阿特伍德。无论如何，我没有写过这篇散文。

你说，你早就知道了。

我是你，但你不是我

我家的院子里有两棵高大的杨树，每到秋天，随风飘落的叶子就会覆盖整个院子，而且越来越多，踩上去软软的，很舒服。我时常在想，如果每个秋天的叶子都这样松松地铺着，不打扫不腐烂的话，那我的房子一定会被埋藏得连你也找不到了吧？

想到这些的时候，我正站在窗前，目光散漫地看着秋天灰色的天空，看着院子里因为落叶而瘦身的树，用清癯的枝条切割着大片的空白，带来伤感的味道。

院子里响起了敲门声，是快递的药品。

每次，我给你开门的时候，你都好像来自另一个星球，带着从梦想飞向现实的疲倦，降落在有些尴尬的时辰。你的眼神那样坦诚直率、毫不设防，惹得我都不敢回视你。和其他许多疲倦的男人一样，你只想得到认可，尔后，被接纳。

渐渐地，疲倦成了你合理的借口，于是，我开始做各种各样的事情，让自己陶醉其中。

整日里照顾病人，在疼痛和药片之间来回挣扎，然后再抽出有限的时间坐在书桌前，写出一些美丽的故事。写着写着，我突然忍不住想哭，便夺门而出，却被厚厚的落叶堵在了门口。

渐渐地，悲伤成了我恼火的借口，所以，你开始做各种各样的事情，选择默默承受。

多少次我很想说，你就是我的一棵树或是一片海。多少次我在月光中醒过来，看到的只是你的哀愁，而不是坚毅的眼神。

于是，我经常一个人静静地站在院子里，注视着房顶的烟囱冒出的烟缓缓上升，有时被一阵风吹散，有时一直悬浮在空中。看着风吹烟散，就会不自觉地想到那笼罩在城市上空的雾气，一旦消散，空气变得清爽，才会看到一座城市原本的喜怒哀乐吧。

那么，我们呢？

风，还在一个劲儿地刮，叶子，还在不停地落。

大多数时间里，叶子都是在空中漫无目的地飘荡，如同我在城市这张空着的棋盘上漫无目的地行走一样。我思绪万千，难以安心。文字也是时断时续，时畅时涩，偶尔我还会面对白纸长时间发呆。

那沓白纸，摆在书桌上已经有段日子了。上面的灰尘很安静。每当我缓缓地坐下来，拿起笔靠近白纸在上面写下想念你的话，我就仿佛听到了隐隐的哭泣声，似乎早已预料了你的义无反顾。

我必须承认，就在你离开的那个早上，秋天连同着熟悉的敲门声，一起夜以继日地赶着路，走着走着，冬天就来了。

我知道秋天过去会是冬天，我也一直不喜欢冬天，我希望只有九月和十月的一些日子，在秋风里沉浮，然后被成熟与腐烂拿去反复交错。而所谓的冬天，只是一场为分娩春天而进行的挣扎，苦苦的挣扎。可是，冬天是一定会来的。就如同秋天一定会过去一样。

今年的第一场雪飘落的时候，我正走在那条我们手牵着手走过无数遍的老街上。我走着走着，就跑了起来，头也不回，没命地逃回家里，上气不接下气。

那时候，我一定是感觉到了什么。我穿过那条街道，雪花纷纷扬扬，街道上很快就铺满了白白的一层，没有人留下脚印，也没有人打扫。

那时候，我可能想到，这条街道已经被抛弃了，人们都离开了这里，躲了起来，不留一个人影，好像全世界都约好了，预谋了千年似的。只有我一个人什么都不知道，或者说，大家都在欺骗我一个人，世界就剩下我一个人。好像从来就是只有我一个人，好像从未出现过任何人，好像曾经的种种景象都是我一个人的梦境……

我疯狂地奔跑在街道上，雪花无声地飞舞，那应该是我一生中最难忘怀的景象了。

我挨家挨户地敲门，疯也似的寻找着人影，但是，没有人。街上没有一个人，店门前和橱窗里也看不到一个人。没有一个人肯同我站在一起。

可是，我明明感觉到四周充满了眼睛，众目睽睽之下，我失声痛哭。

当我抹着眼泪跑回家，我知道，我的心灵被肆无忌惮地剖析着，还有心灵深处的爱情、理想和悲伤。不知不觉间，我被做成了标本，以另一种形态存在于这个世界上。

秋天就这样过去了。

那条街道上，落下的不是树叶，也不是雪花，仿佛是我的心血，在把我掩埋。一只又一只手在我面前摇摆，在我身后扯拽，在脚下一次又一次地把我绊倒。

冬天就这样开始了。

在冬天的某个转角处，我正在挑东拣西地购买着一些词语，然后心存感激地来完成一篇关于你的小说。

我是你，但你还不是我

从夏天望向十月，雨水正在从屋檐不断下坠着。

你，撑一把蓝色的雨伞走过一条古老的街道，石子路，土墙，陌生的庭院，塔楼和天空，有悲伤，有往事，仿佛沉没，仿佛忘却，仿佛刺耳的鸟鸣在杜撰一个细节，仿佛落叶在弹奏金属的古琴。

我坐在角落里，外面的天空在一点一点地黑下来。

一只惊恐的飞虫，从夏天的雨水里飞进了十月，然后沿着一张张冷漠的脸庞笨拙地爬行着。我屏住呼吸，我沉默着。

这样的时刻，我可以是草、树木、岩石，我可以守候在秋天的田野，我可以原谅你的不辞而别或是姗姗来迟，我可以微笑，也可以哭泣，可以从一棵玉米淡淡的甜味中虚构长长的一生，可以在秋天的夜晚慢慢地听你诉说……

我坐在角落里，你走在街上。

午夜的街道是一条灯光的河流，车停车走，每一扇车窗的背后都有着冷冰冰的面孔。多年的异乡漂泊，你已经深切地意识到，自己只是这座城市里一个有轮廓的幻象罢了。一种孤独，被锋利的钱币包裹成坚硬的幸福，在你的身体里不断肿胀，你感觉自己在下沉，只能向下沉，沉到月亮和星星都消失不见的白昼，沉到太阳的声音里。

那时，你在陌生的街道上把一本书读成了满脸的胡须，每翻动一页，胡须就会越茂盛，而你，终将在一首诗中生根发芽，然后慢慢老去。

你走在街上，带着层层叠叠的渴望从一个地址到达另一个地址。

这是一个粗糙的年代，冷漠代替了温情，谎言遮蔽着残酷，拥挤的人群，用一个个诅咒，缓缓地挤出让词语花朵般绽放的那个你。但是，你不恨。要恨去恨谁呢？在街上，你笑着。你用笑容俯瞰着这个城市，你闻到一种腐烂的气味，你任凭汽车在身边尖锐地呼啸，你梦见春天的一封长信，你陷落到一个词里。

一个秋天接着一个秋天，一年又一年，那么慢，那么轻，那么多委屈被缝在胸腔里，无以复加了，你就大声地哭出来，可是你却只能听到那种毫无声息的哭泣或是含着泪的笑声。

你不在这里，你在远方。你在远方的奔波中成为我遥望的风景。

如果你的梦境，无意间摄取到我此刻坐在角落里如痴如醉张望你的样子，那么，所有的念头就只是一个念头：是我刚好碰上了你的此刻，刚好在荒凉里感知了你。

你热爱这个毗邻荒芜、貌似繁荣的世界，你爱这个世界上生生不息的苦难百姓，你爱你的家人和朋友，你爱一切美好的情感。

　　那么，请允许我来爱你吧。让我来体会你内心被埋葬的深度，让我来陪你用一篇散文结束一次旅行，无论结尾处有多么冷酷或是多么温馨。

　　如果秋天能停住，你能停住，我愿意同你一起面对接下来的一个又一个秋天，面对秋天又高又蓝的天空，面对那些能够把一句谎言都说得像真理一样的人们，无论是在江南的细雨中，还是在北方的风沙里。

　　我坐在角落里，这里的光线恰到好处，还不时有蝴蝶飞过。

　　我坐在角落里遥望远方的你，我看到你在不停地走动中，体会着一动不动的命运。你写下的每一个字，在你写之前就已经注定了，纸微微响着，甚至比落叶的声音还要小。

　　你反复地听，听一条安静空旷的大街，你反复地写，写猫眼睛里的时辰。我看到你安静地、明亮地、随意地站在草丛中，一副简单得不能再简单的模样了。这多好。

　　什么也不问，轻轻的一个回眸就够了。

　　什么也不必说，多年之后，重重叠叠的凝望恣意汪洋……

我是每个人，但你是我自己

　　你说，风是有生命的，它长着触角，生息在我们所能抵达的任何一个角落里。早晨映在窗户上的浅蓝色，小报摊上摇摆的花花绿绿的文字，没有名字且迷宫一样的小路，或者传说中的教堂，它们忽左忽右，忽上忽下，都是一种距离。

　　不仅如此，你说，它会带给我们清新惬意，它也会蹂躏一枚花瓣，同时按下黑暗的循环键，即兴地死又即兴地生。

　　我抬头看你，睁大了眼睛。或者，我应该低头思索。日子没有区别，话说了又说，事情做了又做，两杯残茶依然轻信：

湿漉漉的天空里，有风，吹过。

很长一段时间里，我的思想离开我的躯体去随风流浪，没有方向。于是，我以奇异的温柔爱上供我栖息的灰尘。过了午夜，我会睁开眼睛，静静地躺着倾听，我想象自己在风尘仆仆，或者坎坷不平，活像漫画里的人物，不畏艰险地去寻找生命中丢失的那个人。有时候，我想讲话，就讲几句话，不是诗那样的话而是日常生活的句子，讲街道，讲铁桥，讲漂泊，也讲风。我一开口，一股沉甸甸的尖厉的风猛然钻进我的眼睛和鼻孔，从此一只和你一样的蝉生息在我的体内，不会再钻出来了。我开始惊慌失措。

过去与时间无关，与风有关。

现在与时间无关，与风有关。

你说，一个人，如果到了四十岁还没有与风交谈过，就什么都完了。你说，季节是一门外语，风就是一个籍贯。你说，不要期望被人记住，虚掩的枯草，连同昨天的风一起席卷而去。有风，吹过，却永远也到不了曾经存在的世界。

我依然在听。我相信你。

现实中，我没有什么使命，无须艰难跋涉，也不必大步向前。我读书，然后我写字。我最大的乐事就是读书和写字。慢慢地读书，慢慢地写字，比树叶亮出它掌心的黄还要慢。我痴情地迎接每一天的太阳每一天的风，我愿意卸下不多的母语去找到那个孩子，那个天真地以为有一个世界等待他打捞的孩子。

你说，水是无色的。你说，风是无色的。你说，从一本书的结尾往回读，我们会隐约意识到自己对父母的挂念并不存在，或者回想不起自己出生长大的地方。日子这么多，偶尔的一次大风吹开了一扇窗户，却让我望见了父母。他们的日常生活像一部快放的电影，他们浸泡在日常琐碎里，根本不会沉思风中更高层次的真理。我有种优越感。而后，我开始想家。我坐在深蓝色的角落里，感受着深蓝色的风从身边吹过。我隐约听到你说：到处都是结尾，当你不再读下去。

这一切早已是陈年旧事了。此刻，我纵容自己回顾过去，并且把风移植到街道上扮演一棵树，自己就无知地坐在树下，然后是另一棵树，再另一棵树，没有目的地，没有家，一个人。

有风吹过的时候，我醒着。确切地说，我不知道自己是清醒的，还是一次又一次做着同一个梦。你说，风是没有意义的。你说，风也在沿着自己离去。你说，一阵风就是一次深呼吸。

或许，事实就是如此吧？

向西的窗子

向西的窗子，是我拥抱阳光和亲吻阳光的地方。许多时候，我不说话，只是很安静地站在医院监护室的大玻璃窗前，远处的阳光就与我连成一片了。

向西的窗子，午后格外温暖。日子宁静下来了，世界变得缓慢。风大时，呜呜声穿过窗子的缝隙敲击我的耳鼓；风小时，看窗外的树叶隐约地婀娜着。大多数时间是没有风的，而风又确确实实在远方吹着。这时，阳光明媚。

向西的窗子，是一家医院心内科监护室的大玻璃窗。监护室里都是些有心脏疾病的重症病人，大多数是上了年纪的老年人。他们松弛的皮肤里空空荡荡，他们把暴躁的脾气交给了子女，而把隐秘的愿望交给了神灵，他们不断变弯的身子，只住着各色的病菌和药液。他们在这里接受二十四小时的监护。病，就像散了架子的器具堆放在这里。偌大的房间坐不稳一缕健康的风，在白色的床单上也找不到一丝健康的微笑。

监护室里除了病人和家属，就是来往的亲戚朋友了，络绎不绝的。浪漫主义附带实用主义的手机铃声此起彼伏，使我不得不接纳一些莽撞的抒情，或者作为装饰材料，被镶进一个个画面里。

画面就这样出现了。人头攒动的监护室，令人窒息。一位老人，一位日夜输药整天躺在角落里的老人，他的目光暗淡，眼里布满荆棘。我猜想，其中有一根是刺中他自己的。老人安静地躺在病床上，从不多说一句话。来看望他的人几乎没有，大部分时间里，老人的目光总是从角落里僵硬地投向那扇满是阳光的大玻璃窗，眉宇间夹杂着一丝难以觉察的笑容。所以，每次我从窗前转向室内的一瞬间，目光都会被老人的笑容绊倒，以至于我无所适从地装着在寻找什么，试图躲避，却又不知双脚该挪向哪里⋯⋯

我在这里是照顾叔叔的。叔叔的病床正好是靠向窗子的地方。闲暇时，我总爱站在窗前看外面的街道、行人和路边各色的招牌，以及这一切匆忙中渗透出来的荒凉。有温暖的阳光照耀着我的时候，这种荒凉就降到了最低。可是，角落里还有位向往阳光的老人，我能意识到他看到阳光时的那种饥渴感。此后，在阳光满窗的时候，我就尽量离窗子远些，让老人和阳光尽情相望。

日子久了，我便渴望与老人有一些交谈：关于不期而至的风雨、寒流和冰雪；关于一则新闻、一起车祸、一场疾病；关于贮存起来的大白菜；关于儿女，关于儿女的儿女，等等。只要不直接去谈及阳光，随便聊些什么都很好。

日子久了，我更渴望老人能走到窗前，同我一起投入阳光，看天上任意的云和只为自己绿着的小草，那时我们就可以尽情去谈论阳光了吧？

日子久了，我的渴望就只是渴望了。老人除了投来笑容和问询的目光外，他没有说过一句话，更没有走进阳光。他只是静静地躺在角落里，任凭阳光在窗子上流淌着。但他脸上分明已经有了阳光。

在城市里生活，窗子把复杂的世界化约为简单的图画，它省略了声音、温度、气息和可能的伤害。它把尘世挂在墙上，将大千世界拒于窗外，成为被观赏品，一个人内部世界与外部世界的联系就降到最低的程度了。

渐渐地，我听到了一个来自男性的嗓音，经过克制的柔缓和低沉。他的声音来自一个角落，伴有很重的喘息，仿佛在告知一个未经揭破的秘密。他说："你拥有了真实的虚幻。"其实，他的声音藏在他的体内，不发芽，也不开花。就像身体之外的这座城市，无论你在哪里下车，风景都一样荒凉。幸运的是，我们拥有了一扇流淌阳光的大玻璃窗，尽管它是一扇向西的窗子，但是流淌进来的阳光却是温暖明媚的。这多好！

疼痛之年

他的一天是从结束一夜纷乱的梦境开始的。

在梦里，他被抛弃在一座孤零零的城中，他本能地拒绝着声响。那几乎静止的疼痛，这时突然开始在城里乱跑，发出碎玻璃一般刺耳的声响，他的身体随即进入了切割般的煎熬。

现在，他必须挣扎着起床，用一只脚死死地抵住床边的一架旧式高低柜的边棱，双手在床上用力地支撑，身子才能缓缓地移动和旋转，直到双脚扑通一声落到地上，他才勉强站了起来。他踉跄着来到书桌前，打开笔记本，想把昨夜的梦境记录下来，可是他写下的每一个字，在灿烂阳光的照射下，仿佛都被蒙上了一层褐色的灰尘。

这一天，他六十岁了。

在过去流逝的时间里，疾病和伤残是他最微末的细节，是他的职业。在 1969 年的珍宝岛，在零下四十度的寒冷天气里，他曾多次长时间地在雪地里潜伏，他的双脚被严重冻伤了。后来，在断断续续的治疗中，双脚开始溃烂，而长时间的卧床又导致了双膝的大筋膜粘连，他的双腿也僵直了。风华正茂，或是冲锋陷阵，已经离他远去了，那位关爱他的老首长也已经离他远去了。到了清明，他多想撑开一把黑色的雨伞，抱一束金黄的菊花去拜谒墓地。可是，这一切已经不可能了。他只能拖着伤残的身体和一再罢工的心脏，默默地而且只能是默默地守在房间里，任凭眼角流着不易觉察的泪水。

一缕阳光照进了他的房间，照亮了他佝偻的身躯。这是十月的阳光，房间也便成了十月阳光的颜色。不太宽阔的窗台上，那株生长在塑料花盆里的植物悄然向上攀缘，颤动的青枝绿叶有点像记忆，回首处宛然皆是昨天。而向两边挽起的土黄色格子的窗帘，仿佛舞台上的帷幕，拉开就是让窗外的世界停留在视野中，望出去，近处是新旧对比强烈的楼房，远处是北方灰蒙蒙的天空。他没有看到候鸟飞过他的窗前，也没有推销员敲开他的房门，笑容可掬地告诉他保健品和药品的区别。

他迎着阳光，艰难地挪动步子，走进阳台，打开窗子，他就站在秋天的视线里了。他站在那里，许多人从他的阳台下面走过，有年轻的女孩，也有上了年纪的战友和邻居。他们并没有感觉到他的存在。他静静地站着，听着他们健康的脚步声，世界在那一刻体现出匀称和协调，也体现出一支燃烧的箭矢损伤的意义。他知道自己只是许许多多箭矢里的一员，燃烧，然后，损伤。

他老了，他的身体很虚弱，他头发花白，皮肤干缩，全身的零件都在准备着随时撕毁签署了多年的工作合同。年轻的时候，他是军营中风流倜傥的军官，热情、上进、才气袭人、屡建功勋。现在，他老了，他病了，他也残了。那个被他邀请跳第一支舞的女子来自他的家乡，后来做了他的妻子。如今，又美丽又善良的妻子，因突发脑溢血，已经在他之前离开这个世界了。时间和病残就是这么残忍地把他的生活轨迹改变了，但决不会混淆黑白之间的关系，也不会混淆一粒种子朝着日光坠落到土壤里，引起的一种生机勃勃的那种呼吸之间的关系。

我想，如果有人此时此刻能够经过这里，并且从沉闷的生活中走出来，去访问他的生活，一定会受益匪浅。

他的朋友们来了，年迈的老首长、年轻的战友，甚至年幼的小朋友，他们笑意盈盈地走进他弥漫着药片和苦茶气息的房间，纷纷向他诉说着牵挂和敬佩，每一双祝福的手都捧出了为他精心准备的生日礼物。这一刻，他深切地感受到，他的生命里并不只是药片和无休止的疼痛，他还真真切切地拥有朋友们的惦念和祝福。生病这么多年，他早已学会了独自在艰难的岁月中抛开啜泣，抛开卑躬屈膝，可是那些药片仍毫不留情地消耗掉了他生命中金色的时光。现在，面对着每一张热诚的笑脸，他却只能用尽全力地扶着桌子，感慨万千地站立在六十岁生日这天的午后。

其实，他是一个很好的人，有很多朋友，他总是不需要探究，就懂得怎样与朋友们交往。他和金融界的朋友谈股市，与艺术家谈论书法、音乐、摄影，与爱好文学的朋友谈论诗歌、散文、小说，与旧日友人谈论童年、"文革"、信仰坍塌以及那些流逝和变迁。他懂得的东西，方方面面，非常多。

每次有陌生人来访，他都是亲切地聆听，微笑着谈心，认真坦诚地对待来人提出的每一个问题，完全不像是个重残重病多年的老人。他的身体已经在多年病痛的折磨中变得僵硬，这僵硬的线条也正是他特别的地方，是他吸引人们目光的地方。只有这样僵硬的线条，才能区别开那些健康柔顺的线条。

今天，他六十岁了。他从未想过自己会走进花甲之年，在他的日历上，除了疼痛就是疼痛，甚至是死亡。他知道，用不着躲避在门边墙角里窥视他的那些人，也用不着理会那些有着木偶般单纯外表的闲言闲语。对于他来说，重残重病的生命正在走过黄昏，走向黑夜。这是他自己的黄昏和黑夜，没有人可以打扰的静静的黄昏和黑夜。

有了身边这群带给他欢乐和支持的朋友，他再次找到了一种永不气馁的心情。他们是那么诗意地可爱着，他们在他六十岁生日这天，来到了他的家里，带给他难得的欢乐和憧憬。他知道，当脚下的钢筋水泥将要坍塌的一瞬间，一定会有许多双结实的手臂，带给他无限的安全和温暖。他看着这些温暖的朋友，看着他们的背影渐渐消失在小区的拐角处，他的忧伤与怀念便在此刻融合起来，变成他记忆中一个被不绝如缕的形势所召唤而出的答案——生的答案。

夜晚是在他无比劳累中到来的。这是他一天中最受煎熬的时刻，伤口的疼痛会在劳累的帮助下恣意肆虐，让他痛不欲生。这一切，白天那些可爱的朋友是不知道的。居住在楼上的一对年轻夫妇知道，可他们最终没有搬走，因为他们找到了向楼下的号啕声表示严正抗议的好办法。他们用力地敲打暖气管道，来宣泄不满，来发出警告。而楼下的他，能做的，就是冒着再次胃出血的危险，加大止疼药的剂量，实在坚持不住的时候，还要用头狠命地撞墙，或抽打自己的嘴巴。由于他的双腿僵直，他没有办法用手去触摸伤口来缓解疼痛，剧烈的疼痛，就顺着他的骨髓和神经无情地吞噬着他的意志，直到他整个人昏厥过去。这一切，白天那些可爱的朋友更是无法想象的。人们看到的总是另一个他，一个笑着谈诗论文的他，一个耐心倾听的他，一个侠骨柔肠的他，唯独没有这个病痛百般折磨中的他。

昏厥中的他，多数时候会在经过一段短时间的痛苦挣扎之后自己醒过来，额头和脸颊都是红红肿肿的。也有的时候，他就会感觉自己好像到了最后一站，好像是坐在火车上到达了目的地。面对人生许多深不可测的时刻，他敏感智性的双眼是能够感受到那种坠落的。

现在的坠落与别的时刻的坠落不一样，今天的坠落与昨天的坠落也不一样。这一次的坠落，他感觉到了自己的灵魂与自己的身体，在玩一次从未玩过的游戏，松弛而且愉快。在坠落的过程中，他注视着身边的物事，也注视着前来看望他的亲戚朋友。他的表情极其平静，看上去似乎已经获得了极好的休息。然而，就在他感觉终于可以松一口气的瞬间，他迷路了。他不自觉地寻找着来时的路，抑或是一条别的什么出路，他满身大汗，他气喘吁吁，他无能为力。

后来，有一束手电筒的亮光从远处照射过来，他还听到，有人在急切地呼唤着他的名字，并要求他不要被一时的舒适感所迷惑而放弃了这一束光亮背后的美好景象！他还看到，医生和护士在他的床边匆忙地走来走去，仿佛是在提醒他：我们这么努力，不允许你再一次迷失方向了！

就这样，阳光刚刚照进病房的时候，他已经学会了在充满消毒水气味的空气中，用嘴唇的翕动来告诉大家，他的人生确实还没有接近尾声。

他又一次违背了和死神的约定，又一次远离了他向往已久且心生畏惧的轻松时刻，又一次远离了脸上失去笑容嘴上失去歌声的时刻。他不知道自己这次的清醒到底是生命的幸运还是不幸的再次延续。但是有一点他知道，自己活得已经极其不容易了，并且还将这样继续不容易地活下去……

白夜中有一个女人

分手就是一只手远去，另一只手留在这里。

这是只有雨滴才能读懂的弧度，像充满时刻表的世界上，唯一不怕误点的就是触摸。月台，列车开出后空空荡荡，如同列车到来前一样空空荡荡。

夜，白色的空。

只有这时，才能听见脚步声。自己的脚步声，列车的脚步声，一个女人小心翼翼的脚步声。女人不停地走着，站台、楼道、阶梯、走廊的四壁和天花板，每走一步都发出回声。天色昏暗，最后一缕阳光，正在厚重的列车玻璃上变软，然后瘫下去。车轮慢慢地开始滚动。这么慢，似乎在思索，究竟是什么样的距离，才可以让终点和起点之间的白夜，容得下一个女人娇小而悠远的身影？

现在，我把这个女人写在一张纸上。纸是雪白的静电复印纸，它的正面是女人的一幅画：一把砖块砌成的钥匙，很高很坚固。在钥匙的两边，分别有一个人在尽力地向对面看着。画的名字是：人和人之间到底有多远。我特别喜欢这幅画，简简单单的线条，重重叠叠的凝视。

这时，我的房间里充斥着一首英文歌，是一个老男人，好像在说着自己的什么经历。他用业已喑哑和苍老的喉咙，欲说还休却欲休还诉。他因承受着那些陈年往事而在深深地叹息吧？

每次听到这首歌，只琢磨音乐和人声所传达的信息，我们是能够得到一种际遇、一种大悲大恸和饱含了人生之悲喜的感叹的。从某种意义上说，对女人画作的解读就是从对一首旋律的感悟和思索开始的。画是有限的，画面的线条是有限的。它一方面赋予画面以实在的内容，一方面又限制了画面本身的辽阔。一把砖块砌成的钥匙，出现在女人的画面上，因为世俗的缘故而充满危险、充满人生苦短、无法成行的痛苦征兆。它可以打开冰冷的门锁，却很难打开人与人之间的心锁。这是一种源自女人内心的温情与抚摸。

这到底是什么样的一个女人呢？

她是农民的女儿。我见到她是在冰城七月凌晨的火车站的出站口。嘈杂的人声，是火车站永远的风景。天空渐渐发亮了，这是黎明到来前的必然背景。我们相拥而后携手，握着这只纤巧柔软的手，走在冷清的街道上。灯火，像一个个邀请。抚顺街，佳园旅馆，205房间。一大块固体的灯光，转瞬雕成两个谈笑风生的灯盏，彼此望着，就看见了过去和将来。

夜，白色的灯盏。

总是这样，越远，越渴望相见；越近，越不能相见。眼前，还是这条街道，一样的灯火和人行道，两盏车灯停下来，等着行人过去。记忆中的女人，储存何处又消失何处？地址颠簸着，那就站住，品味一生中没有地址也没有记忆的一分钟吧。

也许应该有一张桌子，每天早晨，必有一双手，擦拭它也被它悄悄审视。从皮肤光滑擦到隐隐显现的一条条皱纹。高高摞起的白纸上，太琐碎的轮回，令人对它的内部一无所知。

女人就在这里。她向内看就是向外看，邻人和风声，被关在外面就是被关在里面，像深深进入一杯酒的浓度。一切都在酒精里浸泡，一分钟一分钟，一公里一公里，世界在漂移，谁也摸不到，却又清清楚楚在苏醒，在膨胀，在发酵。最后，只剩下一只挥别的手，冻结在空中。

夜，白色的归去。

没有归去就没有白：此刻，那个嘈杂的车站在哪儿？那个娇小的身影在哪儿？那张等待擦拭的桌子在哪儿？那成摞的白纸在哪儿？那把钥匙在哪儿？那条街道、那个旅馆、那个房间都在哪儿？一次漫步，开始了就停不下来，只是从这到这，不用寻找而已。

没有白，也无从归去：那么多笑声，那么多温暖，那么多睡眠还有那么多心疼，被缝合在一起，被一个呼吸含着，被一条地平线托着。白茫茫的地平线上，一个悠远的女人，一张空白的病例，一盏无影灯，一切都将从这里开始。

之前和之后，都是等待。

银杏，借用一个人的形象溶解

从来都是秋天，银杏的叶子，像细雨一般纷纷落下，使街道上布满了点点金黄。季节就再次与我们相关了。

没有什么久远的事情，一列火车，一张长椅，一个抱着大树的孩子和一缕温暖的秋阳。你站在银杏树下，不自觉地用目光寻找太阳，最终发觉，只有抬起头，透过层层叠叠的树叶的遮挡，才能看到那轮秋天的太阳。你说，你就喜欢这样看太阳。

尔后，回家的路上，发觉风大起来，风的声音里有了某种冰冷的音调。夜凉下来，街上空下来，树叶的声音响而乱起来。路上走过的女孩，头发看上去越发乌黑。宾馆门前的出租车，在傍晚的阴暗中川流不息。我们坐在饺子馆里，对面建筑物上的金属制品泛着苍白的光亮。我望着你，你欲言又止。

秋天，季节又回到它的根部。夜晚的凉爽到达我们的房间，在家具和器皿上行走，在书桌和电脑键盘上行走，那细致的脚步声已深入我们的床铺和身体。

歌曲里的一个女孩，看到水中的银杏叶拍打着秋天的水花。电影里的一位老人，听到了风铃中的云之南方后，独自来到银杏树下。窗外刚刚过去的骑自行车的人，在他路过的头顶上，到处都是树枝相互碰撞的声音。

一首盲目以过去为主题的诗，在秋风中拔节，然后闭着眼睛夜游，最后迷失在银杏树叶满地的小径上。你的声音就在这时扑入我的耳朵，一根时间的细绳拴着你和我来回悠荡，不断询问着一个被封闭在枕头下的季节。

一串冰糖葫芦，陪伴着我们走在秋天夜晚的街道上。一群学生刚刚放学，三三两两，说说笑笑。灯光幽暗的小区门前，卖橘子的吆喝声让我们停下了脚步，你刚刚付过钱，我就迫不及待地想尝尝这里的橘子是什么味道了。你在一旁笑着，那笑容温暖又可爱，与这个秋夜格格不入。

金黄的银杏叶像细雨一般纷纷落下的那一天，我们在火车站，已经准备回到北方的家里了。蒙蒙的细雨中，银杏叶不断从树上飘落下来，我一时竟分不清，哪个是叶子，哪个是雨水了。我说，我想把每一片银杏叶落下所引起的感觉与所有落叶引起的感觉区别开来。你，沉默不语。

我们把行李寄存了，你在前，我在后，在街道上不时地弯腰、蹲下、站起，一片片经过选择的银杏叶在我们的手里招摇着。细雨很快就浸润了我们的身心。如果银杏树上只有一片叶子落下来，那么这片叶子得到的印象就是一片黄黄的小小树叶；如果是两片或者更多，时而接近时而分开，它们引起的感觉就会相加，产生一种综合的犹如细雨般的景象；如果这时刮一阵风，纷纷落下的叶子就会像鸟儿一样在空中飞舞或者做片刻的停留。我不想失去这种综合的、愉快的感觉，又想使每一片落叶在进入我的视野后有所区别。当我向你诉说的时候，我分明看到了你眼中有隐隐的泪。我没有问你是为什么。我只是默默地走在你的身边。我只想默默地走在你的身边。

傍晚，火车的汽笛声，像一尾鱼，游入我们的耳朵。这一天是哪一天呢？淅淅沥沥的小雨，在银杏的怀里被点燃还是被熄灭？人流汹涌的站台，离谁的心更近，离谁的心更远呢？谁和谁在用各自的盲目深藏着眼睛里的秋天？一年，总在向最洁白的一天走去，飒飒风声，由远及近，揭示着，火车上的这一夜多么坚硬。

一座冬天的城市，等在前方。这是一座只有一个人的城市，这城市里只有你。多像一张照片，用薄薄的平面就给了我一个世界。在江边，在铁桥，谁被一次性拍下，谁就注定要被找到、被改写、被兑换掉他的形体和轮廓。

你走在那条昔日走过的古老街道上，用双重的幻想，写出一段真实的回忆。谁在习惯的钟点开了灯？这个和你血肉相连的人，神秘地在一间密室里生活。从窗口望出去，是另一些窗口。城市，在下面。世界太大了，背后的风景太深了。我问你，囚禁在里面，或是徘徊在外面，哪一个更悲惨？

一切都在夜里降落和发生着。

秋天的夜，宛如人们触发回忆的一个隐秘器官。一切都是折射。出发是一个故事，一个年代久远的寻找，一个历史。而一个现在，就等于时间的全程，这是不是一种荒谬？

这世界现在只剩一扇窗户了，你就开始遗忘。你忘记了，树叶不是文字，你该学习读树叶的方法，像一条蚕。你忘记了，秋雨中飘落的每一片银杏叶引起的感觉各不相同。你忘记了，人到最后，什么都抓不住。

　　但是，你却记住了，过去时中有一个过去，一片银杏叶展开两个场景，两双脚踩着同一个节奏。一棵银杏树，在空中挥舞，叶子还没有落尽，还能用一个幻象，遮掩那最后的空。你走在前面，牵着另一只手，拨开金黄的叶子，去寻找那碧蓝得有些虚假的天空……

人间烟火

　　我的家藏在一大片老房子里，院子被邻居的高墙挤成窄窄的一小撮，又被一张靠椅、一棵樱桃树和一条窄窄的甬道分割着。院子是我最喜欢的地方，我时常静静地坐在靠椅上，目光散漫地看着灰色的天空。尤其到了秋天，几棵因为落叶而瘦身的树，用清癯的枝条切割着大片的空白，带给人一种秋的味道。

　　是的，房子很老。一种类似于历史的老。时间如水里的泥沙，在老房子里缓缓沉淀着。老房子高高低低，排列成行，井然有序，一如老房子里生息的百余户人家。他们从四面八方来到这里，有的人还操着我听不懂的方言。他们都是一些很普通的面庞，上面有很多疲惫与尘土，但眼神却很安宁。他们是这块土地上第一批地质勘探队员，他们就生活在这片老房子里。

　　开心坊，是这片老房子临街拐角处的一家小吃店，来这里吃饭的人很少，所以很清静。很多时候，我都是划破接近正午的阳光走进开心坊的，秃顶的老板坐在靠里的案板前切菜，他从容的刀法和倦怠的目光像是已经切了几个世纪。他不时地抬起头来热情地和我搭话，问我想吃什么。老板秃顶了，没有人去追究他是从什么时候开始秃顶的，只有我在琢磨，他的秃顶和这里客人的多少有什么关系呢？

有一个遛狗的妇人，准时从老房子对面高大漂亮的楼群里走过来。那应该是一条很名贵的狗。当然，这只是我自己的判断，以人取狗罢了。第一次见到她时，觉得她的气质不错，介乎高贵与典雅之间。她的神情、她看狗的目光、她走路的姿态，以及她走过去以后的背影，无不把老房子衬托得更加老了。

老房子对面是新建起的现代都市气息的小区，住在里面的人各行各业，形形色色，也有很多是从老房子这里搬过去的。所以，老房子这边的住户日渐稀少，没有了往日的温度。老房子老到搬出去的人，大多数都不愿意再回来看看。他们搬出了老房子，生活在新楼房里，他们远离了烟熏火燎，过着上不着天下不着地的日子，他们认为那是最好的日子。他们认为老房子老了，早该拆了，然后也盖成漂亮的楼房。

是的，老房子就要被拆掉了，这是老房子外墙上那个大大的被圈住的"拆"字告诉我的。邻居们都喜形于色地说，明年就可以住上新楼房了。我一个人走在老房子的胡同里，心思散漫地想着一些不着边际的问题。这个世界上，不可能再有一个我，同时走在另一片老房子里了。所以，一个人走过来的路就是他唯一可走的路，沿着这条路一直走下去，就是他唯一的选择，也将是最终的选择。那么，这片老房子呢？

我曾经站在对面楼群的天台上观察过这片老房子，从高处看，这片老房子很符合中国画里的散点透视，可以说，老房子就是一幅浑然天成的水墨风景画。不过，我更喜欢雨天里老房子的景色。雨天，走在老房子的街巷里，炊烟和雨雾弥漫在屋顶上，低低的，潮湿给予了它们足够的质量。青苔和偶尔出现在院墙上的小草被雨线编织，凄然的背后是感人的顽强。这时，撩开屋檐下的雨帘，一下子就看见了这片老房子胡同的幽深和破败。破败的院墙、陈旧的院门、泥泞的胡同小路，还有秃顶的老板站在雨星飘飞的店门前，他身后的开心坊里没有一个人影。这些都是这幅风景画的内容。走在这样的画面里，会有一种很特别的心情，因为这里收藏了我二十多年生命中大部分的喜怒哀乐。

那个每天坚持早起跑步的大哥哥，已经去了体育学院。那个能够在黄昏里拉出美妙旋律的邻家女孩，也考取了音乐学院。还有那个不知姓名的老爷爷，大家都叫他老红军，他长年穿一身旧军装，在这片老房子的大街小巷里走来走去。老爷爷会做漂亮的风筝，而且做很多个，每个小朋友发一个，我也有一个。风筝飞上天空的时候，老爷爷就会有满脸的慈祥和笑容。高飞的风筝与老爷爷之间，似乎没有多大关系，却实实在在地有那么一根线连着。是的，风筝好像是老爷爷在高处的眼睛，而放风筝的我们，就是风筝扎在地面上的根吧。

更多的是早起去市场买菜的人们，他们三三两两，谈笑风生，左手提着刚买回来的青菜，右手提着一家人的早饭。他们的每一天都是这样开始的，日复一日，年复一年。就这么走着、说着、笑着，人就老了。虽然年纪大了，记性差了，但是，那些在老房子里度过的岁月却更加清晰了。他们忘不了辛苦工作一天后回到老房子的满足感，忘不了外面下大雨屋里下小雨的苦恼，忘不了烟火熏呛的尴尬与愤怒，更忘不了一家人团圆，回忆往昔的幸福感。这片老房子，承载着他们的欢笑、梦想，更有汗水和泪水。这片老房子，有生生不息的烟火气。这片老房子，是我生活过的地方。

　　我默默地坐在院子里，鸟在不远处的屋脊上对着天空叫。屋脊下的瓦一片片叠着，前一片瓦叠着后一片瓦，后一片瓦马上又把前一片瓦覆盖。它们互相拥挤着，挤成一片红色的河流，檐角在飞，河流在向前流淌。每一片瓦就是这里的每一个人，他们共同书写了老房子的过去，还有将来。

　　一个放学回家的小孩子跑过去了，一会儿，她还将跑出来和小伙伴们无忧无虑地玩耍。她不会因为这里要被拆掉而难过，相反，她还会很高兴，这样她就和对面小区里的小伙伴们一样，可以住进高大漂亮的楼房里了。她梦寐以求。

　　只有我，常常陷在一大堆语言里，像闯进一群陌生人中间的孩子，有点手足无措。我熟悉这片老房子里的每一寸土地，要胜过熟悉自己手掌的纹路。这里的每块砖头都有故事，有的像一堆闪亮透明的晶体，会折射出绚丽的色彩；有的又黯淡晦涩，无棱无角；有的像一些富有弹性的球，弹动很久，余音袅袅；有的则像死板一块的石头，躺在墙角，似乎还沾上了一些说不清是什么的污垢。这就是老房子，我生活过的老房子，也是很多人生活过的老房子。现在，老房子就要被拆掉了……

　　想到这片老房子，我常会有一种特别复杂的心情。以前没有细想，现在想来，是不是因为它更有小城原始状态的那种人间烟火的味道呢？

清洗疼痛

深夜，树根停止了喧嚣，尘土在窃窃交谈。一个男人的号啕声，具体说是一个军人的号啕声，拍打着黑暗。而且无章无序地拥挤着无法勘测的疼痛，分明是无助，是绝望，唯独没有抱怨。此时，如果有人在他身边，想要给他抚慰，都是无济于事的。

这种疼痛，来自多年前在边防线上多次的长时间潜伏，来自寒冷的冬季和寒冷的冰雪。应该说，没有一个人能预料得到他今夜的疼痛，没有一个人能想象得到他此时的号啕。这是一种让人绝望的号啕。

我发觉他有些支撑不住了。我想帮忙，但做不到。任何措施都是无用的。这样一个凄冷的深夜，疼痛渗入了他的肺腑，哭声却钻入我的每一个毛孔和骨髓。

接下来，他必须重新站到桌子旁，而且只能是站到桌子旁，继续他的写作。在这之间，他又必须用拐杖把掉在地上的笔驱赶到沙发的一角，然后用双手扶着沙发，身子前倾，脚向后挪，直到完成一个标准的俯卧撑动作，才勉强把笔捡了起来。笔在地面与书桌间游走的全过程，就是他疼痛的人生。

纸、笔、书，都安安静静地躺在桌子上了。它们将被使用，在病痛的煎熬下成为健康的诗歌，为此，它们存在得更加慷慨。这时，三点到四点之间的晨光，正从靠向窗户的桌子一角缓慢地站起来，使稿纸上的文字更为生动，也更为凄然。

房间似乎也生了病，老是无精打采的。房间很暗，混杂着说不清的药味、烟味和生命的气味，给人一种压抑、窒息的感觉。当他想把这种感觉抛在身后时，我觉得房间里肯定装满了什么，否则他的脚步不会那么沉重。而让他挪着步子往外移，实在有点放心不下。事实上，房间里没有别的东西，只有疼痛、哭泣和变了形的时间。

他能用诗歌，将这些疼痛、哭泣和变了形的时间全部清洗掉吗？我开始怀疑起来。

正如我所想的那样，他果真把诗歌倾倒在房间里，然后挽起衣袖，用一条病残的胳膊，哗哗哗地冲洗着。那声音仿佛不是诗歌发出的，也不是疼痛发出的，而是多年前蛰伏在他腿部和背上的冰雪在房间里的回响。

片刻之后，他的手安静下来，而黑紫色的双脚和永不愈合的流着脓水的伤口，却在向他痛诉着清洗的代价。面对这一现实，我惊诧不已：难道这普普通通的冰雪来自传说不成？要不然，它哪里来的这般魔力？

坐下，揉搓，站起。辣烟，药片，苦茶。他在别人的帮助下从药片堆里爬起来，把疼痛捆绑在破旧的沙发里，把诗歌伸向病痛的神经。每一分每一秒的这样强硬地坚持，年复一年，周而复始。他也不知道是什么力量，使他能够在这种困境中写出上乘的诗歌。每次，他都是擦干眼泪，扛着疼痛，迎接着无望的希望；每次，他都是用诗文诠释着一个军人的意志和品格。他的行为彻底粉碎了我的怀疑，让我不得不承认：疼痛是可以清洗的！

他靠在一个词上活着：疼。在缺斤少两的睡眠中，他与疼痛进行着殊死搏斗。在一种历史般的缄默中，日子和门敞开着，可他却无法出入……

些微的甜

从我这里出发，向东，大概两个小时的车程，就会到达我国北部边境的一个口岸城市，城市里有许多俄式的建筑，还有许多俄罗斯血统的人在大街上走来走去。来到这里的旅客对这些一点都不陌生，因为他们在别的城市也经常见到。然而，那座城市对于我的独特品质在于，无论在冬月的清晨还是夏日的午后来到这里，我都会因为有惠生活在那里，而感到些微的甜。

事实上，我从未去过那座城市。我和惠多是借助电话沟通的。一股似隐似现的电流，始于这里，止于那里，中间经过许多田野、村庄和树林，还有许多或悲或喜的往昔。我不知道该感谢这电流，还是该诅咒它。有了它，我们可以隔山隔海地叙谈，有了它，我们又生出了许多懒惰的借口来。

现在，我开始幻想自己去到了那座城市。我带着对一切无所顾忌的从容和向往，我低调平静，又热情沸腾。惠没有改变容貌和性情，她穿着我所能记住的她最美的样子，在我幻想出来的地方，诧异而欢喜地看着我。接着我们都被往事打动了，我们手牵着手……场景几乎是固定的，不是公司也不是住宅区，是一个水泥糊成的小店，一个经营各式雕刻的小店。她也许正在工作，也可以是无所事事地发呆。

我的心开始无法安静了。我开始围着家里的一些物品打转。书桌上有一架老式座钟，放了好多年，它仍然可以一刻不停地原地转圈，很难让人把它与不可返复的时间联系在一起。翻开书本，看到的是我记录日常琐碎的小纸片，猜忌的、暴躁的、懒惰的、快乐的都在其中。打开录音机，听到的竟是屋子外面各色的叫卖声，还有施工队的打桩声、叫喊声，以及楼上时常穿插进来的装修房间的敲击声和电钻声。任凭是忧郁的古琴还是欢快的竹笛，都在反复撕扯着，在我耳内和每件家具上长时间地共振。

我最终没有去到那座城市，是因为叔叔。叔叔是个重残重病的老人，他的生活需要我来料理，一日三餐，还有各色的药片。叔叔也是个诗人、作家，出了四本集了，还能不断地在各种报刊上读到他的诗文。叔叔告诉我，发声就是为了闭嘴，走路就是为了坐在窗前，看阳光、空气和水在一点点地弃我们而去。

惠不仅是我的同学，还是我的同桌，她没有离开这里的时候，我们经常聚在一起，嬉戏打闹，还一起做东西吃。我们知道，一些被农户采摘回来而后被我们洗涤、晾干或是湿润的蔬菜，投入锅中加热，经高温、调味、翻动，反复数次后获得的新食物，也不过是一些来供我们得以维持生活原有形态的食粮而已，精华却早已被那口锅所吸收了。

那口锅呢？那口锅，火焰在消失，温度在被风一丝丝带走，它却无动于衷。它没有改变形状，不弯曲，不变形。它用散发出来的金属器皿的气息来彰显它即将到来的冰冷和平静。

也许，就是因为那口锅的从容和坚固，才显得一成不变，才显得何其珍贵，就如同空气，时间，四季，还有惠。有的朋友是天天粘在一起的，一桌吃，一床睡，一起发呆，但是在不远的前方，也许就会各奔西东，不相往来。有的朋友，相距遥远，却会与你携手走过一段风雨凄迷的夜路，哪怕狭小，哪怕彷徨，哪怕看不到尽头。

在电话中，惠经常对我说起她住的那条小街，那是一条杨树荫蔽的小街，它的样子还保留着上世纪七十年代的风貌，缓慢、悠长，日光散淡。她说，每天她都会从街头走到街尾，买几个馒头，拎几样青菜，顺便也看看风吹树响或是白雪压弯了枝头。这是一种类似小说的生活，充满了市声和油烟气，也带着某种隐秘的欲望。

我不由得抬眼望着自己生活的这条小街，它有自己的困惑，有自己的坚守，有自己的兴旺与衰败，这些都是我不想触碰也不想了解的，所以，多数时候我对它是无动于衷的。一日，在小街上闲逛，发现在小街的一角，新开了一家礼品店。推门而入的瞬间，各色的毛绒玩具在不约而同地向我招手问候，小巧精美的挂件也叮叮当当地响个不停。站在它们中间，我毫不犹豫地像相信母亲一样相信来购买礼品的人的那份真情。这间小屋，先前是废弃的，后来被两个好朋友修缮一新，开起了自己的手工礼品店。我莫名地喜欢上了这里，每次走在街上都会不由自主地过来转转，但是我却很难把自己当作礼品或是买礼品的人混迹在其中。这里的每一件礼品都吸收了阳光、水和二氧化碳，一针一线都蕴含着一种温柔可靠的亲切感。我时常在想，如果这个小店是我的，它还会有一颗浪漫温情的心吗？

我的这个想法多么鲜明，几乎要刺伤我想象的极限，使我不断地想到那座城市想到惠。我在闲暇时经常会想起惠，而今天，惠，就在邮件里。那封电子邮件，我刚看到一半，眼泪就出来了。惠告诉我，她的宝贝女儿出生了，健康、漂亮，还很懂事。所以，在看到妈妈分娩承受的巨大痛苦时，竟然因为心疼妈妈而固执地不肯来到这个世界上了。手术过程，一波三折……

后来，在电话里，我又笑了。是惠让我笑的，是她的小公主让我笑的。在电话里，她不厌其烦地给我讲述女儿的各种细微的变化，我还可以清晰地听到小家伙咿咿呀呀的声音呢。惠原本是个果决干练的人，现在却满身满心的温柔。我的泪水又出来了，为惠的幸运和幸福而流的。它是，暖的。

这么大的事情，这么大的痛苦，直到一切都已经过去了，惠才告诉我。因为她知道，我会坐立不安，会放心不下，会魂不守舍，又没有办法去到她的身边，那是一种煎熬。惠不愿意我来品尝这种煎熬。她说过，人生有太多的不如意，她要带给我的是欢笑，而不是煎熬。而当我浑身湿漉漉地再次站在礼品店里的时候，我的心竟有着些微的甜。店主是两个年纪很轻的女孩，都有一张甜甜的笑脸，自然而美好。

我为惠选了一款事事如意的手机挂件，还为她的小公主准备了一个可爱的毛毛熊。虽然我不知道这份礼物什么时候才能送到她们手里，但我却相信，她们一定会喜欢的。单就礼物中渗透出来的些微的甜的感觉，她们就一定会很喜欢的。我开始庆幸自己能够生活在这条小街上了，更庆幸小街上有一间这样的礼品店，让我不必大费周折地满世界去寻找。我对这条小街也不再无动于衷了。我喜欢这条小街带给我的些微的甜的那种感觉。

是的，我们这一生，会遇到很多的人和事，会遇到这样那样的不安、疼痛、惊扰与挣扎。但是，我们要保存好这样那样的笑声。就像我在一位女诗人的博客中看到的那句话一样："她像草芥般伶仃。她像草芥般微末。但是有时，她会像刚清洗过的水果一样，有些微的甜。"

纪 念

我们的纪念总是与往事相伴。

在我看到别人吸烟的时候，我常有这样一种感觉：闪闪烁烁的烟头一点点丈量并减少着时间，那在手指间上升、翻滚又扩散的烟雾，如同往事，纠结着一种气息，一种味道，我们是无法将它从肺腑和身体内消除的。而纪念，就像是在眼前反复萦绕的这些烟雾，将眼前的现实朦胧起来，使我们再次走进往事。

用于纪念生命流程并为我们带来安慰的东西不是很多，也许只是一块因指针掉落而停止了转动的表，只是一些留存着不同瞬间的照片，几枚枯萎的银杏叶夹在某本书里，一张某年圣诞节寄来的卡片……

用来纪念的场景通常都是简单而类似的。一个人搬走了，空出的房间就有陌生人住进去，在那里，他或她和朋友一起摘菜做饭、唱歌、跳舞，情趣悠然。如果是一家人住在这里，丈夫辛苦，妻子勤俭，孩子呢，或开朗或沉静，他们在早上的微风中开始各自的行程，又会在暮色里回到彼此的身边，分享着或快乐或郁闷的心情。

读硕士的男友走后，我一直试图从现存的物事中找寻某种与他相连的声息：那张我们听了千遍万遍的唱片，我依然在反反复复地听着。这本伍尔夫的书《墙上的斑点》，那是他曾经很喜欢的一本书，后来送给了我。我的抽屉里有他的一沓诗稿，字迹工整有力，在其中隐藏着他对于自己和世界的叹息……

此时此刻，我不知道他在哪里，时光的变迁悄然改变着一切。几个月前我回了一趟母校，我惊讶地发现，我和他以前常去的那家冷饮厅已经变成了废墟，而我们曾经的座位上两个青春靓丽的女孩正在说说笑笑。

现在，我所剩下的似乎只有回忆了，有时清晰有时模糊，久久地留存在心底。也许回忆本身就是最好的纪念吧。在我的所有回忆里，印象最深的是一些老照片，其中一张：秋日的树林中落叶萧萧，他在无边的落叶中款款走来。风，沿着他的耳边离去；鸟，被深深陷进他手上那本蓝色的书里。每当看着这张照片，记忆就开始不可遏制地斑驳起来，然后像旧日的梦境互相交叉、重叠，编织出新的一个，连时间和地点也模糊了。

现在，我努力回想他的样子。我将视线转向窗外，转向街道上喧嚣的人群，多少显得有些激动、茫然和无所适从。就这样，如此美好的阳光灿烂的午后，因为一段突然而至的回忆和回忆中的那个男人的横亘，我已经无法安然度过了。

于是，我打开电视，正在播王家卫的《东邪西毒》。这个有点神秘的诗一样的故事，我不知道已经看了多少遍了，每看一次，都会让我的孤独感倍增。在荒凉的无边无际的沙漠上，除了在醉生梦死中忘却一切，人们还能做些什么呢？片子结束了，脑子依旧一片空白，只记得欧阳锋的一句话："当你不能够再拥有，你唯一可以做的，就是令自己不要忘记。"以后的日子里，我把这句话想了很多遍，对友人说了很多遍，还是觉得有些手足无措。毕竟，手和脚是没有记忆的，许多梦，许多现实，压在我的手上脚上，又岂止是感情的重量？

说到底，纪念总是来自纪念者自己，来自一种异乎寻常的心灵仪式，强化着每天的记忆和祈祷。我们的生活总是被时间穿梭的速度控制着。洞察者和幻想者，每一张面孔后面都隐藏着一大堆往事，只要闭上双眼，就会没有止境地与一些消失或遥远的人秘密交谈、碰面，从而陷入感官的危机。我们都知道，不得不和这个世界妥协，尽管这种妥协让人虚弱，就像是公众的戏剧中私人的悲剧。我们也知道，你和我和他和她，在未来的某一天的某一时刻，终将都会成为别人的纪念吧。

时间行走的声音

　　长这么大，无论在家人面前还是朋友那里，我一直是个健康有余漂亮有限的女孩。看到漂亮的女孩可以妩媚着弱不禁风，博取男士的翩翩呵护，我竟一点艳羡都没有。既然漂亮与我无缘了，就好好地享受健康吧。于是，植树节的时候，我的手中就会多诞生出几抹绿色。我家住在八楼，粮食和煤气罐之类的重量级物品，大多都是我搬上搬下的。所以，父母就时常会在邻居们的羡慕和夸赞声中，隐隐地心疼着。从某种角度看，我似乎活得不太划算，白做了一回女人，跟眼下的流行趋势不沾边，生就了一副劳碌命。

　　曾经有好长一段时间，我总是莫名其妙地发烧，发高烧，温度之高，持续时间之长，都是前所未有的，打针吃药也不见好转。父母怕我烧出大病来，就不厌其烦地带我去医院做各项检查。奇怪的是，医生每次都说很正常，未见发病体征，让父母放心。可是我的体温仍然居高不下，以至于我对自己对药物都失去了信心，不再打针吃药，不再做任何检查了。就在这时，我的体温竟然奇迹般地恢复了正常。喜悦之余就只剩下疑惑了。

那段日子，似乎时间都停止了行走。那段日子，我就坐在家里看自己。看自己在生活中活着，和分针秒针一样地忙碌着。看自己从一个空洞的夜晚进入另一个空洞的夜晚，而每一个夜晚都那么冰冷至极，那么不适合自己。在一阵突如其来的大雨中，我没有打伞，也不避雨，任凭雨水淋湿我的头发，淋湿我的衣襟，也淋湿了我的心。

我喜欢在大雨天散步，不打雨伞，还要不时地哼唱上几句不知所云的原创曲调。我喜欢这种被雨水浸润的感觉，湿湿的、凉凉的，很惬意。尽管这些在大人的眼里是那么不可思议，我却乐在其中，乐此不疲。

大雨过后，我开始折小星星，先是用挺括漂亮的挂历纸折，后又买到专用的彩色塑料管折。在我折满一个精致的玻璃瓶后，就开始幻想，有朝一日把玻璃瓶交到未来男朋友的手上时，他会是何等惊喜又甜蜜的表情呀！如果他要向我求婚，除了亲手为我折一瓶子的小星星外，还要给我写几首海蓝色的诗歌，最好是写在他亲手折的纸鹤上面，纸飞机上也行。想到这里，我又有点担心，会不会哪个别有用心的家伙，随手拿了他人的成果来蒙我也不一定呀？于是，又伤感起来了。

也许是这种患得患失的情绪太过丰富了，急需找到一种宣泄的方式，这时，我遇见了诗歌。每天，我不停地写一些分行的句子，称之为诗歌，沾沾自喜，自鸣得意。后来，我突发奇想，想回到唐朝去写诗，即使写不好也不要紧，还可以争取在皇帝身边做官。要是写好了，就可以成为今人口中心中的大师了！

那是段听不到时间行走声音的日子。

多年以后，深秋的一个下午，我在电视里看到这样一个故事：一位姓周的农村姑娘，从十七岁就开始照顾一个素昧平生的瘫痪病人，而且一照顾就是十七年，毫无怨言。十七年里，她的家人放弃了她，她的青春也在邻里的各种猜测和日常琐碎的忙碌中消散殆尽了，而那个病人却得到了无微不至的照顾。当记者问她今后有何打算时，她说明年要外出打工，把欠的债还上。如果要嫁人的话，也要把病人安置好了再离开。我当时的第一个念头就是：她的脑子有问题！随即我的心就开始慌乱起来，狂跳不止。我不知道自己为什么会慌乱？这件事情和我又有什么关系？我凭什么要去给人家的选择下定义呢？好在，这种慌乱和心跳很快就过去了，平静了，我也很快就把这件事情忘记了。

我依然按时上班下班，依然与同事们不远不近地打招呼。遇到邻居就点点头，笑一笑。看到不公平的事就绕道而过。不发烧不生病，不打针不吃药。不失眠不幻想，不读诗更不写诗。天冷了就添件衣服，天热了就减件衣服。这样的日子，平淡平静平安又平庸，幸好屋子里还挂着朋友送的条幅：平平淡淡才是真。有朋友来时，就风风光光地大谈特谈一番，心也就安稳了许多。

其实，从我内心的喜好来说，这不是我想要的生活，可我却不知不觉真真实实地过上了这样的生活，还真有些明珠暗投的感觉呢。这种相悖成为我的问题。我开始在理想与现实之间徘徊，开始在无声的时间里徘徊。我从来没有听到过时间的脚步声，而自己却实实在在地迷失在时间的脚步声中了。我怀念那段青涩狂热的日子，我痛恨麻木不仁的现在。尤其是在最近的几年里，我不时地被两者分别诱惑着，也因此，我的思想在两者的幅宽之间出现了相当的变化。有的时候我可以明晰自己的想法，有的时候，我却已经很难辨认出我自己了。

窗外下雨了。在这个初春时节，北方通常是不会下雨的。

于是，我开始想念一个人，是一个大学时的老师。我特别欣赏她，恨不得天天都是她的课，而且我也是在她教的科目上不断地得高分。后来，她终于离开了学校，去了南方，有了一份不错的工作，还遇到了一位志同道合又疼爱她的丈夫，她很幸福。这些都是很久以后的事情了。这些也是她应该得到的。当然了，这些肯定与我此时对她的想念无关。我想念她，是因为她在下雨天也不爱打伞。

第一次见到她的那天，我刚刚来到她所在的大学报到。天下着雨，我安顿好了行李，透过宿舍的窗子向外望，就看到了她。她正不慌不忙地在雨中散步，手中拎着伞，但不撑开，惬意得好像还在哼唱着什么。这是一段校园里极幽静的小路，很少有人经过这里。她就这么慢慢地走着，哼唱着，享受着雨水。我整个人都看呆了。虽然隔着雨幕，我还是可以判断出她的大概年龄的，她应该是个中年人了。但是眼前的她，分明就是个青春少女，在尽情享受雨水的润泽。后来，当她走进教室给我们上课的时候，我一眼就认出了她。再后来，我们成了很好的朋友。

我们之间，相差了十八年的时光，却拥有了宿命般的重叠。然而，有许多时候，我会贸然地、夸张地对她的朋友评论一番，她却不为所动地微笑着，给予我礼貌地首肯，绝不打击。她太熟悉我太过轻率的夸张抒情了，超过了自己心灵原本的温度。

她说，我的许多茫然，只是因为不够了解自己，不够了解人群，以及时常顿生的对世界的紧张和恐惧，还有向往。我拿不定主意是该讨好这个世界，还是该走别的什么路径。可是，她了解。我知道，在我年轻的时候认识她，是多么好的一件事。那是一种命中注定的相遇。

窗外下着雨。是那种北方的初春很少见的小雨。在这个初春的时节，北方通常是不会下雨的，毛毛雨或者零星的雨点也不该有。而此时，窗外确实在真真切切地下着小雨，慢慢地，静静地，生怕吵醒了还没有完全走出冬天的人们，也生怕惊扰了我的这份想念吧？

　　我躺在撕碎的时间里，在仔细倾听时间行走的声音。我用左手摸了一下右手，觉得两只手还是温热的。我在想，我还活着，我还有希望……

倏然，悠然

照 片

我的第一张照片，是十岁那年照的。就像很多孩子一样，我对那个被一大块布盖住的机器产生了好奇也产生了恐惧。它安静而冰冷地存在着，就在我的面前不远的地方。我一动不动地站在那里，直到闪光灯在我眼前绚烂地绽放又转瞬即逝，我才如梦初醒。

我毫不避讳我对照片尤其是老照片的亲切和崇拜。一张照片，只要它拥有了久远的时间，它就仿佛长出了柔软的手，从泛黄的相纸里伸出，舞动着各种令人温馨的手势。在我的面前，它们有时是那些简单事物的原初面貌，承载着无言的意味，有时却在一个字一个字地诉说着最初的爱，带着圆润，滚动成珍珠。逝去的岁月不论多么粗糙，它们的脚步多么零乱，当它们穿过经年的时光向我们迎面走来时，总是超凡脱俗，散发着月光般雪白而淡青的光泽。

也许是因为我很少拍照的缘故吧，在闲

暇的日子里，翻看照片就成了我的节日。这样的一段时间是在动作与热情中进行的。手指触摸到那光滑的相册表面了，翻开它，我的心跳也随着这样的动作开始加快。我不是在恋爱啊，怎么却像是在看一封情书呢？有时候是一张女儿的照片，充满着活力，充满着对于未来时态的期待。有时候是一张爸妈的照片，布满皱纹的脸、花白的头发、深邃的眼睛，没有任何的激情。可是，我每次都会看到他们平静的表情下那一丝缓缓而来的微笑，就像是对于长廊尽头和往事尽头的一种有些令人伤感的默许。

在我家的相册里，有这样一张老照片：一对相依偎的中年夫妇正襟危坐，他们的身后，三个相差无几的孩子笑得有些羞怯有些天真也有些乐在其中的样子。照片确实很老，人物的样貌和身上的长衫，在一条条的划痕下已经有些模糊不清了，奇怪的是，我却可以看出一种幸福的味道来。这应该是一个充满爱的家庭，父母疼爱孩子，孩子也同样爱着他们的爸爸妈妈，一家人生活在爱的时光里。照片的背面写着 1923 年。我曾经不止一次地问过妈妈照片上的人是谁，妈妈说她也不知道，是一次搬到新家后在抽屉下面看到的，应该是一张全家福，妈妈就一直留着，心里想，也许会有人来找呢。

如今，我已经有了自己的家庭和孩子，那张老照片还一直待在我家的相册里。虽然我们又搬了几次家，妈妈却没有把照片丢掉，当然，也没有等到来找它的人。这张老照片是怎样被遗失的呢？是一时疏忽，还是发生了什么大的变故？我不知道。我知道妈妈保留了它，二十几年都没有丢掉，仅仅因为它是一张全家福吗？

在生活中，人们是看不到自己的，包括在镜子虚假的投射中，所看到的无非是自己期望的样子，是最佳的形象，为拍照而准备的那副脸面，如此而已。也许这就是我不爱拍照的原因吧。对于孩子，拍照是快乐的，是阳光照耀的时刻，是具有神奇魔力的。他们可以在镜头前尽情地蹦跳、说笑，做各种可爱的、有些滑稽的动作，乐此不疲。

　　对于一个母亲来说，孩子的照片，无疑是圣物。人们为了能再次看到孩子小的时候，就只有去看照片了。人们一向是这么做的。而且，我认为只有十岁前拍下的照片最好看，因为里面有我们一再丢失也一再寻找的天真和无知，对于后来发生在我们身上的事不管是好是坏全然不知。可是，我没有。我问过妈妈为什么没有我小时候的照片，妈妈说是搬家时弄丢了。我看见妈妈的眼里满是懊悔。所以，在女儿的成长过程中，我给女儿拍了很多照片，即使弄丢了几张也没关系。女儿周岁时的一张照片不知道什么时候滑到抽屉下面，留在那里看不见，很好，搬家的时候找到了，一家人凭空多了几许惊喜呢。

　　我从来没有看到过爷爷奶奶的照片，爸爸说他也没有看到过。没有照片，他们是怎么活过来的呢？死后，他们的样貌就消失不见了，连一个微笑的痕迹都没有留下。照片起初是用来做什么的，我不知道，也许是为了纪念逝去的人，或者是为了看一看曾经的自己，那么，一张全家福就是一个家庭幸福瞬间的永恒定格吧。所以，在妈妈七十五岁生日的时候，我们几个儿女从天南地北飞回家里，给妈妈祝寿，也终于照了我们家的第一张全家福：爸爸妈妈严肃地坐在中间，儿子媳妇女儿女婿孙子孙女一大家人围绕在饱经风霜的老人身边，其乐融融。我把这张来之不易的全家福冲洗了好多张，生怕哪天一个不留神，把它弄丢了，就再也找不回来了。

肖像画

　　上午收拾书柜，在几本落满灰尘的世界名著后面我意外地发现了一个纸筒，打开来，原来是一幅肖像画。画面上的我清瘦质朴，在微微泛黄的纸张上安静地望着前方，画面的右下角几行俊秀的字迹写着：李明，1998年春节。

这是被我遗忘了的一幅画，遗忘在我来时的路上，遗忘在时间的缝隙里，却被时间精心挑选，在这个原本无关紧要的上午裹挟着我，陷入了回忆。回忆中，五彩缤纷的天空好像是唯一的天空。周围，静默的黑板和桌椅，被同学们时而粗暴时而温柔地摸索过，却好像从未被风吹拂过。雪白的墙壁，刚刚被涂抹成彩虹的颜色，就被雪花覆盖了。而我，在李明老师的画笔下，在线条充溢的画纸上，随着画笔漾开浅浅的笑。只是，画面上的我，没有戴眼镜，斜靠在椅背上，和现在这个始终戴着眼镜的我，永远像两个人了。只是，现在的我早已放下了画笔，开始用文字来描绘世界，李明老师也从当年那个"鲁美"的高材生变成白发苍苍的老人了。

记得那年春节，我们几个同学相约着去看望李明老师，在一间杂乱的画室里，李老师正在耐心地给几个学生讲解着什么，看到我们来了，就用他那一口浓重的南方口音和我们闲聊起来。后来，为了更好地讲解人物肖像的画法，我被抽中成了李老师的模特，也就拥有了我人生中唯一的一幅肖像画。

现在想来，跟李老师学画，学到的都是他多年的绘画经验，每次他都是亲自演示画法，简单易懂又不乏豁然开朗的绝妙感受。李老师对人真诚热情，可能是因为他没有孩子的缘故吧，他对我们这些可以做他孩子的学生特别悉心照顾，遇到困难，我们第一个就会想到找李老师帮忙，他也当仁不让，乐在其中。在李明老师的学生中，有旅居国外的艺术大家，有美术院校的优秀教师，当然，也有人如我一样另辟蹊径了。我相信，不管时间怎样流逝，脚步怎样匆忙，我们都不会忘记曾经有过李明这样一位难得的好老师。

今年春节，我终于有了假期可以回家过年，也终于可以去看望很久不见的李明老师了。见到我，李老师错愕了好一会儿还是喊出了我的名字。李老师真的老了，身体虚弱了好多，很多事情都记不起来了，却能奇迹般地记得许多同学的名字。和他聊天，提到哪个同学的时候，他说的最多的一句话就是"这个名字很熟悉嘛"，然后就爽朗地笑起来，有点像孩子一样。这次见面我才知道，他的一只眼睛已经几乎失明了，另一只眼睛也得了很严重的白内障。即使这样，他仍然没有放下画笔，仍然有很多喜爱画画的人来到这里跟他学习，他自己也说，只有和油彩相伴的日子才是最幸福的。

李明老师的画室并不大，却堆满了画，有大尺寸的油画，也有小幅的水彩和素描，有装裱好的，也有还在画板上没有完成的，大多都是最近几个月的作品。看着这些画，我不禁拿起画笔坐在画板前，体会着用一只眼睛画画是什么样的情景。当即，我鼻子一酸，觉得眼里有东西，一摸，湿的。李老师微笑地看着我说，他和医生说好了，月末就去做白内障手术，还嘱咐那个医生不要有负担，即使手术不成功，他还可以学习唱歌，去广场上唱，随即又是一阵爽朗的笑声。这时，我仿佛听见有另一张嘴在说话，在一幅画的背后，在许多幅画的背后，它小心翼翼，它无比伤感。它碰到了抹布油彩和刀刃，它摔倒了，它干脆坐下来，细细的喘息中，它在默默流泪。

如果，时间是一幅带有回忆录性质的个人肖像，回头望过去，许多突然涌现出来的青葱岁月，无疑会打开我们心灵的抽屉，以及那些隐藏在抽屉最底层的人和事。也许是一张桌子，每天早晨，都会有一双手在擦拭桌子上被精心雕琢的花纹。也许是一阵风，风吹树响，年轮的密纹唱片中，多少个自己，就储存了多少种眺望的目光。那么，一张画纸上最初的线条呢？刚刚还略显笨拙的手，一笔接着一笔，画着画着，就被时间每天变成了另一只手？那么多线条，统统隐在它的身后，就像隐在一个形象背后？

我时常在想，在别人眼里我是谁？而那个"别人"又是什么样子呢？会不会真的有一个"别人"忘不了我曾经用心张望的样子呢？如果有，我要怎么解释，我竭力去看的，正在时间中慢慢地消失呢？如果没有，我又会不会成为最虚幻的一部分，融入始终如一的乌有呢？也许，我所回忆的并不是过去，而是过去在我的回忆中一点一点出现了。比如李明老师，比如那段曾被中断的时间，以及时间中的另一种焦距：二十岁遮掩的四十岁，或者我里面的那些我。

事实上，关于李明老师的回忆，这不是第一次，也不会是最后一次。我知道时间在流逝而回忆还会来。不是回来，是到来。所以，我已经准备好了纸和笔，当回忆到来时，我就把它写进咸味儿的风里，那里有熟悉的田野，也有不计时间等在那里的树林。然后，用一种比白色更单纯的颜色在心里画上一个又一个线条，直到成为一个现在。当然了，周围还有那些孩子和那些画，即使灯光再暗黄，阴影再浓重，我也认得出他。

生命的唯一内容就是时间，纸、笔和油彩，无一不在描绘着时间。而当时间成为过去变成故事，这一幅用文字勾勒的肖像，能否在时间的美术馆里，一举，囊括了那么多、那么美呢？

教　堂

我生活的这座城市，大大小小的教堂有很多，随着城市的规划，有的消失了，有的被搬了家，有的破败了，有的则被装饰一新成为了城市的标志性建筑。圣索菲亚大教堂就是其中最负盛名的。

小时候，我最喜欢去索菲亚教堂广场喂鸽子了，看着鸽子一点点朝自己走过来，然后迅速地吃光我手里的玉米粒，几许欣喜，几许自豪啊。长大了，每次路过教堂时，看见鸽群在空中盘旋，还有好听的鸽哨声萦绕耳畔，就不由得生出几分艳羡的情愫来。

圣索菲亚教堂是远东地区最大的东正教堂。它的巨型洋葱头式大穹顶，是典型的俄罗斯建筑的屋顶形式，主穹顶和四个小帐篷顶及后屋顶共有六个十字架。高耸入云的金色十字架与红砖绿顶相辉映，宏伟壮观，古朴典雅，充溢着迷人的色彩。

沙俄东西伯利亚第四步兵师修建中东铁路的时候，修建了这座随军教堂，全木结构，后来在木墙外砌了一层砖墙，成为砖木结构式教堂。

20 世纪 70 年代，教堂关闭后曾经被用作仓库和练功房，建筑主体破损，教堂内壁画、乐钟、十字架丢失了。如今，经过了保护性修复后的教堂，已然成为哈尔滨市一道独具特色的风景线了。

现在，让我们穿过经年的冰雪去聆听教堂的钟声吧。

听，是无限的。在有限的岁月中，有限将以无限的样子被记住。

听，有时需要两只可以解读时间和心灵的耳朵，需要那么一点奇妙的、有趣的、呈现另一片景色的想象，仿佛梦中飞舞的群峰涌上指尖，仿佛月光落入感官之海。

所有的听中，最有灵韵的要数教堂的钟声了。

钟声响起，时间的片段，精神的片段，仿佛飞鸟不停地向上攀升，直至消失在悠悠苍穹的最深处。此刻，如果我们从钟声中仰起脸来，就会看见那些耀眼的星辰，看见离我们最近、最璀璨的那一颗，泪一样滑过时间的眼角。钟声引领着我们在大地上行走或停顿，沿着霜花飞溅的季节，无调性地走过原野、树林和山岗，然后开始慢慢步入永恒。

据说这座拜占庭式建筑篷顶的钟楼，曾悬挂着一大六小七座乐钟，大乐钟重达一点八吨，六个小钟可以奏出六个不同音符。当年，每逢重要宗教节日，敲钟人把七座钟槌上的绳子系于身体不同部位，手足并用，有节奏地拉动钟绳，铿锵的钟声响彻云霄，当时连几十里外的居民都会听到这钟声乐曲。

只是，当夜的尽头终于响起耳熟能详的钟声，那些走散的面孔却不再回来，他们已经听到了被记住并将继续传承下去的不朽的钟声。

人们爱听这教堂的钟声，现在却很难听到了。现在听到最多的是每天下午的合唱表演，以及和着音乐喷泉的节拍响彻广场的悠扬歌声了。

站在有着近百年历史的教堂前，感受到整个广场凝聚在音乐的优美旋律与建筑的智慧之光里。那一块块仿旧如旧的砖，那一面面雕砌精美的窗，那一盏盏金碧辉煌的十字架，在阳光下弥漫着古典优雅的气息，让人无法释怀。每到夜晚，欧式庭院灯放出淡淡柔光，整个广场宛若一缕轻纱笼罩。

或许，钟声只是上帝的匆匆一瞥：坐在空无一人的长椅上，我们仿佛看到了智慧之神索菲亚历尽风雨的容颜。只是，对上帝的冥想并不是沉浸在一种孤独里，对我们来说，钟声：仅仅是一个祈祷而已。

千年风雨一座钟，钟声消散了，教堂却是风情依旧。

记忆有它自己的悲伤注解

灯光调暗了，蜡烛在燃烧。你，安详地躺在花丛中，没有了一丝一毫的痛苦。我站在你的面前，离你不远，试图穿过悼词找到你。

对于其他人，诗歌是一串足迹，只要跟随那些足迹，最终我总会被带到他们的身边，距离近得足以让我看到他们在走动，而你却不同。你的诗歌把你包裹起来，支撑着你，却把你跟我隔开。你的照片也一样，你的笑容像面具，挡住了藏在面具后面的疼痛。与其说是病痛切断了你和世界的联系，不如说世界无法接近你的疼痛，更读不懂你的笑容。即使在睡梦中，你也是双眉紧锁，像个做错事的孩子一样，在时刻接受着疼痛的指责。

然而，此时此刻的这一场睡梦，你没有了往日的紧张和痛苦，你终于感到轻松了吗？那么，你游走去了哪里？你有没有回到家乡，去看看昔日那片草地，那片给了你儿时无尽快乐的绿油油的草地，以及那一位沿着你的文字，翩翩走进每个读者心中的丁爷爷？你有没有回到你曾经用生命坚守过的边防线，那里的雪，还和当年一样大吗？你的手脚是不是又被冻得没有了知觉，当年那个帮你解帽带的战友，如今又身在何处呢？我知道，你一定会去看望多年来给予你帮助的朋友们，因为你无数次地说过，在无休无止的疼痛中饱受煎熬，如果没有他们，你早就放弃了。一如桌上所有这些你的照片，每一张都拍摄于疼痛的临界中，或是温情的呵护下。就像这张，夏日的骄阳透过画面外树木的缝隙洒落在你身上，你穿着绿色军用棉裤，在竞相开放的花丛前，忧心忡忡地望向不远处的小崔，而你挂着的拐杖，使你早已僵直的双腿，终于找到了确实的依靠。你的样子，看上去就像是从冬天偷跑出来的，却被夏天困住了，既回不去，又无缘享受。你是那种不会为了拍照而摆姿势的人，你只是直挺挺地站着，似乎这样你就可以真的如松柏一样挺拔而长青了，似乎你站得越直越久，拍出的照片就会越好。

　　而你在书桌前的照片则截然不同。比如这张，拍摄于你还能坚持站立的某个下午，那些时间里，任何人都无法与你相比。双脚溃烂的伤口处，那剧烈的疼痛沿着神经不断地向上蔓延着，直至周身和大脑。你咬紧牙关，扶着桌子站立着，右手在纸上艰难地写着，一个字，两个字，你脸上的表情随着右手的动作越来越复杂，两条僵直的双腿也越来越频繁地替换着站立，你的额头上渗出大颗大颗的汗珠了，而你仍然在坚持着。只有诗歌如花朵般盛开又凋零，然后又毫不费力地优雅变身为散文，势头从未减弱。每一个文字都在涌向你，为得到你的抚摸而争先恐后，仿佛它们为此已等候了千百年，就是为了知道自己在一个重病重残的诗人笔下，会幻化成什么样子。

　　诗歌从你身上什么都没拿走。把你掏空的是病痛。诗歌是生活还给你的，但那还不够，远远不够。

　　还有这张，是在你病逝前三天，我随手拍下的。那时你已经站不起来了，书桌对于你，只能用来摆放书籍和报刊，书桌前再也看不到你的身影了。你躺在床上，用湿毛巾盖住了酸涩的眼睛，人也像被什么盖住了一样，要费很大的力气才能说出简短的话来，话音未落，你就已经开始大口大口地喘着粗气了。你已经像这样躺在床上多长时间了，也许连你自己也说不清楚，不是吗？大家来看你，而你却只能那样躺着，攒足了力气才可以说上一两句话。

　　一张照片，就是一幅在时间流逝中定格的影像。直到那幅影像融化了，就如同和你一起躺在房间里，等着你从缥缈中返回，等着你走动、说话和写字；就像我到了你家，而你正站在门前，笑意盈盈。

　　也许，人们能够从你的诗歌中读出些什么。也许，朋友们知道怎样去调和你人生中的痛苦和你文字中那充斥着绝望的温情。比如《坐在裸露的根上》《在一个人的世界里》《想起远方那片幽篁》和《爱的留言》，等等。我觉得，你写的每一首诗，每一篇散文，都是你饱受病痛折磨的人生中的一页，是你对自身对朋友对友情和爱情的不断思索，即使是为别人做嫁衣裳，你的文字也具有某种品质，某种文学大家的宏伟和庄严。你的《闲聊波尔卡》是那么意蕴深远，《最后的谢意》又呈献给大家一颗坦荡赤诚的心……

　　你躺在那里，是那么安静，我甚至不确定，你是否知道我就在你的身边。我知道，我看上去有点像一个闯入者，一时间竟不知该离开，还是该安静地站在原地。我们有段时间没有见面了，有那么多事情我想听你唠叨，但你只是平静地躺着，我不知道我还能做什么，除了不停地在心里自问自答，希望能够把你从沉默中拉出来。我想知道你脚上的伤口是不是又扩大了？楼上的住户还敲不敲暖气管道来抗议你的号啕了？或者你又吃了过量的止疼药，而导致胃再一次出血了？你的泪水在眼里翻滚着，因为疼痛已经完全不受控制了？就是这样，人生中有些事情已经注定，它们埋伏在那儿，等着你经过，像命运一样耐心。

我一直很喜欢你客厅里的一张照片，照片上的你是那么健康，那么神采奕奕。当时的你，穿着有些臃肿的军装，一只手插在裤兜里，另一只手夹着一支烟，步履翩翩。你曾经半开玩笑地说：如果我死了，就用这张照片当遗像吧。

你说，在拍过这张照片不久，你就被派往边境执行潜伏任务了。你全副武装地趴在边境线的大雪下面，在零下四十度的寒冬，一趴就是几个小时，一连数天，而且是纹丝不动。可是你从来没有抱怨过，更没有逃避过。任务完成了，你却像商人走进办公室那样大踏步地走进了病房，谁知，竟一病不起。

你在部队医院和地方医院之间不停地辗转着，你说，你时刻准备着等待结束，也等待开始，等待那些会让你的大脑短路的细微小事。渐渐地，你注意到等待的内部有一种呢喃，你好像听到有人在对你叫喊，话语碎成了尖锐的音符。你开始四处张望，在汹涌的人潮中，你开始辨认逝者的脸庞。有人碰了碰你的胳膊，你转过身，看见了你的父亲，他在朝你咧着嘴笑，说着一些你听不懂的话。父亲拉着你的胳膊带路，似乎你是个盲人，你们离开大路拐进一条小街，这条小街很少有人经过，路中间都是积雪。

——你已经死了。你突然对父亲说，父亲笑起来。

——没错。

你们走上结冰的台阶，它通向一家医院，在内科病房的走廊里，你看见医生护士都在紧张地忙碌着，而病床上躺着的竟然是你自己。这里的医生护士都认识你，而现在他们却好像根本不认得你了，和你撞个满怀，还跟什么都没发生似的，继续急救。

——我死了吗，父亲？你贴近父亲的耳朵说。

——怎么说呢，你已经不用再担心这个问题了。

——那为什么我感觉不到自己已经死了呢？

——没有人能够感觉到自己死了。

于是，你很高兴地接受了这个事实，你终于不再疼痛了，可以健步如飞了，而留存在记忆里的一切，好像只是一种成见。

所有的医院都差不多，都是一堆讳莫如深的建筑，里面的医疗器械也大同小异。住在医院里，如同坐牢一样。或者说，自从你潜伏冻伤以来，你度过的每一天都是在坐牢，一个人的单身牢房。你说过，你的职业就是生病。

终于，一个初秋的早上，你又一次被救护车拉进了医院。这一次，没有所谓的朋友来看你，你也不用看着相机，面无表情地只等着照片拍完。

你深吸了一口气吗？空气中依旧弥漫着来苏水的味道。透过救护车的倒视镜，你看见自己的脸在盯着自己看吗？身后太空般深邃。你一定是小心翼翼地收回了目光，再一次躺在了救护车的担架上，看着高楼大厦一闪即逝，听飞机从天空中滑过，而后颤抖着消失了。这时的世界比创世纪的第一天还静，在有任何城市之前，在有任何风之前，那时唯一的诗歌就是上帝的话语吧。那么，上帝对你说了些什么呢？

救护车安静地行驶在城市的街道上。没有风，但到处都好像是一场狂风刚刚经过留下的痕迹，你躺着，听着，想象着，光影不停地掠过车窗，也掠过你的身旁。有段日子了，你被困在各种事物中间，那是因为一种生病的语法，把世界粘在一起的句法，突然间全都分崩离析了。你迷失在词语里、动作里，甚至连最简单的诗句都写不出来。但是我知道，不管你写或者不写，你的内心都是相当精致的，当然，也会是相当脆弱的。

所以，你必须让自己慢下来，再慢下来，慢到沉默像灰尘一样落到你身上，你走进自己的深处，就再也没有出来。

你人生的最后时光，不再写诗，因为写不动。也几乎没有朋友来看你，因为你没有力气说话，也下不了床。陪伴你的是天使一样的女子，以及窗台上的一盆花和一条鱼。就在这种单纯里，你偶尔喂喂鱼，也看看花，却再也没有力气去擦拭花叶上的灰尘了。

所以，你无法站在空荡荡的屋子里写诗了，即使有时根本就是心不在焉。偶尔写出来的句子也像个受伤的运动员，再也无法像从前一样一气呵成，收放自如了。你知道，自己有太多注意力被病痛占据了，没有留出足够的空间给文字的神秘。

也可能并非如此。我一直认为，艺术家能把发生在他身上的一切都转化为优势。你也是吧？你也在把生命中那些遭遇转化为自己的优势吗？近些年的作品是你的精华，这点大家的看法一致。但那些你还没有来得及写出的作品呢？当你挣扎着想要站起来，继续和大家探讨的时候，你曾经帮忙一起发明的言说方式，是否也有某种特别的东西？有没有可能，诗歌因为你的无法书写而变得更加高深了呢？就像一幅画受到了损伤，却更加增添了它那不复存在的完美？

你喜爱文字，喜爱书中散发出来的油墨的气息，喜爱诗歌和散文的味道，喜爱小说中那种人间烟火的情境。喜爱站在电脑前，读上几篇难得一遇的好文章，那感觉，就像自己是这个世界上最后一个痴迷文字的人。

就这样，你沿着网络上的细枝末节，找到了一群喜爱文字的朋友。在无边的大理石天空下，在网络的虚拟世界中，你们一起坐在咖啡馆里看街上人流如潮，却什么都不用想。所有找到你的人，都会来和你打招呼，征求你对他们文字的看法，每次你都会真诚地说出自己的想法，多半是以鼓励为主，直到他们露出满足的笑容。当然，也有人过来和你搭讪，是为了在你这里寻找隐秘的伤痕，他们注意到你一年四季都穿着棉裤，也闻到了你讲话时各种药物掺杂在一起的苦涩。是的，你心里有很多忧伤，那些发生在你身上的事情，大部分都留在你心里。你只让其中很小一部分流露到诗歌里，不是以愤怒的形式，而是让忧伤一点点地四处散落。《回家的路》，一首忧伤的歌。

中秋的哈尔滨，雨一直下个不停，被水汽环绕的树木，祈祷着明天会有一轮秋阳高照。那么，在这样的祈祷中，你已经走出去很远了吗？一天已走向尾声，那挥之不去的徒劳感，我再也无法回避。我知道，每一天都会走向这种平静的无助。厨房里自来水在滴滴答答地响着，沙发上女儿的书包还没有整理好，一只蚊子从耳边滑翔而过，一杯白开水还在冒着热气，所有这些细节都在讲述同样的故事。而故事里的我，走到窗边，看着外面被雨水打湿的街道，想着有多少人也在像我一样望着窗外。如果周末只剩下雨水和大风，也就失去了周末的意义，所以人们都在期盼着新的一周的到来吧？这样的时刻，你又在做些什么呢？你会对过往的一切既感到后悔，又无怨无悔吗？即使你已经身处在世界的另一边，也会希望有人在思念着你吧？这时，如果你正好从这座城市经过，你会抬起头张望，想象着那些亮着黄色灯光的窗后，有一个人坐在桌子前，看着桌子上的照片，写下了这些句子吗？

天快亮了，我也累了，而你正游走在哪里呢？时间对于你来说似乎是不存在的。那么，你的故事、你的诗歌、你出版的书，以及这一篇文字呢？

那些消磨我的光阴在城市中生长

一

这是一座冬天的城市。

关于一座城市，词条中的介绍都很规范，人们被限制在地理位置、政治经济、历史人文、交通旅游这几个简单明了的词语之间，感觉到，好像一座城市只有概况，而在各种概况的下面不给城市一点喘息的空间，也不给人们留出一点想象的空间。幸运的是，眼前的这座城市之于我，不是各种乏味的解说，而是声情并茂的演绎和细枝末节的渗透。

这是北方的一月份，一年中最冷的月份，一个室内温暖如春、室外天寒地冻的月份。在这样的日子里，生活似乎非常容易了起来，清晨，不慌不忙地起床，喝一杯热牛奶；中午，一杯蓝山、一本小说陪伴我一段悠闲的午后时光；傍晚，我和他吃着热气腾腾的火锅，说着一些或远或近的话题，还有D大调卡农。这样的日子，闲适、平淡，类似于小说里的生活。这样的日子久了，最初的那份满足就会被与生俱来的好奇所替代。是谁？什么时候？让我的双脚蠢蠢欲动？于是，在那个雪花飘飞的日子，我走在街上，不是乘车，只是走，是散步，是触摸，是溶解。

我走在一条马蹄石与鹅卵石铺成的百年老街上，我跟随着涌动的人流缓缓前行。我来到了江边，我站在防洪纪念塔的前面，我看到了滚滚东逝的松花江水，我在传说中的老江桥上小心翼翼地迈着每一步。

这是一座历史悠久的铁路桥，自一百一十年前的欧亚大陆穿越而来，它见证了中东铁路的通车，也见证了这座城市由几个村镇迅速发展为远东文化经济贸易中心的过程，见证了这座城市在清末、民国、日伪时期和中华人民共和国的城市历史。

我第一次看到这座铁桥，是在一部家喻户晓的热播剧里。记得，他当时很兴奋地告诉我，曾经和同学在桥上骑着自行车和火车赛跑呢。我看见他的目光闪亮，额头闪亮，声音闪亮。此时此刻，那部电视剧和我们的谈话都已伴随他的闪亮化为火焰，温暖着我的脚步。我相信，任何一种思念都是真挚的相遇。我在一点点接近铁桥不如说是铁桥在一点点靠近我，或者是我假设的一种桥的语言：我不知道，我永远不知道那种思念在何处？事实上，我知道。我的思念就在那一年深秋的北京之夜，在那场银杏叶簌簌落下的秋雨中。之后，每当我看到夹在书页中间的那枚干枯的银杏叶标本时，都会情不自禁地想起他在雨中的身影，想起他的默默无语，他的若有所思，他的心事重重。

我仿佛看见他在读桥栏杆上的留言就彻底读完读尽读灭。这个寒风吹走太阳的时候，我蓦然间看见他走在我的身后，他的身体裹在羽绒服中很沉重，但他依然在对我笑，他喜欢笑。我好多次问他一个人漂泊真的有那么舒心自在吗？他仍然笑着说，你没有漂泊过，就不知道笑的幸福。他伸手抚摸着那些挂在桥栏杆上的锁，也抚摸着那些写在这里的名字。他说，时间每一天都在把我们带往疾病、喜悦和命运，那么，幸福就应该是一支烟、一杯酒、一个问候、一种微笑吧。

我想起了那个温馨的午后，我坐在阳光里，他的笑声从手机里弥漫到我的四周，升腾起淡蓝色的雾，生长出五颜六色的花。他从晶莹寒冷的冰城流浪到北京到南京到吴侬软语的水乡到木棉朵朵的广州，今后还会流浪到他没有去过的一些城市、一些邻邦。他说，他不喜欢流浪，却也乐在其中。有人说，生命中的人是一个永远轮回的故事。那么，站在铁桥上的他，微微一笑望出去的就应该是这座城市初春的绵绵细雨吧。

当我撑开雨伞的时候，雨丝正浓密地穿过夏日午后的教堂广场。雨越下越大，我看到广场上的人们在四处躲避着。他却将目光停留在一对年迈的老夫妇那里，但是可以看得出来他的目光并没有在洞察什么，他正在穿过重重的隧洞，在记忆的仓库中搜寻着从铁黑的烟囱中散发出来的毫无新鲜感的像树叶被烧焦的那种味道。他找不到了，他知道的，就在那个漆黑的夜晚，家不存在了，父母的疼爱不存在了，兄弟的关怀也随着父母的离去而消散殆尽了。一切真的都不存在了吗？一个声音在夜晚的广场上回荡着。一阵教堂的钟声响起，圣洁的火焰，灵魂的祈祷，如同词语般推动着他的孤独和黑暗中的声音。他说，他就是从那个时候开始喜欢上这个广场的。

这个有着巨型的洋葱头式大穹顶的教堂，是远东地区最大的东正教教堂，典型的拜占庭式建筑宏伟壮观，古朴典雅，充溢着迷人的色彩。高耸入云的金色十字架与红砖绿顶相辉映，显示出教堂主体巍峨壮美的气势。休闲椅和绿地的环绕，衬托出教堂广场的静谧安详。每到夜晚，欧式庭院灯放出淡淡柔光，整个广场宛若一袭轻纱笼罩。

雨停了，我回到广场上。站在有着近百年历史的教堂前，感受到整个广场凝聚在音乐的优美旋律与建筑的智慧之光里。洁白的鸽群盘旋在教堂周围，纯真的孩子们快乐地蹲在地上给鸽子喂食。不远处的长椅上，一些人在寻找着与他人沟通的一丝可能，一些人则沉浸在一种近乎痛苦的孤独里。陶吧、影吧、旱冰场和啤酒广场、冷饮广场不时地传来迥异的说笑声。偶尔也会传来一两声宠物狗的叫声。很快地，高贵优雅的妇人就会迈着悠闲的步子从这里缓缓走过，目不斜视，心无旁骛，她们仿佛生来就是为了过着这样的日子，一种近乎宁静的烦忧，一种空无一物的生活。

很多时候，我们原谅或责备我们的耽搁，我们无法抵抗一路上的魔力，那温馨的晨露，那馥郁的香气，那令人着迷的寂静和孤单。很多时候，我们在路上笃信的前景，持续到最后一刻，必定是变幻无穷、神奇瑰丽的，这是生命的融洽，也是谜一样无影无踪的到达。就像现在，我静静地坐在教堂广场的一隅，每一阵微风吹来，每一阵细雨到来，仿佛都在告诉我，世界上的大多数经验都倾向于变化无常和稍纵即逝。所以，从这一刻开始，我更加坚信，来到他的身边，是我必需的选择，而这座城市，就是我必须来的一个地方。

二

来到这座城市，并且居住下来，是因为，他在这里。

我住在这里，也会时常想起另外一些我生活过的城市，想起生我养我的家乡。有时候觉得，我几乎是一个人，居住在这里。果然，我出现在广场、天桥和公园的时候，我的身影连缀着沙土、尘埃和水、空气，形成了一道不可穿越的帷幕，我就存在于这种持久而惊诧的自由之中。这样一来，时间进入了二零一二年的夏天，我开始闻到雨水的潮湿，我仍然会出神地盯着墙壁上的霉变，斑斑驳驳的霉变。因此，我是坐在霉变的屋子里看着这座城市的。是的，我就是这样看到了这座城市，沿着残垣断壁来到的一座城市，沿着雷霆后的暴雨来到的一座城市，沿着欢快的广场来到的一座城市。这座城市正在下着雨，浓厚而潮湿的地气直往上升，就像遗忘的玫瑰重新回来。

　　就这样，我在一个之前对它一无所知的城市里生活着。每天，我都要沿着熟悉的街道穿过城市的心脏部位，我经过一栋栋楼房，灰色的门面给人一种迷失在天空的印象，巨大的楼梯旋转着仿佛通向了虚空。远处，依稀是倒映着江畔小区华丽外表的松花江，太阳照耀，江边上人影攒动。我小心地走在属于我的街道上，我不愿意轻易就迈出我的边界，尽管街区很大，大得可以容下我无法想象到的所有空间。我走在原本就陌生得开始有些熟悉的街道上，我一直向前走着，我希望道路的尽头是一个寂静而无休止的仙境，而我却在到达终点的时候才发现，竟然找不到回家的路。某些时候，在这座城市漫游了很久之后，我在一条街上停下来，突然发现，随意的脚步竟然把我带回到了自己的家门前。我推开沉重的楼门，在昏暗的灯光下爬上一级级楼梯，最后停在那扇崭新得与整栋楼房有些格格不入的防盗门前。我掏出钥匙打开房门，钥匙与锁孔摩擦产生的回声，那么悠长，那么深邃，让人忍不住去想门的另一边是否存在着一个荒凉的世界？

　　打开门的瞬间，他，笑意盈盈地看着我，接过我手里的东西，温暖地说：累了吧？在他身影的后面，我看到了狭长的走廊，之后是两个面面相觑的房间，我走进其中的一个房间，透过窗子，昏黄的阳光照进来，天空和天空下面的城市，一片黯淡。就在刚才，在打开门的瞬间，我多么害怕看到一种残酷的、惊讶的眼神啊，以至于已经忘记了我的轮廓、我的嗓音、我的名字和我的存在。

生活在这座城市里，我一直希望自己是轻松而简单的。每天上午，我首先会拆开收到的邮件，或是登录电子信箱；我会接听电话，或是喝一杯奶茶。我会根据当天的心情来决定午餐是叫外卖，还是自己下厨。我还会出门，漫无目的地闲逛。我徒步走过一条街道，街道的两旁拥挤着小吃店和杂货店。有人走过来问我擦鞋吗？是一个孩子，昨晚他还在广场上卖鲜花，今天又是另一副面孔了。我看了看手表，走完这条街，大概用了十多分钟的时间。

走在街上，嘈杂是无处不在的，从日子到日子的嘈杂，就像从菜市场到菜市场，从烟到烟，酒到酒。这样，从一开始，我就应该知道自己已经输了，我的很多希望都在慢慢落空，坚持，或是改变，都没有用。所以，我得感谢有他陪在身边的这些日子，嘈杂没有能够打开我的房门，更没有曲曲折折地从我的地板上走过，所以，我才可以安心地坐在屋子里，并且与屋子相互遗忘。

我现在住的地方，大都是年轻人。我曾经见到他们中的一些人搬走了，另外的一些人紧接着又搬了进来。这样的事情从来都没有停止过，没有一点新意，连搬来搬去的家具都差不多。我时常在想，他们要搬到哪里去呢？哪里的日子才更幸福呢？就在前不久，我去一个朋友家，近百米的房间里，只有一张床和一些书，就这么简单。朋友说，许多个夜里，他都听见房间的对面，一些年轻人醉酒后摔碎杯子的响声，有时候他们还打架、骂娘、哭泣，他们好像已习惯了对什么都毫不在乎。这种声音彻夜地响着，就在他的对面，离他不远。所以，朋友决定把自己搬走，他希望把自己搬走的时候，东西多点，最好是两个人。因为他自己太简单了，就一个人，几件换洗的衣服和心爱的书。我禁不住问他，到底要搬到哪里去呢？朋友只是默默地摇了摇头。事实上，他已经搬了无数次家，一次比一次离我们远些，再远些。不知道为什么，我总是担心这种情况会永无止境地继续下去，一次比一次远，然后就彻底被淹没在这个城市与生俱来的嘈杂里了。

现在，朋友已经搬到了这座城市的东郊，他还要搬到城市的远郊去。他说，每一次搬家，就是让自己沉得更深一点儿。不是更远，只是深，深得不会再因为陌生的房子而睡不着觉。他说，一个人在城市里走，最能体会到被嘈杂围困的感觉，嘴里、鼻孔里、耳朵里、眼睛里，全都是嘈杂的分子。他说，他被嘈杂窒息了，也疯狂了。有人说，每个人的疯狂构成了死寂世界的一部分。那么他是哪一个部分？我们又是哪一个部分？是一张画？是一支舒缓的曲子？是一首诗？或者仅仅是一封信？我曾经看见他坐在桌前，用一支白色墨水的笔，在白纸上写信，封好，投入信筒。这就是他想要的吗？

那么，什么又是我想要的呢？一次说走就走的短途旅行？一份忙忙碌碌的工作？一大堆漂亮的衣服和吃不完的零食？还是一个可以把一首交响乐听上一百遍的良好心态？在这个许诺太多、给予太少的世界里，一切都紧张到了极点。我们需要耐心，需要用无数虚构的细节来唤醒压抑已久的激情。如果生活就是一场激情，那么世界就恰恰等于狂想吗？

三

来到这座城市，差不多有六年的时间了。每次妈妈问起，我都说，很好。

事实上，谁都知道，当你进入别人家里，一下子就发现了许多东西：房子、家具、衣物，还远不只这些，你还发现了一种赤裸裸的生活方式，是会让人感到局促不安的。所以，简单地环视一下屋子，然后将目光移向窗外，是个很不错的选择。等到主人让你坐在靠边的沙发上，真正开始了谈话，面对目光游移的你，主人是不需要担心这样的处境会不会让你觉得是一种过分严厉的氛围，他不会等待你来判断他的生活，更不会等待你来判断那个最内在的自我。好在人们泛泛地谈论命运、谈论孩子的假期、谈论年迈的父母、丢失的爱情的过程中，许许多多真实的情况就会显现出来了。因为，真实的生活就在词语的混合之中，就在被揭示的事物的混合之中。

所以，在这个城市里生活，我庆幸自己一直处于旁观者的立场，这有时能让我看到一些真实的东西，有时也不免很落寞。这个城市里和自己有关的到底是什么呢？除了他和女儿，似乎什么都没有。每次，我走在一条人潮汹涌的大街上，发现街的尽头就是我住的小区，而进出小区的人们都面无表情，来去匆匆。每次，我都在踌躇，怎样和邻居打招呼才不会惊扰到他们？是否会有人从我的对面走过来，和我刻意地擦肩？

想到这里，我就不由自主地停下来，习惯性地站在窗前眺望远处的天空。昨夜的一场大雨下过之后，天空非常明朗。我仿佛看到美丽迷人的葡萄邑地：长长的梧桐树小道直通向淹没在波尔多葡萄园的 18 世纪的古堡，长长的冷杉树小道直通向一处诺曼底人的乡间别墅。突然间，我萌生了独自一走的愿望，让自己真正地走在这样的一片土地上，并且掂量着一种真正的命运，一种真正的过去和一种真正忧郁的分量。可是我知道，人眺望时的目标大多是虚拟的，它从没有经过我们的双眼所逼近的任何点和线。我，怅然若失。我点燃一支烟，刚刚吸了一口就被呛到了。咳嗽还没停，就响起了敲门声，是楼下的邻居来取快递员顺便放在这里的邮件。我对他是一无所知，甚至不知道他姓甚名谁。习惯上，在楼道里遇见我只是向他点点头。我们这样的遇见已经有几年的时间了，但没有表现出任何的好奇。这并不是熟视无睹，确切说是一种习以为常的邻里关系，虽谈不上讨厌，也不会有什么发展。

这种感觉很像我和这座城市的关系，虽然有着水土和口音的隔阂，却没有着根本上的他乡和故乡的那种隔阂。我来到这座城市并且生活在这里，每天与这里的人群、街道和嘈杂、灰尘相濡以沫。我每天都和街角的那棵杨树互问早安，我看着它的叶子绿了又黄，然后在北方乍暖还寒的春风里重新吐露新芽。我和这里的大多数人一样，每天骑自行车上班下班，还时常俨然一个地道的主人一样向外地的朋友绘声绘色地描绘冰雪世界的绮丽壮观。我会陪着他一次又一次地回味《北方往事》里所讲述的沧桑和坚持，还会和着他的韵律唱起那首略带伤感的《乘客》。我时常在想，一个人老了就会有一座城市的深度吗？一座城市倘若有一支插曲，一定是支安魂曲吗？

这样的日子在我的左右不停地游走着。直到有一天，我终于可以心无杂念地坐在江边，看着江水如时间般在静默中流淌，我才知道，他曾经是多么煞费苦心地给我准备了一个我愿意相信的幻象啊：没有行人的堤岸上，江水几乎是毫无表情地躺着，看不出它在流动；而在循环往复的夜里，江水就在城市的上空低吟浅唱着。他说，在他昏暗的视野里，盛大的灯光笼罩着街道，人流在穿梭，昆虫在爬行，江水也一股一股地隐没在楼群间，从季节到季节，从人到人。

仅仅因为这条江，这座城市才著名了。江水，温柔地从城市的中心穿过，它毫不吝啬地装饰着城市里的每一所房子、每一条街道和每一个人。江水，仿佛就是这座城市唯一的主人。然而，江的名字，并不是这座城市的名字，地图上的那一段蓝线，对于坐在江边的我来说，只是我触碰到这条江水最初的一刹那的印记而已。城市里的每扇窗户每个人，都在虚构着一个关于这条江的神话，每一个神话又都被雕刻在了大理石上，如同一把盐。

一个被一句诗分泌出一片薄暮的时刻，我坐在江边，摸了摸水泥台阶上残存的温热——就好像在这个被来来往往的人坐得发亮、被阳光晒得温热的水泥台阶上，有什么秘密似的。我突然觉得空气中有种什么东西，却说不清楚是什么。这种情形，很多年前有过，经常是在初春。阳春三月，天空显得轻柔，多少带点儿乳白色，柳树的嫩叶，迟迟不肯轻舒，可是，那时的我一走上人行道，还没骑上自行车，心中就充满了喜悦。不是那种需要立即宣泄的兴奋，也不是那种总让人心跳加快、使人觉得多少有点惶惶然的幸福。只是一种喜悦。是的，现在的我，心中有一种喜悦。

我没有煞有介事地装出一副感到快意的样子，一切都合情合理的感觉是可贵的。我知道，即使人们能够把手伸进水里，抓住一尾鱼，然后，观察它在太阳下怎样越来越艰难地呼吸，人们也无法改变与生俱来的那份嘈杂，不过是从一个人的孤单中，想象着那种拥有众多生命的更深切的孤独罢了。

所以，一座城市与一条江，就像是没有故事的人讲的没有人的故事。而这个故事里的我，有时就像是一个只有轮廓的幻想，没有嘴唇，没有用一首歌雕琢的小小的耳朵，没有春天萌发的嫩绿的手指，没有谎言，没有警告，甚至连孤独都没有。有时又像是一张脸，被镜头捉住就停在现在，过去的每一刹那就成了"过不去"的片段。而当记忆与遗忘再没有什么不同时，一滴定影液，就注定人是无痛的。

那么，如他所说的幸福呢？是逗留于一朵别致的刺青，还是深夜里那一杯温热的奶茶？一间小屋，一小罐黑夜，一个早晨，一首从未写完的诗，当这座城市的轮廓线坠入了他的名字，我，挽歌般安详。

又是一年芳华

新的一年，如期如约。

清晨，当我醒来的时候，发现自己正沐浴在一缕温暖的阳光里。这是新年里的第一缕阳光，透过窗子望出去，一轮暖阳正在新年的上空照耀着。显然，新的一年已经开始了。

女儿跑过来，抱住我，随即就从外面传来了鞭炮的轰响，我用双手迅速捂住了女儿的耳朵。鞭炮声一阵接着一阵，间或响起礼炮的巨大声响，侧耳细听，孩子们的嬉笑打闹和着那一声声欢快的呼喊，所到之处无不弥漫着新年的味道，只一会儿工夫，每个人的身心都被这浓浓的年味浸润了。

孩提时代，我时常在梦的牵引下飞翔在新年的天空中，门楣上那一副副崭新的对联都是我和爸爸完美合作的成果。之后，妈妈会给我穿上崭新的衣服，再给我梳个漂亮的小辫，然后笑着说："可爱的小公主，新年好！"我也会搂着妈妈的脖子说："可爱的妈妈,新年好!"一旁的爸爸一脸醋意地说:"还有我呢!"这个时候,要是有人问起我喜欢什么,我会毫不犹豫地说,喜欢过年。

多年后,这样的瞬间总会被远离父母的我一次次放大,每放大一次,我的心就如同打翻了五味瓶,莫名而伤感。

这时候,女儿一边拉着我的手,另一边拉着爸爸的手,兴奋地说:"咱们去拜年吧!"走出家门的瞬间,昨夜的一场雪正站在新年的早上注视着我们。是新年注定了这场雪,还是这场雪,让新年不可避免?新年是一幅画卷,而关于雪的描写是另一幅画卷吗?当我想同时拥有过去和现在,我就会同时丢掉了这里和那里吗?

热气腾腾的饺子刚刚从锅里捞出来的时候,我就迫不及待地拿了一个饺子迅速地放进嘴里,还没有来得及咬上一口,就被烫着了。女儿看见了,也学我的样子用小手去拿饺子,刚拿起来就不得不立刻松手让饺子掉在了地上,然后就奶声奶气地大喊着:烫,烫……

雾气缭绕中,我的思绪瞬间就回到了家乡,妈妈的身影已经依稀眼前,依旧是那一声声心疼的埋怨:"让你慢点吃,你就是不听!"然后就用那双长了老茧的手,给我夹起来一个馅最大的饺子,在嘴边反复地吹着,吹凉了,再放进我的嘴里,然后满脸笑容地问:"好吃吗?"

于是,我也学着妈妈的样子,夹起来一个最大的饺子,吹凉了,再给女儿吃。女儿吃着饺子,美滋滋地说:"妈妈,你包的饺子真好吃!"

亲情是我们无法割舍的情缘,对于亲人的思念,又总是会在适合的时间里恰到好处地燃烧起来,无论我们长多高走多远,在父母眼里,永远都是那个长不大的孩子。

　　朋友们来了。他们驾着童话里美丽的雪橇，或是乘着王子漂亮的马车，掬一捧洁白的情怀，翩然而至，一张张笑脸有如炉火冉冉。岁月经年，他们始终都在我的身边，他们依然活泼依然乐观，依然开着近乎粗俗的玩笑，他们依然饮酒，依然彻夜不眠地讨论一首诗或是一篇小说。我们相聚在新年的第一声祝福里，我们用检验的目光盘点着苦闷的思索，或是思念的回响。我们惊奇地发现，当远距离的跋涉变成淡漠，那一颗幻想着穿过荒原的诗心却依然蓬蓬勃勃。热泪盈眶的瞬间，我知道，岁月并没有在他们身上留下过多的痕迹。我看着他们，我笑，我激动，我兴奋，我欢喜，因为我喜欢这样的感觉！

　　曾经，有一些人，以朋友的名义，用最含蓄最深远的方式吞噬了朋友的心灵千百次，他们的名字，被写下的瞬间就消失了。我曾经以为，消失的就是不在的，留下的才是全部。就像去年的那场大雪，春天来了，雪融化了，蓦然回首，茫然的目光却都是在纸上。

　　"绿蚁新醅酒，红泥小火炉。晚来天欲雪，能饮一杯无。"当诗句映入脑海的时候，早已是酒过三巡菜过五味的时候了。只见朋友们三三两两地围坐在火炉旁，有一搭没一搭地说上几句一年到头的幽暗心事，天色渐渐黯淡下来，红红的灯笼亮了起来，点燃了新年的夜空。我恍惚觉得，这时候的灯笼，像是被语言滋生的。所有的躁动都开始安静下来，所有的疲累都变得静谧而安详，所有的期待都好像是为了朋友的到来。

　　烟花开满夜空的时候，女儿拉着爸爸的手欢呼雀跃着，就好像儿时的我一样，总是缠着爸爸放鞭炮。在我的记忆中，只有放鞭炮的时候，爸爸才会放下一年来的沉重，像个孩子一样地开怀大笑。而妈妈也会站在稍远的地方，看着我和爸爸，一脸的满足。

又一个烟花招摇着飞上了夜空，一声巨响把我从回忆中拉了回来。我看见我们的四周都是熟悉的身影，或纯真，富于活力，或凝重，承载热量，纯粹与豁达就溶解在这一幅幅经典感人的画面里。于是，满脸的沧桑变成了美丽的笑容，生命中的苦痛在这样的夜色中得到了完美地休戚和解脱。

新的一年像思念一样漫长，新的一年也像日子一样匆匆，我们眼里心里的新年是和春天一起到来的。关于新年，关于春，大师们的描写已烂熟于心。那欢快的节奏，那拂面的温柔，与人无约，却也如期而至。新年，一个过去的结构，一种想念的疼，每书写一次，都会揭示一种全新的情感。一个把新年写上千遍万遍的人，字里行间无尽的距离，就是一个人的跋涉吧？新年过后，风儿会慢慢地柔和起来，阳光会慢慢地灿烂起来，冰雪消融的大地上，花草也攒足了力气，去赴春天的约会。"万草千花一晌开"，又是一年芳华。

第二辑

复杂对单纯的怀念

复杂对单纯的怀念

这个夏天，居心叵测般阴晴不定。每天，我都要离开城南的家，坐上公交车，沿着熟悉的街道一头扎进城市的心脏部位，到了傍晚，才回到自己的家里。这个城市是如此单调，重复的生活让一些匆忙的人陷入了一种不易觉察的麻木，也包括我。像我这样生活的人很多，没有人会思考城市与尘世的区别了。

一位离开家乡很多年的朋友，曾嘱我给她寄些家乡的黑木耳。她说也不是买不到，而是外面黑木耳的加工过程复杂，会加些有毒的东西。故乡寄去的都是单纯和良心。何况上面还有亲戚朋友双手的温度，与黑木耳的温度一起进到她的胃里更亲切。那种木耳是熟悉的，摸上去，吃起来，更能轻易地触摸到她的心。

我常常会给她寄些家乡的特产，虽然我当时不是很理解那种触摸的感受，但凭我们之间单纯的友情，就足以让我这样做了。

现在，我也身在异乡，总是不习惯当地

的饮食，才真切地体会到朋友说的那种触摸是怎样一种感受。那是一种单纯的思乡之情，是一种复杂对单纯的怀念和回忆。

我们都是被世俗绑架的路人，用自己的青春与单纯去与世俗做友好的沟通，试图在都市的窗明几净中争得一份自己的空间，耳边的时光无语自流着。

于是，我开始思考我走过的路，以及眼前的路。我一直试图去寻找一条通往单纯的路，然后用童话的本质去接近它。所以，我不停地询问路人，他们只是狡黠地笑着挥挥手，随即就消失了。是的，在他们的眼里我只是一个怪异而哗众取宠的路人。在听到他们笑声的一瞬间，我感到了一阵阵隐痛。我知道我来的方向，我知道我去的目标，我却在从起点到终点的寻找中迷失了方向。这期间，下了一场暴雨，重温了一部电影。

电影的名字叫《玻璃是透明的》。说的是一个刚刚从乡下来到城里打工的青年，终于在一家餐馆中安顿下来。他勤劳肯干肯学习，心肠又好，就是每每忙乱时总会撞在透明的玻璃上，鼻口流血不说，还要挨老板的责骂，因为他总是记不住玻璃是透明的。渐渐地，日子久了，透过玻璃，他看到了许多自己从前无法想象的事情，也看到了许多美好和不美好的事情。他困惑了。直到有一天，他终于记住了玻璃是透明的，不会再撞上去的时候，竟然被老板辞退了。原因就是他有一双单纯的眼睛，老板受不了有这样一双眼睛在时时刻刻注视着自己，哪怕是隔着玻璃。青年又一次成了一个游走的人、漂泊的人，一个在路上的人。

青年也许还会撞上另一处玻璃，或者工作得很顺利；抑或是他回到了家乡，却意外地与家乡的玻璃撞个满怀。他熟悉了城里的玻璃，却对家乡的玻璃感到陌生，他会不会又一次困惑呢？

玻璃是透明的，世俗是混沌的。当混沌的世俗也如同玻璃一样透明一样单纯时，我就无法安之若素地生活了。我希望自己是《地下铁》中的那个盲女，可以在地下铁里走来走去，寻寻觅觅。累了，就坐下来，同过往的行人聊聊天。那里有许多椅子，只有盲女一个人坐下来了，其他的人都在盲目地走着，寻觅着。他们都是视力正常的人，反而看不见这许多的椅子，复杂的心态迫使他们视而不见。真正看见的只有单纯的盲女，她单纯地知道，累了就坐下来休息一会儿，椅子就是用来坐的。

更多的时候，我觉得自己像一只田鼠，活在地下，仿佛是在进行一次永恒的睡眠。我不是个单纯的人，我只是没有不单纯，单纯是一个很高难度的东西。就在这个世人沉睡的时代，众神把我的屋子放回到大地上，让我拥有了自己的栖居之所。于是，我看见了我混浊的心灵对单纯的向往。

每到此时，我的心又会针扎般地疼痛，这是缘于对美好事物的寻求和向往。这是一个没有信仰的时代，无知、懒惰、游手好闲，什么都不想干，什么都干不了。当我把这些告诉别人时，他们只是挥挥手一笑了之。于是我对自己说："知道就知道了吧，没有人想知道你知道了什么，当他们知道了你是怎么知道的之后，就唯恐自己会知道了。"

其实，生活也需要一种风格、一种文本、一种追求和向往。在时间和空间的距离里，复杂和单纯相生相克，相互转化，构成了我们赖以生存的世界。《玻璃是透明的》中的老板是复杂的，她受不了青年单纯的眼神。就在她受不了单纯眼神的同时，她又是单纯的。她在害怕单纯，但她更怀念单纯。这就是生活在都市里的还具有一定单纯的复杂人对单纯的怀念吧。比如那位让我邮寄家乡特产的朋友，她要的就是单纯。比如地下铁中的盲女，她能看见的只有单纯。比如我，生活在复杂之中，却始终无法释怀对单纯的怀念与追求……

思想是没有嘴的，无法解释什么，也无法要求什么。我沉默地与路人擦肩而过，继续着我的生活，继续着我的向往和追求，也继续着我对单纯的怀念。一路天蓝色的风从耳边吹过……

期待一场雪

穿过这座北方城市的冬天，却没有雪，是什么感觉？

眺望记忆中老家门前的那个雪人，却无法走近它，因为雪人已经是别人的，所以这个冬天才加倍地冷？

冬天，是被雪花说出来的。

雪，落在故乡，是那种势不可挡的倾倒，是覆盖，是漫山遍野，是浩浩荡荡，是铺天盖地。于是，雪成了屋顶，成了房檐，成了墙角的簸箕，成了窗棂边上的老玉米和红辣椒。在故乡，各种各样的形状都是雪的形状。

雪，落在眼前，在一盏路灯的周围织就了纤巧缥缈的帘，从各种角度看过去，就是各种不同的故事。人物，总是空白的，开端和结尾，总是重合的。于是，我把自己写进了故事，在雪花翩然而至的亲吻中，我寻找着生命的另一种可能。

冬天，雪，是唯一的期待。

曾经，有一些人，以"朋友"的名义，用最含蓄最深远的方式吞噬了雪的心灵千百次，他们的名字，被写进雪里就消失了。我曾经以为，消失的就是不在的，留下的才是全部。就像下在过去时的那场大雪，春天来了，雪融化了，蓦然回首，茫然的目光却都是在纸上。

"绿蚁新醅酒，红泥小火炉。晚来天欲雪，能饮一杯无？"这是我喜欢的。三五老友围坐在火炉旁，有一搭没一搭地说上几句一年到头的幽暗心事，天色渐渐黯淡，雪花开始飘飞。这时候的雪，像是被语言滋生的。所有的躁动都开始安静下来，所有的疲累都变得静谧而安详，所有的期待都好像是为了这一场雪的到来。

一场雪，就够了。

是冬天注定了这场雪，还是这场雪，让冬天不可避免？一个冬天是一幅画卷，而关于冬天的描写是另一幅画卷吗？当我想同时拥有过去和现在，我就同时丢掉了这里和那里吗？那么，那场雪呢？是用文字提前把那一场雪降落，还是用宁静透彻的眼神看着釉彩中碎裂的雪的图案呢？

冬天，是季节。雪，是节气。而我要期待的，是童年就埋入我体内的无视寒冷的能力，就像一场雪。这个冬天，有什么理由不去期待那一场雪？

雪，是人们投向这个世界的目光。

我看到这句话，就看到了雪，看到了先贤们眼中的雪："北国风光，千里冰封，万里雪飘"，"千山鸟飞绝，万径人踪灭"，"风雨送春归，飞雪迎春到"……

雪，在文字里已经活了多久？雪，在这个世界上已经活了多久？

在春天到来之前，草地是无边无际的雪白，在春天到来之后，草地上的雪，就发绿了，抽芽了，而草地，还是一片洁白。雪，被阳光品尝之后，就不知不觉地化成了春天的泥泞、夏天的雨水和秋天的雾霭。"雪"这个字，比一切雪更真实。

到底多长时间了，我在期待一场雪。

我在期待着贯穿了过去和现在的那一场雪，无边无际的那一场雪，看不出是从何处飘来，又向何处飘去的那一场雪。

我从一个寒冷冬日的梦中醒来，拉开窗帘的瞬间，雪花，竟然从眼眶落下来，纷纷扬扬地，交织着梦幻和现实的清晨。下雪了，终于下雪了。雪花所到之处，或静若处子，或冷峻挺拔，或玉树琼枝，或清新温柔。从此，季节的地图上，应该涂满了雪的颜色吧。我迫不及待地冲出屋子，我伸出温热的双手，我喃喃地说着期待和想念……

在故乡，经常会有这样的雪，一场雪过后，房子不见了，院子不见了，路不见了，树桩不见了，电线不见了，甚至连雪也不见了。只有红红的圆灯笼，依然是最传统的样子，挂在门边，挂在檐下，有时是一只，有时是一串。

在这里，偶尔会有这样的雪，即使雪花急促而干燥地打在脸上，也阻挡不住人们的奔跑和呐喊，每个人都是这个世界疯狂的滑雪者，都会头也不回地冲下陡峭的坡道。哪怕寒冷有朝一日会彻底潜伏进内心，哪怕不久的将来已无力滑得更远，哪怕两颗小冰凌似的眼睛多年以后不再闪闪发光。

雪，一种古老的气息。

　　雪的轻盈灵动，我之前，多少人描写过，我自己多少次描写过？关于冬天，关于雪，大师们的描写已烂熟于心。那舒缓的节奏，那素洁的纱衣，洋洋洒洒，与人无约，却也姗姗来迟。一场雪，一个过去的结构，使到处的期待蔓延到此；一种激情，一种想念的疼，让孩子般的笑，凝固在一张苍老得不能再苍老的脸上。雪，是一种听不见的天籁，但如果你在听，那空灵的吟唱就会落入耳中，倘若天地是一把琴，那雪该是掠过琴弦的手指吧。

认识幸福

　　我的食指中指和拇指间夹着一支笔，手掌的侧面始终触及着光滑的纸张，我写下一缕蓝墨水里吹过海岸的风。它带着神秘的幻想，吹过时间的表面，吹过行走和歌唱的街道，吹过街道上温暖如春的阳光，以及一脸清晰而柔软的泪水，最后竟然将一粒粒飘忽如灰尘的文字吹得满纸都是，而那上面栽种着一行行隐喻的树木和幸福的花朵。

　　爱尔兰诗人叶芝曾将那些无须言语的思想劳作命名为身体的秋天。与之对应，我把人类对幸福的感知和预约叫作灵魂的春天。在四季分明的界限中，如果说大自然的春天总是猝不及防地将人们的野心和欲望膨胀得格外刺目和透明，那么，灵魂的春天就可以说是一次脱胎换骨的新生，是甜蜜和松爽的萌芽，也是天真的情窦与久违的纯洁的回归吧。

　　一直都认为友情是生命中不可或缺的一部分，因为当你拥有了情趣盎然的朋友，实际上就等于拥有了一种别样的倾听与诉说。

多年前，我有一个遥远的朋友，我们通过文字相识相知，我们常常挂着 QQ 却不聊天，但是在下线之前都会和对方道声晚安。或许性格比较接近吧，我和她有种心灵上的默契：喜欢孤独，相信缘分。"如果你把快乐告诉一个朋友，你将得到双倍的快乐；如果你把忧愁向一个朋友倾诉，你将被分掉一半的忧愁。"培根说的正是我们所遵奉的一种生活态度，而那样的时刻实在是一种幸福：因为有音乐，有文字，有天南地北的朋友。

不经意的夜晚，我意外地看到了传说中的流星：浩瀚宇宙，一颗硕大的眼泪滑过天空茫然的脸。所谓生命不过是从燃烧到陨灭的过程，所谓幸福也不过是时间弧线上无数个点中的任意一点。其实，我们每个人都是一颗流星，沿着时间编织的经纬线，在自己既定的轨道上运行着，而幸福就是遇到这两条线上的某一点。

想到这些，我随手抓起一本书，一个在西方流传了很久而在东方却鲜为人知的故事，就这样在一盏十五瓦台灯的映照下缓缓展开：一个悲伤的国王突然很想知道幸福的人是怎样生活的。他想问问他的大臣们，可他发现他们和自己一样，对幸福毫无所知。于是，国王只好命令他们出去寻找幸福的人，大臣们找遍了王国境内的城市和乡村，费尽周折，最后终于在一片旷野上找到了唯一一个快乐幸福的人。然而国王却怎么也不敢相信，他所要寻找的幸福的人，竟是一个衣衫褴褛身无分文的流浪汉。

合上书，我不禁想到了现代人，如果不将名利二字看得过重，不将虚荣的满足感当作幸福的代名词，那么我们的生活就会简单得多，也会充实得多吧。其实幸福是很简单的，它不可能用身份和地位来衡量，就像一首歌里所唱的：你快乐吗？我很快乐。就这么简单，一问一答便道出了幸福的本质：幸福即快乐本身。

　　然而，浮躁不安的日子实在太多，以至于我们总被这样一种感觉所纠缠：生活是一面镜子，哭和笑所反映的都是我们自己的表情，而幸福则是一座建筑在镜子里的宫殿，需要在暗中卸掉容貌或用双手提炼水银才能进入并永久栖居。难道幸福真的是这样吗？可望而不可即，在想象力的作用下才会变得真实起来？

　　那么幸福究竟是什么呢？恐怕千百个人会说出千百种答案。因为它常常是因人因事因时因地而异。对我来说，每日午后的一次散步，嗅着所置身的季节散发出的那种味道，忘掉周遭的种种烦恼，让整个身心和大自然渐渐融为一体，这便是一种幸福。一个人坐在灯下细细地品茶、读书，茶饮得返璞归真，书读得天昏地暗，直至茶香与书香将嚣张而散漫的夜晚浸泡得神色凝重、宁静有序，这还是一种幸福。与久别的爱人守在一起，哪怕一句话也不说，哪怕只是默默地对视，但只要不失那份别致的情调，这更是一种幸福。

　　认识上帝也许需要通灵的激情，认识幸福只需要你心无旁骛地打开一本书，书的扉页上有这样的一行字：幸福就是美好的愿望落空。

到处打听快乐的消息

一种循规蹈矩的日子过久了，岁月就悠长了。因为不用催促，没有变化，诗意或者平庸，快乐或者不快乐，仅仅是为自己提供了一种描述的开端。

一天，一个网友问我快乐吗？我输入了快乐两个字，随即又删除了。就在我犹豫的时候，她又追问我一句，你快乐吗？于是我反问她快乐吗？她很率真地说：我不快乐！我的心疼了一下。是的，我的心的确是疼了一下，这种疼已经好久没有过了。我回复她，谢谢！并说有事，得下线了。

关上电脑，我一个人在屋子里坐了好久。直到听到窗外的嬉闹声，我走进阳台，看见一群孩子在做游戏。他们笑着，闹着，天真烂漫，乐在其中。我想，他们应该是快乐的吧。这时，一个孩子的家长在大声地喊着，让孩子回家做作业。一个可爱的小女孩，一脸的恋恋不舍，但还是悻悻地回家了。剩下的孩子，也相继回家了。小区里安静下来，静得让人心慌。

不知不觉间，在这个小区里住了八年。日子从未停歇地在小区上空飘过，留下了丝丝缕缕的快乐缠绕着，黏滞着，却不可触碰。它如飘云般轻盈而含混，游移不定。有时候，我觉得自己已经靠近它了，更近了，甚至已经身在其中了，却发现，我永远也无法抵达那个谜一般的快乐。

吃过晚饭，我一个人沿着马路，默默地走着。这时候的街道是昏黄的，还时断时续地布满了垃圾，水泥块、砖头和树枝，还有花花绿绿的包装袋和干枯的菜叶。我不知道这些是谁留下来的，但肯定不会是我，我从来不往街道上乱扔东西，我都是自动自觉地把垃圾丢到垃圾桶里。街道两旁是刚刚安装好的灰色电线杆，从远处，到近处，它们在街道上排列成行，而又互不相依。

再远处就是街心花园了。一些上了年纪的老人在晚饭后不约而同地聚到这里，在昏黄的街灯下拉家常，扭秧歌。老人们衣着鲜艳，笑容可掬，稀疏的丁香花也混迹其中，在风中招摇。一株一株的丁香花，没有方向，只有自己的存在。这些老人也一样。有行人从这里经过，都会情不自禁地放慢脚步，这里的情景，他们看到了，记住了，会在心里想起一些事情，想起一些快乐，或是不快乐。

我很安静。因为我不知道自己快不快乐，该不该快乐。或者说，我知道自己不快乐，抑或是我没有找到快乐的理由。献平说：没事的时候，静默，看屏幕上的风景，思绪却停滞在房间和桌面的灰尘上，它们一天天增厚，又不断在水和棉布的擦洗下荡然无存，第二天早上，它们又会堆积起来。于是想，光洁和污垢之间的过程仅仅是一个有梦无梦的短暂黑夜。我说：那么快乐呢？

我打电话给远方的好友，问她快乐吗？她很爽朗地笑着，说："我当然快乐了。有吃有穿有住有玩，还有老公疼爱我，家人照顾我，我很快乐。告诉你，我就要做妈妈了，我现在比任何时候都快乐呢！"接着又是一串笑声。于是我说了好多想念的话，好多祝福的话，好多记不清是什么的话，最后一句是祝她永远快乐。

知道好友过得幸福，为她高兴的同时，我应该是快乐的。我就像《落叶归根》中的赵本山那样，坐在汽车上，朗诵着"如果我的祖国是一条道路，那么我就是一辆卡车。如果我的祖国是一棵大树，那么我就是一片叶子……"从养蜂人那里出来后，他很快乐，他的快乐是多么容易得到的一种感受。而我呢？

在中央电视台《我的长征》节目里，我看到了一些至今健在的老红军。在长征过程中，艰难困苦他们可能说不清了，大大小小的战役他们可能说不清了，出生入死的战友他们也可能说不清了，但是他们却清清楚楚地记得长征中的歌曲，行军的、打仗的，还有情歌和民谣。在说起这些歌曲和哼唱这些歌曲的时候，老人们那么动情，那么安详，那么刻骨铭心。他们是快乐的。他们拥有着艰苦中的快乐、生死间的快乐，还有胜败中的快乐。可是现代人却不快乐，我也不快乐。

每到新年，我都会收到很多祝福的卡片，上面无一例外都有一句：祝你快乐。也许是因为真正的快乐是很难感受到的吧，所以才会祝福快乐。如同好人是很难一生平安的，所以才会祝好人一生平安。走在大街小巷，到处都是震耳欲聋的欢快节奏，却一个字也没有听清楚。电影院里，最受欢迎的是搞笑影片，无厘头就是快乐。一年一度的春晚，为博观众一笑，弄些无聊的滑稽当幽默，还没完没了地讲述如何如何辛苦，还有到处找乐的、费尽心思造乐的、有事没事偷着乐的……

这是一个娱乐至死的时代，天、地、山、水都在人们尽情享受快乐的时候，失去了它们原本的纯真和快乐。早晚出门时，几口呛人的空气进入肺腑时，我无法快乐。去景区游玩时，看到漫山遍野的垃圾，我无法快乐。很多时候，读书和写作是我的快乐。可是，不喜欢的文字我不爱读，那就读喜欢的文字吧，反倒生出许多烦恼来。所以就想用笔记录下这些感受，结果却是一种暗无天日的"自杀"。快乐真的是一种很难达到的境界。

许多年来，我一直在不停地做着一个梦。我梦见一片绿洲，那里有一个好看的女子，同时也是一个快乐的天使，在清水和绿叶之间，在花朵和青草的旁边，等着我到来。我看到她光线明亮、快慰而色彩斑斓，我只要快步走近她，就走近了快乐，就拥有了快乐。可是，当我伸手要拉住女子的手时，梦就醒了，快乐就无影无踪了。在每次梦醒的清晨或黄昏，我都试图向一些看上去很快乐的人，打听他们快乐的消息，每次我都会被异样的目光猜疑和拒绝。我看到的快乐，拥有的人并不愿意告诉我，或者他们根本就不认为是快乐。别人向我炫耀的快乐，我又无法认为那是真正的快乐。结果，我一直都没有找到快乐，连快乐的消息都没有打听到。

曾经看到过这样一段话：现在，时间都那么久了，寻找还在继续。骤然的沮丧像是一种见血封喉的毒药，辗转的行走和长时间的原地停留，内在的挣扎和周围的伤痛，寻找的疼和现实的冷，如影随形，难得的快乐总是以秒计算……之后，每次想起这段话的时候，我都会无比地沉默和无限地感伤。

快乐已经成为一种纪念了吧。

快乐已经成为一种纪念了吗？

每天的清晨或是傍晚，我分明看到那个不快乐的孩子，还在继续寻找，继续打听着快乐的消息……

有一封信缓慢地走在路上

当她把笔内吸饱了墨水，然后弄脏一张张白纸，突然发现，一段寒冷的日子就这样更替了。夜晚也在更替，夜晚永远散发着故事的味道。尽管圈圈点点，涂抹删改，她也无法深入夜的内部，最多接近夜的边缘。如同面对一炉火焰，是一种隔离的接近。

有人到来时，她就在白纸上放一片叶子，问，那是怎样的时光？隔着夜的宽大的桌子，她清楚地知道，那个人就是她自己。

或者，在夜里，她把问题折成各种各样的形状，在寒冷日子的早晨，满是落叶的小径上，一个熟悉的身影把一段若隐若现的生活交给信筒，让一颗孤独渴望的心靠近一座油漆剥落的驿站。

信是写给她自己的。信里没有一个字，只有几张惨白的稿纸和一个温暖的愿望。她希望在收到这封信时，月色如水。在如水的月色里，让一个个故事串成珠链，让珠链在这样的月色里，闪耀成美妙灿烂的文章和超凡脱俗的精神。她会想起一个秋阳浸湿衣裙的日子，她戴着一顶金黄色的草帽，沿着青春的丘陵追逐过一只蝴蝶。她会想起一阵风过后，秋天就这样地来了。同多年前一样，树木绚丽着色彩，高爽的天空一碧到底，云妩媚着妖娆着，恣意舒展季节里撒落的美丽与哀愁。想起桨声灯影中的秦淮河，想起冯梦龙《三言二拍》中坐在画舫里的小姐，想起《儒林外史》中的形形色色、千姿百态，想起悬棺而葬的柳如是，想起竹林七贤，也想起一些拆散了的日记，仿佛就是昨天，昨天的清晨和黄昏。

所以，她开始了等待。她知道有一封信缓慢地走在路上，接下来的每一分每一秒都是为了等待这封信的到来。除了等待，她还必须面对一炉灰烬和一个空荡荡的房间。

"她的房子是在这北方城市的一栋楼里的某一层，它的地板是下一层人家的穹顶，它的天花板以上则生息着陌生的日子。"她家的窗台上有两株歪歪斜斜的芨芨草，每天都开出淡淡的粉红色小花，填补她上不着天下不着地的生活，都市的生活。

上街购物，她就会在一家名叫卡布奇诺的饮品店里，拣个靠窗的位置坐上一会儿。"城市的细枝末节里，那些最短促最传奇的爱与恨，邂逅与告别，人山人海的浮浮沉沉与她之间，便隔着一扇透明的玻璃窗，可以看，可以笑骂，可以落泪，却永不伸手。"每次上楼梯，她都发现，她已经不可能像过去一样叮叮咚咚地穿过楼梯了。她的双脚并不是缺少了原来的节奏，而是她一边上楼梯一边在咀嚼一天的生活。这样，她上楼梯的速度自然就放慢了。

她打开了房门。

她抵达了房间。

她在等待一封缓慢地走在路上的书信。

在她的房间之外种着杨树、柳树、樱桃树，她在那树下用双手找寻过自己的幽灵。在过去的邮戳里，幽灵是群奴隶。在过去的时间里，她是幽灵们最微末的细节。如今，在岁月流逝的时间外面，她开始访问坐在树下的一位老者。老者长着褐斑，有着慈祥的眼睛，当他抬头望向天空，那双已失去神采的眼睛，却能够把一个血红的太阳重新抓住。太阳照在他的脸上，这是一个老人的面孔，有着细眯起来的眼睛，有着沧桑的故事。最为重要的是，当她打了一个盹儿，睁开双眼，那位树下的老者仍然固执地坚守着太阳！老人也有过这样的等待。老人等待的是雪中的一团火焰，然后用一生与风俗对峙，却始终换不来纯净的红。老人等待的是一粒粮食，沿着粮食的纹路，就可以抵达村庄的内心。老人等待的更是时间，时间在蒸发，他的生命也像一炷香一样，越燃越短，最后，短成一句格言，并试着在黎明前抵达纯粹。为此，老人备受煎熬，空气中弥漫着尼古丁的苦笑。

一封缓慢地走在路上的书信，给了她太多的憧憬与渴望，也给了她太多的回忆和煎熬。在这段等信的日子里，她沿着时空的历程回溯到终极，那里有她灵魂的出发地和终结点。然而，她却一直是一个在路上的人。她需要一个故乡，"故乡的庭院里有一条杂草拥围的沙石小路。这条小路是她一直不愿走完、在心中一直没让它走完的一段路程。这是一段家里的路"。

一封信缓慢地走在路上，曾经的岁月都化为嘈杂被丢在缓慢的路上了。她不能确定，曾经的岁月是否已经行将枯槁、穷途末路？然而，它一定是倦怠的、疲乏的、瘦弱的了。

有一封信缓慢地走在路上，她就有足够的时间去擦一块玻璃，然后像一首诗里写得那样，静静地坐在沙发里，看一只苍蝇想要飞出去，另一只苍蝇在阳光中向玻璃靠拢。她久久地望着它们，阳光，被透明的玻璃滤去了风，温暖地照着她……

与旅行相反的方向

对我来说，旅行是一种由来已久的渴望。

我希望是在临近秋天的时候，也许，还会早一些，是在一个不可思议的周六。太阳从中午开始照耀。我走出家门，我路过一个车站，一辆公交车停下来，我看到一部分人有秩序地上车一部分人有些慌乱地下车。我观察着他们，因为不用上车，所以忽然明白，他们或许正在以这种简单的方式，行走在旅行的途中吧。

在相隔了几个小时以后，一个甜美的声音告诉了我一个与"甜美"天壤之别的消息——对不起，因为天气原因，您乘坐的航班延误了。这种结果不是最令人沮丧的——您可以在这里等待一下，有消息了我们会通知您的。这时，我立刻觉得自己的腿开始打战，好像是什么苍蝇把我叮了一下。接着，我迅速地衡量了一下自己的耐心。最后，对于旅行的渴望促使我最大限度地忽略掉耳畔一切与此相关的杂沓喧嚣。我安静地坐下来，我开始无可救药地摧残着自己的耐心。

准确地讲，等待，尤其是诸如此类的等待，就像在搜索灵魂深处的那个不知所措的自己，然后在时钟的嘀嗒声中慢慢地被切割、被加热、被溶解，而后消失了。

当这种等待到来又不得不欣然面对的时候，我选择休息，闭目养神的那种休息，或者干脆睡上一会儿，只有这样才可以让我在这个纷乱的时刻策马奔驰，到达一段舒缓的梦幻时光——这是涨潮时分，但是海滩上还有一定的宽度。沙堆和沙子垒成的那些城堡画出了一条意外的界线。一个人，他安静地躺在沙堡中，手臂和脸颊都缀满了沙粒。这个人仿佛是从羔羊和先知者的鲜血中走来的，他正疲惫万分，仿佛在沉睡，仿佛在漫游。海鸥们走上前来了，脚步呆板、懒散，脖颈向后扭着。在这些沙堆城堡中间，海鸥和他的存在好像是被精心安排的一样，虚拟出一个模糊不清的棕褐色的梦幻世界来……

这是我经常做的一个梦，无论在白天还是夜里，这个梦总是围绕着我。这个时常出现的梦，在最秘密的时空里，有它自己的预兆吗？如果有，我希望是在一个橘黄色的太阳散落在云雾之中的时刻，我在海边真的可以嗅到桑松木的气息，并深深地依恋上了这种气息。为此，我与一个人，一个显然是我在世上最热爱的人之一，早就在漫长的时间中等待这段时光的降临。我感激他同我保持一致，用异常的等待力接受着这段时光。所以，我会不停地给他写信，一封又一封，却没有寄出去一个字。也许我只是想借用一个地址来加深一封信的眷恋吧。

周日的早上，当我再一次从那个做了千遍万遍的梦中醒过来，发现自己确确实实还睡在一间窗紧闭、门紧锁的屋里，听上去像是疯人院，但其实真的就是我原本的房间里时，我好像真的嗅到了桑松木的味道。随即闪入我脑海的是条蓝线。线的左边海天交融，那里有棕褐色的沙滩。线的右边海面渐渐变窄，窄得只能容得下一条河，河上有一座石拱桥，桥下有摇摇晃晃的乌篷船驶过。于是，我踏上一条古老的街道，石子路、土墙、陌生的庭院、塔楼和天空，有新奇，有遐想，仿佛沉没，仿佛忘却，仿佛某个遥远的冬季已经消融在这桑松木的气味中，化成了别的什么东西。

周日的早上，可以是一个名字可以是一句话，还可以是一次旅行。我想去看望朋友，也希望他们来看我。这样就会有路上的风景进入我的肺腑，陪伴我倾听冰雪消融、风吹树响，当然，还可以用花开的声音来杜撰一个去留无意的故事。周日的早上，我不想待在家里，可是没有迈开的脚步让我不得不呆坐在家里；我渴望旅行，可是我的这次旅行已经在周六被机场取消的航班彻底画上了休止符。

周日的早上，我赖在床上迟迟地不愿意起来，窗外刺耳的鸟鸣声仿佛在弹奏着漂浮不定的灰色天空。我知道，一盏台灯在发出台灯的光，一把木椅以椅子的姿态天天陪伴着我，同时陪伴我的还有门、尘土、空气和墙。它们模仿我，我模仿它们，我们一道生活。一台电视机被放置在木桌上，而木桌被放置在电视机的下方。饭锅里空无一物，米作为米在米袋里待着。一本书打开，十本书却安静地合着。作为一个人，我在想着另一个人。作为一个渴望旅行的人，我却在与旅行相反的向度里默默地躺着。周日的早上，我没有去旅行，我在家里佯装安静地睡着。而那个同我保持一致的具有等待力的世上我最爱的人之一，你究竟在哪里呢？在家里耐心地等待着我，还是在路上到处找寻着我呢？所有的一切都是梦境，梦境里的我又是那么真实地醒着。所以，遥望并祝福，成了我最无力也最深情的表达。

现在，太阳下山了，跟以前一样落在西边，天空漂浮着桃红色的云朵，云朵的四周镶着银边。我静静地站在夕阳下，似乎在等待着什么，但却又不尽然。当我迈开脚步，一个长长的句子，就会以一定的速度沿着纸页下滑，它扭动着蛇一样的腰身，经过了名词、动词，到达了形容词。于是，所有的词语中，一个词在延长，在耽误，在延伸，在蠕动——旅行。

现在，对于旅行的渴望在我的脑海里不断地膨胀着，溢出来，淹没了街道，而我只好待在屋子里面。所以，在与旅行相反的方向上，我的耳朵同时接收到了各种讯息——天气预报、车次、沙滩、桑松木、城堡、爱情，等等，直到钟表的声音提醒我，它一直在为时间走动。

想来，没有比这样的安排更好的了，无从谈起的旅行和一直都存在于心底的渴望，在时间的深处，孕育成了一种必然。那么，如果我可以在周日的早上把周六发生的事情改写，我的旅行又会是什么样子呢？会不会真的有一个远离我的地方，那儿有片海，有沙滩，阳光明媚，还有一个寓言一样的人，用异常的等待力，等待着我的到来呢？

时间中的出发

时间之核孕育着所有，打开它，我们就坐在时间里了。

在时间中，我们开始第一声啼哭，开始第一次微笑，开始阅读第一本书，开始写下第一个字……生活在时间中，并且从时间中出发，便成为了一种必然。

生活在时间中，就像树叶总是在春天展现嫩芽，在夏天变得灿烂一样，而树叶在秋风中凋零的情景又会让人触景生情。生活在时间中，有一种我们无法逾越的东西，使日子变得迷惘。在迷惘之中，带着身体中轻的幽静或是重的战栗从时间中出发，我们就会看到不远处有一位老人，步履蹒跚地走在四季的雷雨里或是阳光中，他的影子一会儿延伸在阳光下，一会儿又缩小在一团阴影中。是的，一位老人，这是一位联系着万物，主宰着万物的老人，他可以是我的明天，也可以是任何一个人的将来。

生活在时间中，面对着时间中的人和事，然后，在不知不觉中，就把自己一分一毫地送给了一种莫名其妙却始终存在不变的困境。就像小时候，我们总是盼望着过年盼望着长大，长大以后又会没缘由地怀念小时候的快乐时光一样。这样的两种时间，碰撞而后产生回响，犹如飘摇而来的一阵二胡声，若隐若现，时高时低，又真真切切地在空气中游走着。而我唯一能做的就是静静地坐在时间的角落里，耐心地倾听，而后若有所思。小时候的玩伴，如今已不知去向，唯一清晰的就是燕子剪裁过的那片阴雨密布的天空，蜗牛亲吻过的果树的嘴唇，当然还有杨柳发丝间的飘摇，弯弯的双臂间诱人的香气和那一个个温暖的乳名。

长大以后，认识的人越来越多，朋友却越来越少，屈指可数的几个好友就像屋子里的穿衣镜，你寂寞的时候可以义无反顾地逃到镜子里面，去寻找一种挣扎的方式，或是澄清的方式。在我沮丧的时候，我会迫切地想找朋友聊聊，随便地聊聊，无论是儿时的玩伴，还是现在的朋友，甚至是从儿时到现在的时间中丢失的或擦肩而过的朋友都很好。对于倾诉，我有一种强烈的渴望。然而，多数的情况下，我还是选择了把自己放置在时间里，我会不厌其烦地将一件件东西拿起又放下，我会反反复复地从一间屋子走进另一间屋子，衣服的窸窣之声飘散在我的身影之外，又飘浮在时间之中。这样，大大丰富了我的想象和我的文字。我知道，在时间中，我既是生者又是死者，或是类似一个亡故的人在肉体消失之后，经历了巨大的飘移，从一片云彩游走到另一片云彩。在这个世界上，除了人与事在互相陈述时间的限制之外，还有些什么呢？

多年以后，我骑着自行车从时间中出发，所以我的目光就被自行车控制在公路上了。当然，我也会时常回头看看来时的路，随着时间的流逝，蜿蜒的公路在我的身后不断远去，随着过去在时间中远去，我的丧失感开始加重，怀念也变得更为巨大。我怀念的是一段走在乡间小路上的时光。那是一条在夏季有野花静静开放，在冬季又暗藏着无限生机的羊肠小路。那时的我，在每个沾满露水的早上，都会怀着对于未来的美好憧憬蹦蹦跳跳地走在小路上。那是一种别致的温馨与惬意。那时的我还不知道，将来的某一天，或是疾病，或是陷阱，我都必须要勇敢地面对和接受。现在，我骑着自行车开始从时间中出发，首先要做的，就是忍耐。我们都知道，人类在对于空虚、贫乏、疲倦所形成的时间中，已经开始自觉不自觉地厌恶和回避了。所以，当季节进入黑夜，群星在天空闪闪烁烁的时候，整个世界都在黑暗中举行着各种各样的仪式。

多年以后，我会把自己喜欢的照片贴在时间之中，作为留念，作为曾经沧海的反馈，作为一种存在过的稍纵即逝的青春在时间中的印记。这时的我，已经不再年轻，不再需要忍耐，我希望自己是一位垂钓的老人，每天都会有一段时间坐在池塘边，把长长的鱼线抛在池塘里，然后看蜻蜓点水，蝶舞花飞，然后在鱼儿咬钩的瞬间，使自己心生幻想，哪怕这幻想只是一种轻盈的飘浮而已。这时的我已经不再拥有重量，没有血也没有水，只有幻想，只有飘浮。

既然选择了出发，就一定有一个时刻，会到达目的地。也许这个目的地是时间中的生活，如同我们的童年和少年；也许是正在从时间中出发的生活，如同我们的青年和中年；也或许是时间以外的生活，如同我们的老年或是更加久远的将来。总之，许多人生活在时间中，许多人正在从时间中出发，也会有许多人生活在时间之外吧。我认识一个建筑工人，每天触摸砖墙就是他的工作。从第一块砖开始，他就随着脚手架在慢慢升高，直到有一天他从脚手架上掉下来，躺在病床上，他说他很难受，他不喜欢躺在病床上的生活，躺在病床上，会让他想到很多不愿意去想的东西。在我看来，他之所以不喜欢，是因为，他是生活在时间中的人，他不喜欢从时间中出发，更不喜欢时间以外的那种生活。病好了，他瘦了好多。他说他终于可以逃离病床了。

从时间中出发，我们每天都离不开时间中的空气和雨水，我们经过时间中的生活，使我们找到了从时间中出发的梦想和动力。广场上喷泉的水柱，使我们心旷神怡又心生隔阂。空寂无声的天空下，我们看到一大股烟质气体横穿过来，隐没在水平线的弯曲河流里。乌云当空，当乌云被撕开的时候，蓝色的天穹突然以一种我们难以想象的赤裸状态出现，那蓝色是清新的，在黑色天空的深处闪亮。由于突然出现的光亮，使人头晕目眩，喘不过气来，我们可以抬起眼皮去看，也可以放下眼皮中断去看，我们可以呼吸，也可以思考时间的秘密。

从时间中出发，我们可以在春天逃遁，在冬天幻想。我们可以与朋友见面，可以看到数不清的面孔上的魔力，那些魔力使人类繁衍，那些魔力构成了可以言传的真理，那些魔力也诠释着不可言传的秘密。从时间中出发，我们会看到许多人死去，并同时相信许多人还活着。我们从地铁进入街心花园，从大海逃向边陲小镇，从小说隐遁至诗歌，最终会在时间之外找到一条路，并且会不畏艰辛地走下去。从时间中出发，我开始写一种人类逃遁的诗歌，它虚幻得不能离开我的任何梦境。我的脸色，我的惊讶，我的疑惑不解越来越强烈，我粗暴地变化着。我来到一扇锈迹斑斑的小门前停下脚步，这时我仿佛听到了从焕然一新的竞技场上传来了令人欣喜的号角声。

从时间中出发，小说、诗歌、情欲，等等，这些主题中最美的词语都在一缕微弱的光晕中看着我。我知道自己所能依靠的只是一辆破旧的自行车，但是它有神祇的足迹，它在松软的沙滩上踏步，在无边无际的海洋里遨游。从时间中出发，我们都在感受那甚至在认识之前就试图要被说出的东西。从时间中出发，我伸出手坐在红光闪耀的火炉旁，凄然地轻轻诉说着爱的消逝……

急急忙忙地腐烂

烟雾靠在阳台的窗框上，窗框靠在我的肩上，我靠在灰尘上。

有一扇门，在我的对面，中间隔着一条马路，在我无事可做的日子里，我注意到了这扇门。我不知道关于这扇门的任何情节，好像除了不停地开启和关闭，它别无选择。静夜时，透过灯光，我看见许多隐约的身影在门里走动，那里也许正在开一个经典的假面舞会吧。我想象着，我正在走进想象之中。

这是一个烟雾拥挤的时刻。有时候，烟雾就像灰蒙蒙的想象，翻过充满陈旧戒律的墙壁，把一道灰褐色的门砰的一声关上了。过去的故事和正在发生的故事，就像解不开的谜一样积压在我心底。有好长时间，我总是站在阳台里，试图用自己的想象去感受灰尘在飞还是没有飞，那扇门在对面是着实忙碌还是无奈地佯装悠闲……我问自己。我的头脑中充满了想象的声音，仿佛刺痛我面颊的戏剧台词飞溅而来。这时，不断响起的电话铃声，催促着我赶紧走出想象，开始新的一天的忙碌。电话的频繁也是现代人忙碌的一个标志，我卷入了忙碌的细节之中。

因为忙碌，我曾经自以为了解的东西现在不再了解了。古老柜子的火红的忧郁，没有漆饰的椅子，褪了色的窗帘，还有空白的四壁，一切都变得陌生了。那无穷无尽的曾经吟诵的节奏，也变成了一种逃离，变成了一种陌生的选择。因为忙碌，好友那没有经历过恐惧、惊愕和愤怒的面颊，在她从火车站出来的瞬间，被一只高入云霄的烟囱收留了，那遗失在十字街口的沉重的箱子厮守的一切，在黑暗的夜色中成为一种布局。而此刻，忙碌已成为我忧伤的裂缝和充满噩梦的生活的开始。这是一种灾难性的忙碌，这是一个真正的负担。

随后，在肥皂牙膏的泡沫中，日子一天又一天地过去，我仿佛依靠在长满苔藓的墓碑上，等待死亡。我来到阳台里，把头仰起来，从置身的位置开始，寻找着无边无际的心境。结果，撞击我视线的只有阳光、空气、水和灰尘，以及对面那扇不再开启的门。我猜测着它的种种际遇，我看到了那扇门里的人们的冰冷的面孔和胳膊上的黑纱，我看到了那扇门里新换的主人和再次不断开启的门。

从阳台里走出来，我的脚无意识地走向街道，街上到处都是人，无论年老的还是年幼的，在房间里无所适从时，在面对任何人和事无法解释端倪时，总会跑到街上来。街道上到处是商店、塑料的模特，到处是陌生人和诱惑。未知的前路是永远的诱惑。我经过一只邮筒，看见一双手扬起一封信投进去，那只绿色的信筒和那双手散发着冰冷的气息。我用一种特殊的语言给一个陌生人写的信，就是从这里开始杳无音信的。于是，在我的脚步不断移动向前时，我再次拥有了冷漠与孤单，尽管我会不断地找到商店、美容院、乐器行和街上的零星亮光。我在街上不停地走着，月亮升起来了。

这是一个月光皎洁的夜晚，我跟随着一匹马，一匹荒原上生活的马，这是北部边陲的荒原。一个人一生中如果不了解荒原，那么他身上就没有那种寂静的东西存在；如果一个人一生中没有带着他的纯真与荒原上的星宿构成一个世界，那么他就永远不会了解那种空旷中的死亡。现在，荒原中的黑土扑面而来，我跟着那匹马的影子，追寻着荒原上原初的烂漫的声音。羊儿就在我身边停留着，荒原可以使我寻找到在寂静中回响的鸟的啼叫，可以寻找到一种像乙醚的气体的笼罩，可以寻找到没有来过荒原的人无法看见的那种悲哀："从虫茧里跳出来的一种有翅膀的生物转眼间就变成了腐物。"我的双眼此刻变得忧郁起来，这是被时间推过去又拉回来的腐物，这是用自然为原料生产出来的腐物，这是人类看不见的腐物。走在回来的路上，一种古老的语言使我的鞋子发出沉重的声音。如果我是演员，我有足够的能力来篡改生活吗？

我又回到了自己用钥匙开门的地方。我来到阳台里，看到了前几日放在阳台里的苹果。我经常站在阳台里，经常把苹果放在阳台里。我有永远睡不完的觉，还有永远对生活中腐物的讽刺，然后又永远地生活在腐物之中。我的腐朽，你一定能看得到，它散发着青瓷的光，正在碎裂，锋利的断面，会让人终身没有归宿。同时，你又似乎看到了一种不朽，一只笼子和一只铁环是不朽的，一只贝壳和一片黑暗是不朽的。现在，我站在这个一厢情愿的小角落里，那被人看见的不朽，我无法看清楚，却看到了许多急急忙忙腐烂的东西，苹果和人都在急急忙忙地腐烂。

冬天的一个侧面

一夜飞雪，捎来了冬天。

这样的季节里，我多数是深居简出的，在清晨疼痛，在夜晚彷徨，却想着远处冰冻的河水和天晴后的雪原。偶尔出门，只是为了买些食物和日用品，填补一下我简单的生活，从而让这种生活霸占一张白纸的白天和黑夜。当这种生活出现时，街对面的十字路口和守望在那里的农民工也出现了。

我生活的这座城市并不大，没有值得炫耀的历史，又地处偏远，任何一项利国利民的举措都是在它红遍了大江南北之后，才姗姗来迟的。在这里生活久了，人就会变得迟钝，不敏感，没有上进心，不关心世事，只关心自我的荣辱得失。当然，我也不例外。

但是，当我坐在窗前，看时光在树枝间细碎、冰凉，听风吹过窗隙，看空中有洁白的雪花在飘飞时，我注意到了街对面的十字路口。一些汽车奔驰而过，一些枯叶随风流浪，一些瑟缩在寒风中的农民工，躲在背风的角落里，用迟钝但热切的目光注视着经过的每一个人。他们的灵魂比风中的枯叶还轻，在四下里游荡着，一点儿声音都没有。而我却在想象着他们的家乡和明天的天气。

一位农村的朋友曾因外出务工备受歧视，在电话里愤愤地说：其实大家都是农民工，翻翻家谱，谁又比谁强多少？随即就呜呜地哭了起来。我忘记了那次通话是如何结束的，但是她的"大家都是农民工"这句话深深地刺痛了我。仔细想想，我们都是农民工，只不过我们比他们早进城几年，比他们更多地接受过一些训练，然后堂而皇之地混得了一个叫"城镇户口"的东西，于是就高高在上，沾沾自得了。其实我们的祖辈和他们的祖辈一样，都是在泥里汗里讨生活的农民，我们都是农民的后代子孙，我们都是农民工。

然而，在城市里待久了，经常看见的是一些不肯暴露身份的人，出入于各色的写字楼。他们绕过暧昧的落地窗，进入一扇扇虚掩的门。他们对权力地位格外看重，他们对象征了权力地位的那把椅子格外地珍惜，然后，在距离一枚印章最近的地方，他们准备好精心装饰过的笑容，赠送给每一个人。或者，干脆泡一杯茶，感受茶叶相拥着浮起时制造的骚乱，接着用一本时尚的杂志来平息这场骚乱。走在街上，偶尔会看见迎面走来的尼姑们，衣着整洁，嬉笑打闹地挽着篮子，去采购各色蔬菜。她们年轻，漂亮，活力四射；她们不相信耶稣。我还看见道路两旁新栽的绿化带，一夜之间就支离破碎了，枝丫的断裂处淌出的汁液是无奈的泪水，可人们却把自己的情绪光彩照人地挂在了上面……

于是，今冬各地雪暴成灾，小学生停课，工人停工，道路交通事故层出不穷。于是，春天的沙尘一年胜过一年，田地荒芜，树木消失。于是，靠土地吃饭的农民离开土地，来到城里，成了农民工。于是，农民工的辛勤劳作要靠政府三令五申的红头文件才能得到微薄的回报。于是，除夕这天，我在电视里看到了许许多多没有拿到工钱的农民工，他们衣服单薄，面如死灰，三五成群地依偎在一起，用体温取暖。他们没有粮食，就尽可能地减少活动来维持基本的体能。他们迫切地想要回家过个团圆年，可是他们能做的除了等待，还是等待。当政府出面为他们讨还一部分回家的路费时，他们又是那样激动万分，那样千恩万谢，那样热泪盈眶，那样不知所措地欢呼雀跃着。他们的要求就是这么简单，这么朴实，又这么容易满足。他们得到了温暖的同时，我却感到了寒冷。

雪花一片一片地加厚加大，压住了红尘中的喧哗，却压不住城市中大街小巷的各色变奏。对面的街道上，一辆单车翻倒了，路面很滑，单车又太轻。人流因行色匆匆而胆战心惊，然后泼洒一地哀怨和诅咒。阳光不再温暖，河流独自静卧着，昨天的蝉，以沉默的方式宣告着它的存在。这个季节里，我看到了寒冷里面的东西，那东西让我找到了一块雪后的草地，可那草地却冷得足以吞噬我的目光。那热闹起来的雪花，总是能制造出那么多的别离、苦难和那么多的绝望。而一只受伤的鸟，却在某个病痛的晚上重新发出微弱的鸣叫。面对这样一个季节，这样的变化，或者说这样一些来自内心的感受，远离或走近，都只是简单的陈述。

想到这些的时候，我正手捧着茶杯，春去秋来的时光就成了平平常常的生活。虽然我们的前面和后面都是生活的侧面，焦虑和隐忍还是卷走了我们的天真。好在我们还留有纯洁，纯洁可以加厚我们皮肤的尺度，让我们可以和农民工一起耐心地等待，并且真诚地相信明天……可是，在一种思维的停滞中，一些事否定了一些事，一些事成就了一些事，一些事需要着一些事，一些事掩藏着一些事。

　　在即将跨过冬天这个门槛儿的时候，我一个人安静下来，试图放好一些莫名的情绪和寒冷，像劝阻一场令人沮丧的雨，一场想哭就哭、说停就停的雨。

灵性之鸟

非常喜欢元人马致远的一首散曲：枯藤老树昏鸦，小桥流水人家……寥寥数语，一幅萧瑟的秋景和别有一番惆怅在心头的思绪跃然纸上。"昏鸦"，作为曲中的一个重要角色，在树顶的鸦巢里转动小小的头颅，呀呀连声的尖叫，更使人倍增孤寂、凄凉之感。

很久以前看过一部武侠电影，片名我忘了，但其中的一个场景至今记忆犹新：两个当世高手仗剑而立，危机四伏的黄昏，仿佛连空气也凝固了。突然，一群乌鸦从风雨剥蚀的城楼里拥出，上下翻飞，洪亮的叫声在天空中久久回荡。好一个点睛之笔，仅仅寒鸦数点，整个画面就鲜活起来，乌鸦——这道独特的景致，将两个生死决战的人映衬得苍凉而悲壮。

在中国民间，乌鸦常被看作是不吉之兆，仿佛它一出现就会带来某种厄运。我不是一个迷信的人，所以我同情这个无辜的精灵，而且，我也渴望能够读懂乌鸦在大自然中隐藏的意蕴。它黑晶晶的瞳仁映现的世界，是辽阔的天空和大地，还是辽阔之外的辽阔？而世界里的人是否也像我们看它一样丑陋？这是一个既值得思考又说不清道不明的命题。我常常想：从诞生就进入到人们偏见里的乌鸦，一生注定要被枪杀多次，因为，它满身黑暗的势力，因为，以光明与美的名义。

其实，在唐代以前，乌鸦在中国民俗文化中是有吉祥和预言作用的神鸟，唐代以后，方有乌鸦主凶兆的学说出现。无论是凶是吉，"乌鸦反哺，羔羊跪乳"是儒家以自然界的动物形象来教化人们"孝"和"礼"的一贯说法，因此乌鸦的"孝鸟"形象是几千年来一脉相传的。

乌鸦是制造生机和温情的黑色音符。在寂寞的秋冬季节，光秃秃的枝干在寒风中瑟瑟发抖，一派死寂景象。如果飞上几只乌鸦，马上就增添了生气。

年少时在乡下住过一段日子，那里有一片旷野，红日西沉的时候，总有一群乌鸦哗啦啦地飞来，哗啦啦地落下，黑压压一片，成为空荡荡的田野上唯一的风景。日复一日，也成为我孤寂时光里不可或缺的伙伴。春暖以后，鸟语花香，乌鸦反而不见了，心里着实落寞了好一阵，好像丢失了什么似的。

在饱经沧桑的周柏唐槐和帝陵王墓，人们也会经常看到它们的身影，和历史一样古老。记得在北京国子监，古木参天，小径通幽，群群乌鸦或在空中盘旋，或在树上歇息。伴着乌鸦们呀呀的叫声和扑棱扑棱的翅膀抖动声，观赏镌刻有历代文人名士生平的碑林，心中不免有一种和古人对话的意味。老树、群鸦、旧殿、古碑，构成一幅色调黯然的画卷。

后来，我读到了埃德加·爱伦·坡的《乌鸦》——一位经受失亲之痛的男子在孤苦无奈、心灰意冷的深夜与一只乌鸦邂逅的故事——我才真正知道，乌鸦世界的忧郁，是一种最高诗意的忧郁，它是进步而非颓废，因为它使心灵在创造和审视它的时候，就在它特有的超凡脱俗的世界中站立了起来。

据研究：乌鸦是人类以外具有第一流智商的动物，特别令人惊异的是，乌鸦竟然在人类以外的动物界中，具有独到的使用甚至制造工具达到目的的能力。《乌鸦喝水》的故事就很好地反映了其思维的巧妙。乌鸦，一种灵性之鸟，近年来的频频亮相，引起了人们对其文化意义上的重新思考。

在我生活的这座城市里，还没有见过一只乌鸦，似乎它们与那些高贵的马一样，都被驱逐到乡村和草原去了，已经习惯在风吹草低中低低地鸣叫，在烟囱和高压电线上编织无边无际的灵感。说到底，有多少人能从乌鸦身上挖掘出那些情感喷涌的诗意呢，像在春山暖日间诵读莺歌燕舞？！

唯一的颜色

　　一个人对大海的描摹和回忆，也许有许多言之凿凿的理由作为凭据，而我的与大海有关的记忆，却是同一群海边的猴子紧密相连的。

　　时钟拨回。一个无意间捕捉到的电视节目向我展现了海的美丽以及海边猴群的秘密，就像米粥写成的情报，只有借助碘酒才能呈现其中的内容。

　　年老的猴王，最终在决斗中失败，被逐出了猴群。然而，当我看到这个失败的猴王时，它正在被一群蜂拥而至的公猴——它曾经的臣民——赶下海里。老猴王奋力地游向岸边，寻求生机。可是，刚才那群公猴在新猴王的带领下，又一次蜂拥而至，驱逐、殴打、用石块攻击。无奈，老猴王最终没能上岸，带着满身满脸的伤痛和鲜血，绝望地向大海深处游去。荒芜的尸体漂浮在冰冷的水面上，被裸露的深红的腐烂的血围绕着，随着海浪，扩散开去，烧焦梦和现实，在我的眼睛里。

新猴王率领公猴们胜利而归。海面上，那起伏如山的蓝色烟云般的排浪向大海深处奔去。这时，老猴王生前最宠爱的王妃，怯生生地从一块礁石后闪躲出来，它警觉地望了望新猴王离去的方向，然后急匆匆奔向大海，用尽气力，才把老猴王的尸体拖上岸来。这个决斗中失败的猴王，是和一个异常平静、晦暗的黄昏一起，被王妃打捞到一处隐蔽的地方的。王妃静静地守在老猴王的尸体旁，一刻也不曾离开。几天后，王妃就静静地死在了老猴王的身旁。

节目结束了。一切就这么结束了。仿佛就在昨天，仿佛就在眼前。阳光依旧平静地抚照着大海，也抚照着我们。这阳光同我们曾经沐浴过的阳光一样温暖，这大海和我们向往过的大海一样蔚蓝，却又那么陌生。是时间改变了大海，还是我们改变了阳光？

其实，和每个族群里的公猴一样，老猴王也走过了幼小的童年，走进了英俊，走进了健壮。那段时间，对于王位的向往几乎遍及它所有的领域。它日以继夜地努力着，喘息声愈显焦躁，吵醒了整个族群，传到很远的空中。一开始，它的命运似乎就掺入了某种幻觉的东西，于是，整个事件也被一些神秘的因果关系所笼罩。

早在前往决斗的路上，老猴王甚至已经看到那柄牵引着它的寒光闪闪的宝剑，刚刚碰到手指就有了一道红线。风从背后吹来，呼啸着，拍遍了在场的一切，也掐疼了它每一根决斗的神经。很快，它就看到了一张被胜利毁坏的年轻公猴的脸，以及决斗中呻吟不止的大地和村庄。败下阵来的老猴王，似乎在这一瞬间看到了自己的前定。

一切情节都在不断地错位混淆。老猴王强壮的时候，甚至得到过太阳的赞许，它登上王位，天地都安静。这时，回头看它的青春时刻，多么像梦，像不真实的经历。这样的经历是一种虚脱的强硬，需要抵触，需要划破外表。

如果这仅仅是一个故事，总会有一些残简断章传下去。如果这仅仅是一期节目呢？

血红。我看见仅有的血红，裹着老猴王的身体，逼退所有的花朵，太阳隐去云隐去，我看见整个世界无声无息。剩下的血，是唯一的颜色，等待大海的蓝，来将它诠释。

栖居在自然里

我究竟是从什么时候开始怀念乡村生活的，已经记不清了。

多年以前，我曾经在那里生活过，但现在却只剩下怀念了。

怀念是一种心灵的旧地重游吗？

夏天的夜晚，坐在小院子里看满天的星星，白昼的种种喧嚣都在一闪一闪的星光中渐渐隐退了，耳边开始荡漾着微风和虫鸣。小小的菜园里，黄瓜伸直了腰，西红柿羞红了脸，还有那一架葡萄也在用晶莹圆润的眼睛帮我数着天上的星星。这个时候，夜色格外地温柔体贴，虽是万籁俱寂，却也蕴含着勃勃的生机。这个时候，我诗意地栖居在自然里。只是，那时候我还不知道诗意为何物。后来才明白，就是：一种对自然的回归，风景和自我融为一体，而后进入生命。

又是一个星光灿烂的夜晚，最罕见最美丽的清澈，从日落时分一直延伸到夜里。一弯月牙儿悠闲地在一片云彩的身旁冒出来了，一阵微弱的芳香自远方缓缓飘过来了，广阔无垠的空气，天空朦胧的蓝色，莫名地，让我有了一种难以描述的安慰。这样一个夜晚进入笔端的时候，我没有坐在星夜下，也没有躺在月牙儿上荡秋千，而是在完全的静谧中等待着，等待玉米拔节的声音，等待生命中某种看不见的幸福。

是的，坐在家里，精神也可以远足。每次，当我从文字中抬起眼睛，看着自己身处的房间和那扇窗户，想象着我的思绪可以冲破钢筋水泥堆砌的禁锢远走高飞的时候，耳畔就会响起诗人荷尔德林的那句话："假如大师使你们恐惧，向伟大的自然请求忠告。"是的，自然就在那里，是呼吸，是朝霞，是天空和石头，是青草和麦苗，也是丰收和荒凉。

是的，自然一边前进，一边在更换着它的精神和衣裳，变得更加宽敞，也更加别致。就像今天，刚下过一场滂沱大雨，云很重，直到刚才，云彩才像窗帘一样迅速地撤去，呈现出清澈的天空和一座我所见过的最美最神奇的彩虹桥。桥的两端扎根在大地上，阳光从七彩的颜色中透过，一幅绚丽柔和的图画在天空中慢慢地铺展开来，而后又慢慢地消失着，直到露出蓝色的透明的天空，上面有许多小块的云彩和边线。

我坐在窗前，用文字和心灵记录着自然中转瞬即逝的美丽景色，也记录着我经久不散的对于自然的向往，还有对于乡间生活的想念。透过窗子的光线，我仿佛看到了那个让我日思夜想的地方，那里有美丽的草地、金黄的稻田、清澈的小溪和质朴的左邻右里。那里的人们善良而且快乐，几乎每家每户的院子里都会种上许多的向日葵。到了冬天，忙活了一年的人们三三两两地围坐在暖阳下，吃着葵花子，说上一两句一年到头的心里话，或快乐，或忧伤，都是生活最本真的颜色。

是的，这个秋天，因为这一篇文字，我拥有了美妙而满足的时刻。对我来说，这似乎应该归功于天空，但我好像从来没有真正地仰望过天空。然而，今天我看的最多的就是天空，那种细致透明的蓝色，是秋天独有的色彩，或大或小的云彩，或静止或游移，都是一种生动。一场大雨，是天空的一次抒情吧。那么幻化出的彩虹桥呢？

这一切超越了所有绘画的生动色彩，难道还不能勾起你出去走走的愿望吗？

但是，仅有景色是不够的，仅有眼睛也是不够的，还要有一颗效法自然的心灵。树叶纷纷飘落，果实招摇枝头，这些大自然的婴孩，它们是哭是笑，全在于我们敏锐的感知。春日喜雨随风潜入夜里，秧苗们欢呼雀跃却招来世人的几许愁绪；花儿朵朵娇艳风华绝代，世人喜形于色却不觉花儿正在暗自神伤。

往往就是这样，当我们写下春天，春天就在窗外渐渐远去。当我们写下村庄，村庄已在风景中悄悄老去。时间匆匆复匆匆，它在反复读着自己内心的秘密，也在用多重的演绎将我们推到故事当中去，故事里的自然之美或是伤怀之美，是古人的，也是今人的。时间用经久不息的水滴在我们的心底激起一圈又一圈涟漪，只是有的深沉，有的慌乱罢了。

写下这些的时候，那条没有名字的乡间小路上，阳光泼下了碧蓝的天空，两只脚踩着同一个节奏，一棵棵早已茂盛起来的树，在不约而同地讲述着昔日的一个个场景。季节，正清晰着，明亮着，向我们款款走来。

夜色温柔

　　很深的夜里，持续了几天的大雨，让城市本身也升起了一片水汽，空气潮湿得可以喝了。在这被水汽团团裹住的黑夜，我在房间里听着那首最喜爱的"Nocturne"。提琴手Sherry那不食人间烟火的飘逸女声和她独特的柔美提琴，轻轻地划破了黑夜，我的思绪瞬间就被缥缈的音符打湿了。

　　我的眼前豁然映出一条街道，秋天的忧郁和神秘再次在周围弥漫着。跨过朦胧的树影和生锈的水洼，我看见那个靠虚构活着的人物正转过身来，向我慢慢地走近。我知道，我们的相遇总是从无数次的书写开始，一个词、一个故事，或是一封简短的书信，这是一种纸上的拥抱，亲切、温馨，却一点也不缺乏真实感。对于渴望掌握生命中各个段落的发展和变化的我来说，沉湎想象以及为此而展开的一系列叙事，其中总会汹涌着许多股不易被觉察的时间的暗流。

　　也许最初是因为思念一个人，也许只是出于写作上的需要，我才会相信时间有时是背离众人和万物的。细密的灰尘穿梭在那些孤独的时光里，一个男人的形象直接从往事的缝隙间渗透出来，黑白色调的身影斜斜地打在墙上，迫使我沿着他的轮廓进入一段冗长的思绪。

那些年中，他目睹了我的坚持、我的快乐，以及我的不知所措，他一面望着我，一面穿过黑夜，温柔地进入了我的内心。那个早上，在路的转角，一滴美妙的露珠落在我的头上，随即顺着发丝滑落到地面，轻轻地碎裂，消散了。刹那间，我仿佛一一认出了雨天造成的难以觉察的温度：穿过云层的太阳隔着树叶印在身上的点点光晕，鸟儿的持续低吟或是展翅高飞，水汽的雀跃，丁香的馥郁缭绕，倏忽即逝的晶莹露珠。我感知了这一切，我也在感知我身上涌动着的幸福。

可是，想象与现实能够柔柔软软地融合为一体吗？比如一个季节以一个人的形象出现，比如所有人的梦共用一副感觉器官，比如突然忆起的那面镜子关注着一张极其相似的脸。事实上，他一直在我的虚幻中呼吸，散步，与时钟里的旅行互相模拟，或者说，他正在按照自己的意愿选择一个属于我的梦。

我大概是一个对生活充满恐惧的人吧，我习惯独处和足不出户，习惯摆弄词语像摆弄一堆黑暗的零件。而生命本身的成长则意味着需要不断放弃一些东西，又要重新寻找一些东西。唯一的真我被世界的假象抽空，被填塞以痰迹、污泥、碎玻璃等等的垃圾，最后，不得不穿行于内心光线幽暗的地下通道，直至未老先衰。我一直用写作抵拒着种种无奈的现实，我相信，能抵拒一生，或许就是一种胜利。

人类的一切活动都在不断地重复。若是一定要我选择离群索居，我更愿意住在一间堆满书籍的屋子里，有宁静的氛围与新鲜的空气，因为它们可以给心灵带来一种安慰：寂寥地翻动书页的声音容易让我想起秋天，想起杨树沙沙的响声，想起树叶暗含的水分正在被阳光溶化和消解的声音。而我所写下的，这些用白天黑夜累积成的想象的果实，必须与一本书、一支乐曲、一个人物和一次生离死别的爱情有关。这个在脑际中成形的想象之夜，因为一个遥远的男人我无法获得光芒中的梦乡了。

我的桌子上放着几张昔日的照片，有美丽的风景，也有可爱的笑容，每一张照片都留存着我的过往。这些被镜头捕捉被相纸收藏的薄薄的色彩，在昏黄的灯光照耀下，常常使我的眼睛和夜晚同时闪亮起来。在无限的遐思中，我发现它们已经变得有些意味深长和难以捉摸了。就像山鲁佐德的一千零一夜，我同样需要一种持久的动力，去纠正和完整一些旧时的场景，去倾听、注视和思考变换的天空与群鸟的窃窃私语，然后慢慢地汇聚词与物，把我对幸福的概念全部锁进秘密的抽屉。或许我真的需要一千零一夜那么长的时光吧，直到它抽象成一首诗、一幅插图，或是一个永远也猜不出谜底的谜语。

午夜的钟声在记忆中响了十二下。一切都仿佛刚刚发生又转瞬即逝。没有人知道我此刻的感受，也没有人懂。当我熄了灯伸手抚摸大量的黑暗时，生命中的某些时刻已经与我互为比喻：或许是因为我的想象才会有这样一个辗转的午夜，透过窗帘的些许凉意潮水一样漫过了我的身体，以及周遭那些寂静无边的事物。我说春天来了，我说鲜红嫩绿的气息将渗入每一个细节，实际上我只是在模拟一种希望，说穿了，我一直试图用天鹅绒笔触为未来的自画像布下情感粗重的线条。

今夜，窗外的雨声稍稍有些异样，或许它们正在夜空中自由飞舞吧，就像默片年代里少女们旋转的裙裾。不知为什么，这个雨夜，我突然清楚地意识到，我已经跨过了三十岁的门槛。而一个人到了三十岁有可能就是一只肥胖的蛹了，无论怎样幻化都会受制于既定的角色——飞蛾或蝴蝶，一张巨大的集满劫数的网会迎面扑来，让人猝不及防，又无处逃避。

夜，越来越深了。在这个很深很深的夜里，关于他的想象，仿佛一袭小提琴琴盖上漆黑的轻纱，但我却不敢掀开它像掀开春天的帽檐一样。我只能热情衰竭地面对这一片夜色，听着黯然伤情的"Nocturne"，任不忍卒读的往事在记忆中悄然耸起青春的脊背。

每个人都有一颗疼痛的灵魂，在暗夜里伸长了蜷缩的触须，与美丽的梦境共枕抵足而眠。只是，夜是醒着的。梦也即将开始醒着。如果说有什么曾经将我深深地打动，那一定不是黑夜温柔，而是我的想象又疲惫又执着。

江桥的影子

借助一把钢尺，我在地图上的一段蓝线上垂直地画了一条线。于是，这条线就变得特别的挺直和坚固。然后，我想象着自己走在上面，慢慢地，脚下有了一块块钢板，它们有序地排列在一起。透过钢板之间的缝隙，我看见了滔滔的江水。抬起头来的瞬间，我的眼前仿佛出现了那座传说中的老江桥。

这是一座历史悠久的铁路桥，自一百一十年前的欧亚大陆穿越而来，带着一路上的灰尘，也带着沧桑和历尽沧桑后的泰然。它见证了中东铁路的通车，也见证了哈尔滨由几个村镇迅速发展为远东文化、经济、贸易中心的过程，见证了哈尔滨在清末、民国、日伪时期和中华人民共和国的城市历史。

我第一次看到这座桥，是在一部家喻户晓的谍战剧里，剧中的主人公在这座桥下把关乎生命的情报传递出去，才一次又一次瓦解了敌人的阴谋。后来在一部又一部的时装剧里也能频繁地看到这座桥，或温馨浪漫，或心事重重，或观众自己心里面因了另外的事情有一点起伏，就借景抒情，生发出另一番崭新的意境。

这座桥，不仅站立在银幕上，还牢牢地站立在悠远的历史长河中，不仅跨越了河流，还跨越了历史。

松花江铁路桥，哈尔滨人都亲切地称它为"老江桥"，是松花江上最早的铁路大桥，也是哈尔滨的第一座跨江桥梁。它还有一个鲜为人知的名字：哈尔滨中东铁路桥。这个名字，总让人联想到它的历史：1896年，沙俄通过《中俄密约》攫取了中东铁路修筑权（中东铁路以哈尔滨为中心，西起满洲里，东至绥芬河，南到旅顺口，总长2478公里），这座钢铁结构的大桥便在俄罗斯桥梁专家、中东铁路工程局桥梁总工程师连多夫斯基亲自监督下，由工程师阿列克谢罗夫负责施工，于1900年5月16日正式动工，1901年8月22日全面完工，同年10月2日交付使用。如今通车一个世纪的中东铁路，依然是连接欧亚大陆的重要交通线，而这座老江桥就是滨洲铁路的咽喉。

历史，模拟着我们的方言和情感，阳光一半埋在过去，另一半运送来了两个词——疼，或忘。

我小心翼翼地走在老江桥上，听着江水的悠远，看见云在慢慢卷起帷幕。我蹲下，抚摸着桥栏杆上的一把把心锁，直到语言在水上消失，风把字带走。

我一个人走在老江桥上，夕阳在桥栏杆旁俯身，云朵让铁桥在江面上走动。几个中学生模样的人骑着自行车从桥的另一头迎面而来，人行道很窄，仅容一人通过，他们却可以把车子骑得飞快。我惊讶的瞬间，几张年轻俊秀的脸庞已然到了我身边，他们停下来，带着微微的笑推着车子鱼贯地与我擦肩，随即笑闹着向前跑去。

一列火车驶来，我的整个人随着桥身的剧烈颤动而摇晃，我下意识地扶住了铁轨两侧的防护网，身子才能站得安稳。我禁不住回头看看那几个中学生，他们没有因为火车的闯入而有丝毫的畏惧，仍旧说笑着。据说，以前上了铁桥，就要走到头才能往回返，如果你走了一会儿想要回头，或者干脆停下来，都是不允许的。如果说松花江让哈尔滨有了灵气，那么，江上的这座铁桥让哈尔滨人原本强悍的个性中又增添了几许刚毅吧。

哈尔滨的历史源远流长，是一座从来没有过城墙的城市。作为哈尔滨城市标志之一的松花江铁路桥，或许很多人一时间还说不清它的由来，或许根本就不知道它的存在，这一切都不重要，重要的是，因为这座铁桥，我们的心里有了关于哈尔滨更丰富更生动的收藏。每次踏上铁桥，一个古老的世界就会在脑子里旋转，并非仅仅是一缕风或一片月光——我们找到了一段心静如水的时间：轰鸣的火车消解着内心的躁动。

现在，就在哈尔滨，让我们踏上钢制的桥板穿桥而过，或是站在桥上蓦然回首，春夏秋冬，人来人往，从前的岁月渐渐远去，从前岁月的影子落在了江面上。

然后，时光荏苒。

有一场雪在哈尔滨等你

雪，落在十二月的哈尔滨，时间就对折上了。

雪下在雪里，冰默默地吹着风。在极端的寒冷中，树木的叶子是要落尽的。如果，一片叶子就是一天，那么落尽叶子的树就是一位有着沧桑故事的老人吧。对于哈尔滨来说，金甲神龙保护龙珠，并且勇战恶龙造福百姓的传说，仿佛就是昨天。今天的哈尔滨，有雪，瑞雪兆丰年。

雪，落在哈尔滨，是那种势不可挡的倾倒，浩浩荡荡，铺天盖地。一场大雪过后，房子不见了，院子不见了，路不见了，甚至连雪也不见了。只有苍茫的白、夜色的黑和灯笼的红。红红的圆灯笼，是最温暖的颜色。

也许，正是这种颜色一直温暖着走在路上的萧红吧，她才能不向命运低头，以柔弱多病的身躯抗争整个世俗。就如她自己在《呼兰河传》的结尾所说："以上我所写的并没有优美的故事，只因他们充满我幼年的记忆，忘却不了，难以忘却，就记在这里了。"

雪，慢慢地下，水，一点点结冰。

哈尔滨的冬天，仿佛是为远道而来的客人准备的。坐上马拉爬犁，或是狗拉雪橇，迎着凛冽的西北风，滑行在镜面一般的松花江上，每一分钟都有不同的感受。或者干脆站在冰上，抽冰尜，溜冰，接接冰气，看着冬泳的人们浑身升腾起的白色烟雾，赞叹之余又另一种意境。冬天的哈尔滨，没有了繁花锦簇，没有了郁郁葱葱，有的只是冰雪，是融洽，是神奇瑰丽，也是谜一样无影无踪的到达。在这里，冰与雪在能工巧匠们的手中，顷刻间，就幻化成了冰酒吧、冰旅馆、雪圈场等姿态各异的形状。在这里，各种各样的形状都是冰雪的形状。在冰雪大世界里游览，步行是最好的方式。每走出一个迷宫就出现一种景色；每拐过一个弯路，又有另一番天地。就像苏州园林，曲径通幽，又豁然开朗。来到冰雪大世界的人们纷纷使出浑身解数抵抗着严寒，他们在冰天雪地里寻宝，攀冰岩，打雪地高尔夫，踢雪地足球，好像只有这样才能沾上了冰雪的灵气，超凡脱俗。

当年金太祖完颜阿骨打统一了女真诸部落后，建都立国于会宁府，之后的改制，颁行女真文字，攻城陷地，无不展现了他的英谋睿略。那些年的雪一定下得很大吧，也许只有潜伏进内心的冰？我们不能知道，我们只能知道，千百年来，人们一直在这里编织着生活，在哈尔滨的雪里，在哈尔滨的冰上。

冬天的哈尔滨，冰灯仿佛就是这座城市的街头雕塑，在这里，街道有多少，冰灯就有多少。我们真的不能想象，没有了冰雪，哈尔滨的冬天还会是个什么样子，我们只是感到了，就是这一些冰雪，使哈尔滨增添了无限的生动和纯真的味道。

哈尔滨街头的冰灯，有文化，有故事，还有快乐，所以制作冰灯是一门艺术，也是一种艺术的劳动和创造，所以冰灯就不仅仅是冰灯了。每年的元旦前后，哈尔滨的一些重要街道上，一夜之间就会冒出许许多多的冰灯，它们站立在街道的两旁，在毫不期许的时刻，没有预感的地点，亲切地问候着经过这里的每一个人。一阵北风吹过，一场大雪落下，它们仍不改初衷。用经济的眼光来看，冰灯相当于一种特殊的户外广告。冰，被雕成人们所希望的样子，装上五彩的灯泡，有关方面因势利导，搭配上引人注目的条幅，再加上欢快的音乐、笑容可掬的脸庞，与人无约，却也姗姗来迟，一派其乐融融的景象。对那些走过冰灯身旁的人来说，冰与灯的完美组合，流动着一种超然物外的爽洁与妩媚。这样的一种美，可以抵御寒冷，可以化解幽怨，可以是心底里那一抹最暖的温柔。

在众多的街道中，最负盛名的就是中央大街了。

这是一条悠长又悠远的街道，是当年修筑中东铁路时，运送铁路器材的马车在沿江的古河道上开出的一条土道，后来由俄国工程师科姆特拉肖克设计、监工，铺上了方石。今天，我们踩在街石上，街石发出"哒哒，哒哒"的声响来，如歌的叩击，使每一天都绘声绘色地美妙起来。长方形的条形石，大小如俄式的小面包，一块一块，精精巧巧，密密实实，光光亮亮，以纵向冲上艺术地铺满整条街。据说当时一块方石的价格就值一个银元，一个银元够穷人吃一个月的。几百米的大街可谓金子铺成的路。据有关专家测定，中央大街的方石块还能磨上一二百年呢。

方石使得中央大街顿时显得华贵起来。

随意地走在中央大街上，不用去理会别人在想些什么，也不用怕人家会读懂你的心事，散散淡淡，从从容容，走着走着，偶一抬头，便会有一片、两片、无数片的雪花飘落，仿佛天使的亲吻，冰凉而不失温润。在中央大街上走着，遇见或者不遇见都是无所谓的，只要有你和老街，你和老街的缘定今生，就够了。

也可以随便地找个由头，加入到排队买面包的行列，或者在冰天雪地中，穿着羽绒服，哈着气，跺着脚，吃上一根马迭尔冰棍。想就想了，做就做了，没有问题也没有答案。一次，二次，接二连三，路过的人终于成了排队的人。这样的体会仿佛是远航的小船停泊港湾，仿佛是笼中的小鸟翱翔天宇。所以，初来乍到的游人和常来常往的朋友，都来到了这里。

我们就这个话题说开去，耳畔响起了萨克斯的悠扬旋律，是 DAVE KOZ 的那首"I Believe"。华灯初上，在中央大街上漫步，就会看到一些时尚装扮的年轻人深情款款地演绎。什么也不说，跳动的音符在诉说，什么也不做，安静地站在原地，听一听，听愁肠百转，听云淡风轻。

外地人来到哈尔滨，都会到松花江边去走一走看一看，他们说着防洪纪念塔的由来，看着勇敢的人们坐着爬犁大声呼喊着冲下陡峭的冰道。有的人坐下来，坐在防洪纪念塔的围廊下看着人头攒动的广场，若有所思。有的人喜欢躺在厚厚的积雪上，安静地听着雪花那魅惑人的低语。滤去了寒冷的阳光瀑泻而下，轻意地就温暖了整条江整个人，塔不能言，江也默默，相友相伴，随意又随和。

一座冬天的城市，满目冰雪。柳絮一般的雪，芦花一般的雪，轻烟一般的雪，所到之处，点尘不染。在春天到来之前，防洪纪念塔是无声无息地伫立在冰雪中，在春天到来之后，冰雪就融化了，而塔，还是无声无息地伫立着。雪，被阳光品尝之后，就不知不觉地化成了春天的泥泞、夏天的雨水和秋天的雾霭。

是的，一座属于江水的塔，一座属于冬天的城市，一场绵绵无绝期的雪，一群走在雪里的人们，没有了口音和水土的隔阂，没有了家乡和异乡的区别，只因了这一江水，这一场雪，这一次前世今生的相遇，心中便充满了喜悦。

一句话就能分泌出一个冬天的时刻，小心翼翼地走在"老江桥"上，看着封冻的江面借用无人的岸来加深悠远；空中飞舞的雪花在越过自己的远，慢慢卷起帷幕。抚摸写在桥栏杆上的每一个字，想象桥上的一把锁就是一颗心，默默守护的就是当初那一句最真的承诺。

对于外地的朋友来说，"老江桥"就是谍战剧里情报的交通站，就是时装剧里的温馨浪漫和心事重重，抑或是观众自己心里面因了另外的事情有一点起伏，就借景抒情，生发出另一番崭新的意境。对于哈尔滨人来说，"老江桥"是老年人的历史，是年轻人的爱恋，那一字一句写在桥栏杆上的话语，更是许许多多的祝福和依依不舍。

很多的资料上都说，姚锡九发起建造了哈尔滨的第一座跨江桥梁，哈尔滨人亲切地称为"老江桥"。就在大桥要竣工的时候，他制造了沉箱进水事故，淹死大批水下作业工人，他却大发其财，令人深恶痛绝。事实上，这些记载并不完全正确。老江桥建于一九零零年，当时的姚锡九只有八岁。这是最初的采访者和被采访者的混淆，还是后来写作者没有核查，我们不得而知，但是哈尔滨人对汉奸的痛恨我们是知道的。哈尔滨人又是豁达的，为人厚道，就像这下了千年万年的雪，春天来了，雪就融化。化成了水的雪汇入松花江，在老江桥的身边流淌着，不舍昼夜。

哈尔滨人走上老江桥，是很平常的因由：去江的对岸，或是在江上冥想。所谓的"历史"，却没有想得太多。一列自一百一十年前穿越而来的火车，行驶到老江桥上，带着一路上的灰尘，也带着沧桑和历尽沧桑后泰然存在着的历史，老江桥的历史，哈尔滨的历史。

现在，就在哈尔滨，就在这个雪天，让我们走上老江桥，收藏好那一份真挚，然后踏着钢制的桥板穿桥而过，或是站在桥上蓦然回首：雪下雪停，那舒缓的节奏，那素洁的纱衣，那空灵的吟唱，像一种特别的花香味道，它消失，让人难以复述。

雪，还在无声无息地下着。

一分钟的雪下了一千年，还是一千年的雪下了十分钟？一座城市与一条江，就像是没有故事的人讲的没有人的故事。那等在故事里的容颜，如雪花般飘落。

长成于此，或是打这里走过，能读出这一场雪的心事，能听懂这一江水的歌吟吗？雪下雪融，水温柔地流着，还是在彩灯的映衬下熠熠生辉，都是一种淡泊的宁静。这样的情怀，不依附于任何的斤斤计较或是坦荡博大。这样的情怀，可以飘逸浪漫，也可以豪迈奔放。这样的情怀，就是塞北的本质与原来，就是哈尔滨的过去和未来。而当记忆与遗忘再没有什么不同时，漫天的飞雪，就在这样的季节，走进了我们的心中。

在这里，冬天，不仅仅是季节；雪，也不仅仅是节气。

在这里，"雪"这个字，比一切雪更真实。

寂静之年

相对于以往那些过于热烈的除夕之夜，窗外这个即将开始或正在开始的春天，和无边的夜一样寂静——这个寂静之年，没有爆竹，没有烟花，除了电视里传出的欢声笑语，周遭的一切都静悄悄的。一切都显得那么轻松，那么平常。仿佛已经不是在守岁，不是辞旧迎新，而是在度过一个普普通通的日子。午夜的钟声如约敲响的时候，朝对面的楼房望去，只有零零星星的灯光逗号般闪烁着，很难再有什么东西迎着我的记忆飞过来，为乍暖还寒的冬日彻底画上一个句号。

新年就这么来了。新我旧我在一个来历不明的念头里转换不已：不知从何时起，年的韵味越来越淡，只剩下渐行渐远的背影。

大地的表情空旷而宁静。

稿纸上的人站在远处，对着自己眺望。

一些字像一群人，风尘仆仆，像远道而来的亲戚。

想起小时候，窗外还是一片冰天雪地，年的味道就远远地飘来了，最初的味道是腊八粥的味道，是八种粮食和干果的味道。这之后，家家户户最重要的事情就是置办年货，给孩子买新衣服，新鞋子。那些过本命年的人早早地系了条红腰带，满脸喜气，像刚刚举行了某种仪式。

腊月二十三，过年的气息愈发浓厚了，哥哥将一包二百响的鞭炮拆散，依次分给弟弟妹妹，然后每人点上一炷香，在街上噼噼啪啪地放起来。父亲写得一笔好字，每年的这个时候，家里都挤满了人，看父亲为他们写春联。最初的几年里，父亲只给自己家写。后来，左邻右舍来求着写。再后来，整整一条街的春联都出自父亲的手笔。在除夕的午后，父亲总要到街上转一圈，从街头走到街尾，在各家门前仔细端详自己写的春联，然后回来和母亲说，他哪个字写得不好，丢了神韵，是败笔。

小年这天晚上，很多家的院子里都挂起了一盏红灯笼，红红的，通体散发着暖意的灯笼，仿佛寒夜里燃烧的一颗颗心脏，将一直照彻到正月十五，与洁白的元宵交相辉映。

腊月二十四，掸尘扫房，把所有的灰尘和晦气统统扫出去。按民间的说法，"尘"与"陈"谐音，扫尘即是"除陈布新"。

腊月二十九，全部的事情都是在为明天做准备：烀肘子，熬皮冻，炒瓜子和花生……母亲偷偷地将压岁钱用一张张红纸包起来，等到第二天深夜，悄悄放到我们枕下。压岁，颇有些慨叹光阴无情的意味。无论贫富，父母们都不希望孩子那么快就长大，那么早就从自己身边离开。

大年三十的早上，隔壁的小玲子穿着一身新衣服就来了，有一搭没一搭地说着话，并时不时地用手拽一下自己的衣角。我知道，她是想让我注意她的花棉袄，我假装没看到。我故意对她说：窗户上的窗花真漂亮，也不知是怎么剪出来的，你知道怎么剪吗？看得出来，小玲子明显有些失落和垂头丧气。多年后的某一天，她在电话里和我说，那个年代最幸福的事情，就是在过年时能穿上一身新衣服。

年夜饭一词不是十分准确，因为通常开饭的时间并不是在夜里。在哈尔滨这座混居的移民城市，按照籍贯和习俗的不同，土生土长的东北人一般都是在下午三点开饭，山东人则是在晚上六点，还有的是在正午十二点和下午一点。一个共同的习俗是，每家人在开饭前都要放一挂鞭炮。所以，根据放鞭炮的时间，基本可以判断出这家人来自什么地方。鞭炮声越来越密集，是在午夜零点，家家户户开始吃饺子。我想，真正的年夜饭应该是指这顿跨越时间界线的饺子吧，每个人都渴望能吃到包在饺子里的硬币，期待借此福气在新的一年里交上好运。

餐桌上一定要有鱼，取"年年有余"之意。

饺子一定是芹菜馅或韭菜馅，菜喻指财，努力赚钱，广结财源。

年夜饭是团圆饭，饭后吃冻梨，大概是将分离冻结的意思吧，或者是将距离凝结。这个习俗到底是从什么地方什么时候流传下来的，始终不得而知。

正月初一，三五成群，挨家挨户拜年。这是孩子们最高兴做的事情，因为转上一圈，口袋里就会装满各种糖果，那种甜甜的、幸福的心情，可以享用好多天，直至回味无穷。

……

我写这篇文字时也是正月初一，从记忆中回过头来，发现大街上行人稀少，鞭炮声与孩子们的嬉闹声皆无，而时光依然在大踏步地加速走。越走越快的时光里，年其实并未走远，它还在那里，只是过年的方式以另一种形态继续着，发展着，变化着：拜年的人都在手机微信里，打牌的人都坐在计算机前，拼手气、抢红包成为一种新时尚、新祝福。在电子信息时代，碎片化的语境永远指向虚无的整体，指向无限。

这个寂静之年，如此真实而又不无虚幻色彩地怀旧，让我再次看见了记忆的枝蔓和触角，或者用大诗人特朗斯特罗姆的话说，是记忆看见了我。

第三辑

然而，很美

母亲教我的歌

如果能够向克莱斯勒借一双演奏小提琴的手，你大抵可以听见那个来自德沃夏克的段落旁白，即使面前没有小提琴，只是用手在空中虚拉，你也能听见他，听见一个久久徘徊于指尖之上的，温情而伤感的德沃夏克。

安东·德沃夏克，是19世纪捷克最伟大的作曲家之一，捷克民族乐派的主要代表人物。1892年，他在美国任教期间，以美国黑人音乐为素材，创作了著名的《第九交响曲》，即《自新大陆》。人们熟悉和喜爱的那首叫作《念故乡》的歌曲，就是以《自新大陆》中的一段充满无限乡愁的旋律改编成的，一首伟大的曲子带着离乡人的血脉和灵魂在天空中徐徐地飞翔，像一块愁云。

而在这个春天里，我反复倾听的是德沃夏克的《母亲教我的歌》，并且把它当成了我的旧梦重温，像述说故事般流淌的旋律中，有我对母亲最好的回忆——我们坐在窗前，用暮色中飞翔的思绪谈谈母亲的身体我的生活，谈谈近在咫尺的落日和被落日染红的江水，谈谈心灵的戏剧，以及谁将在谁的角色里暗中易手。在这首虔诚低回的歌曲中，母亲的眼神、手势、语气，仿佛那些流逝的时光又重新追上了额头，皱纹里的往事温暖着我这颗远游的心。

《母亲教我的歌》是德沃夏克 1880 年创作的一首艺术歌曲，在行板速度上轻轻流动的旋律，带有摇篮曲的摆动感，曲调温和亲切，犹如一封家书般的喃喃低语。这首歌是德沃夏克为海杜克的诗歌谱的曲子，是德沃夏克歌曲集《吉普赛之歌》中的第四曲，后来被改编为小提琴、大提琴等乐器的独奏曲以及管弦乐曲、合唱曲等形式，流传至今。

初次听到《母亲教我的歌》，是英国女高音夏洛蒂·丘琦的演唱，这位横跨古典和流行的天才歌手，用她那来自体内一处与情感共鸣的声音和甜美纯真的出色外表，瞬间就吸引了我，仿佛它就是一把钥匙，打开的是一个封闭了想象的秘密花园。之后，我又看到了由著名小提琴家 Ara Malikian 在美丽浪漫的西班牙一处农场皇宫的夜景里演奏的《母亲教我的歌》，夜色温柔，小提琴如泣如诉，我隐约看见了那个坐在夏日夜晚，指着星空中那把"勺子"给我讲故事的母亲。如今，故事依然在夜空中闪闪烁烁，而我坐在家里却满怀离乡背井之情。似乎从一开始，母亲就和故乡是浑然一体的，有母亲在的地方才是故乡，才是家。

或许，旋律最深处的母亲是听不见的，但是只要你在听，你就是母亲。漫长的，短暂的，一分钟或是一小时的母亲。每次听德沃夏克的《母亲教我的歌》，那催人泪下的旋律就会在我房间的空气里藏着，睡着。当歌声意犹未尽，我分明感到我在这段旋律中走到了母亲身旁，躺在她的怀里，静静地听她唱歌，音乐闪成的泪花悄悄地滑落在我的脸上。我知道我可以从那些杂乱的影子里认出母亲，认出那双粗糙的手，我闭着眼睛，颠倒时光里的思念一年深似一年，还有不断沉下去又不断浮上来的故乡的容貌。而一个被赋予了诗歌和音阶的母亲，通常需要另一双眼睛去读，另一颗心脏去跳动，另一段文字去保持和收藏吧。

一百多年来，《母亲教我的歌》的演绎版本层出不穷。捷克著名小提琴家约瑟夫·苏克的演绎，实而不华且充满温情，能让这不朽的旋律绕梁三日。也许是因为苏克是德沃夏克的学生和女婿，所以对这首曲子的理解才更加入木三分吧。捷克次女高音歌唱家玛格达莱娜·科热娜用捷克语演唱的《母亲教我的歌》，纯净婉转，风味十足。"伦敦提琴之音"四十八把小提琴的演奏，气势磅礴，耳目一新。被称为音乐鬼才的范宗沛版，温情而忧伤的气氛浓郁到必须用手捂住胸口，而1996年捷克影片"KOLYA"中，卢卡带着柯利亚躲到乡下时，也用到了这段旋律，该片夺得当年的金球奖、奥斯卡最佳外语片奖和东京国际电影节奖，应该也有《母亲教我的歌》的功劳吧。当然，还有很多我们知道或不知道的版本，无论是大气的交响乐版，钢琴、小提琴协奏版，美声咏叹调版，还是男女声对唱的通俗版，只要在这段旋律中坐下，声音的故乡就会一点点伸进耳朵，沿着世界的躯体游走，然后，母亲温柔的光辉洒落下来，直到把他乡听成故乡，把德沃夏克听成母亲。我个人最喜欢克莱斯勒演奏的小提琴版，小提琴的音色最能把这种细腻的爱表达得丝丝入扣，他如触电般的揉弦，充满人情味的滑音，高尚的乐感，是永远无人替代的。

《母亲教我的歌》是德沃夏克艺术歌曲的巅峰之作，这首充满温情与缅怀的隽咏小品，简简单单的旋律却把思母之情表达得幽雅委婉，缠绵悱恻，让每个聆听过这段旋律的人都会在心灵深处深情地拥抱母亲，而母亲一直都在你的听里听，用柔软的心和舒缓的耳朵。

　　《母亲教我的歌》相对于我，是对母亲的思念，是牵挂，是爱。当一种精致、优雅的情感支撑着一个饱满的听觉世界，当阴晴不定的天气在用力撕扯着我对母亲的想念，当窗外隐隐的花香也加入春天的暮色，女儿稚气纯美的歌声像一团光把我照亮——当我幼年的时候，母亲教我歌唱，在她慈爱的眼里，音乐闪成泪花……

最初的爱情，最后的仪式

　　如果，波澜不惊的生活中有一阵风吹过，我相信，其中的一缕一定是从音乐中吹来的，有一些沧桑，有一些悲伤，其中夹杂着触手可及的现实、过往和内心故事。

　　作为一个迟到的倾听者，我错过了收集梦碎花朵的妮娜·西蒙，与歌声中富有神秘禅意的伦纳德·科恩擦肩而过，却神奇般地闯进了《D大调卡农》的深远回味中。

　　初次听到《D大调卡农》，是在韩国电影《我的野蛮女友》中：

　　当男主角手拿玫瑰，出现在教室，女主角正在演奏的就是由美国钢琴家乔治·温斯顿所改编的钢琴版《卡农》；当两个人沉浸在阴差阳错的彼此思念中，大段响起的则是传统弦乐版《卡农》；当音乐随着男女主人公一次意外相遇，最终牵手而结束时，那干净至纯的音色，和谐至美的和声，却在我的心里升腾起一丝甜蜜宁静的忧伤。

　　《D大调卡农》是德国作曲家约翰·帕赫贝尔最著名的作品。简单不过的曲调一再反复，高低声部遵守着严格的对位法则，各自规律地不断往前发展，和谐演奏出曼妙的旋律，最后光辉地结束，听起来却丝毫没有单调之感，令人浮想联翩。

或许可以这样理解：天地一琴，每个人都是游走在琴键上的音符，没有华丽的装饰，没有刻意的雕琢，不需要激情、反叛和摇滚，也不需要衰老和死亡，平静就是生命的高潮，像黑夜里的那一缕幽光。

约翰·帕赫贝尔，是德国巴洛克后期的作曲家兼教堂管风琴师，管风琴和键盘音乐是他主要受到肯定的创作领域。然而这个名字被广为流传，不仅仅因为他曾是巴赫的老师，还因为那一首不朽的经典旋律——《D大调卡农》。

据考证，《D大调卡农》诞生于1680年，当时27岁的帕赫贝尔正陷于热恋之中，因此有人猜测，这首曲子是爱情的产物。试想一下：某一个午后，帕赫贝尔穿上燕尾服，戴好头套，在抒情的曲调中，姑娘的心被慢慢拉近，进而绽开笑容，融进爱情的光辉里。

至此，我认为这是一首浪漫至上的曲子，一对年轻的男女浑身闪耀着纯美的青春，他们旁若无人地对视着，笑着，依偎着，夕阳很好很温暖，他们在乐曲声中尽情地幸福着，旋转着，他们彼此交叉，照亮，最后在互相辉映中渐渐老去。这就是爱情最初的模样吧？

还有人说，《D大调卡农》是帕赫贝尔为悼念亡妻而作。他忍受着爱妻孩子死于瘟疫的巨大痛苦（一说死于难产），创作出一组不朽的音乐，以纪念往逝的死者，其中的一首变奏曲，就是《D大调卡农》：一个声部的曲调自始至终追逐着另一个声部，直到最后——最后的一个小节，最后的一个和弦，它们融合在一起，永不分离。

我猜，爱，应该是个容易出错的精灵吧。所以，我想象着

这样的画面：一天，一对男女被爱神的箭射中，一不小心掉进
了河里。也许这两个人会手拉手一起朝河岸边游去，上岸后竟
然开始相互埋怨，各自愤愤离开；也许是其中一个人奋力游向
岸边而没有顾及另一个人，结果上岸的人径自离去，水中的人
暗自伤心。这样的结果，究竟是时间错了，地点错了，还是人
错了呢？答案，帕赫贝尔也许知道，也许不知道。无论知道与
否，都已经不重要了。他默默地坐着，陷入回忆，甜蜜开始从
痛苦中一点点渗透出来，久违的温暖漫过心头。他伸出双手，
手指在键盘上游走，轻盈地雕刻着永世隔离的痛，自得其乐且
乐此不疲，往日的种种温馨就一遍又一遍地重现眼前。这样的
仪式，是内敛的沧桑，还是无法忘却的姻缘呢？

几百年来，《D大调卡农》的演绎版本多不胜数，无论用
何种乐器演奏，都遮盖不了它原本迷人的气质。1966年，在
维也纳音乐节上演出了指挥家卡拉扬改编的《卡农》。1968年，
《卡农》第一次被西班牙的一个声乐组合改编为流行歌曲。
《卡农》还曾被作为奥斯卡影片《凡夫俗子》、韩国电影《我
的野蛮女友》、泰国经典潘婷广告的主题配乐，在古典音乐TV
动画《金色琴弦》中，也出现了这首曲子。《卡农》让更多人
忘却了影片的故事情节，而记住了它的旋律。

现在，我一直循环播放着不同版本的《D大调卡农》，华
丽的、简洁的、恢弘的、小巧的，都完美得令人窒息。低沉的
提琴、长笛的柔美、钢琴的流畅，以及多声部的吟唱，等等，
在反复延绵的旋律中，心得到宁静，灵魂也渐渐平和下来，像
是天籁之音萦绕在耳畔。我个人比较喜欢佛拉门戈版，这个版
本加了许多节奏元素，轻松快乐的鼓点，让人听了就觉得心
情舒畅，有着旧日花园精灵复活的味道。

因为《D大调卡农》契合了我的某一理想，长时间让我着
迷。在一遍遍聆听《卡农》的时候，我总是会想到那一句"执

子之手，与子携老"。我仿佛看到先秦的一位将士正在征战的间隙翘首遥望家乡，而这一眼望出去，乖乖，看到的竟然是帕赫贝尔，两人目光相遇，就响起了《卡农》的绝美旋律。

《D大调卡农》是帕赫贝尔最初的爱情，还是最后的仪式？我们无从说起，但是对于每个聆听过这首曲子的人来说，《卡农》应该是时间中的一片光晕，是飘在风里的梦境，是行走在大地上的遐思吧。

铃儿响叮当

　　是的，我是信手翻开克里斯·范·奥斯伯格的童话绘本《极地特快》的，一幅幅笔触细腻的粉彩画，营造出了朦胧、神秘的梦幻感。慢慢读下来，是一个关于信念和愿望的故事，它使我们相信奇迹随时都会发生在这个世界上。如果信念是一只蝴蝶，那么它的愿望就是飞翔吧。

　　是的，这里的一切都是从平安夜开始的。当小男孩克劳斯推开门走出去，看到一列开往北极的火车停在那里，当他踏上火车，一段发现自我的精神之旅便开始了：一杯氤氲袅袅的热巧克力，车顶上煮咖啡的流浪汉，刹车失灵遭遇百万只北美驯鹿，驶过冰原后璀璨的北极光，且歌且舞欢庆圣诞的精灵……这些来自心灵的馈赠，就像那张剪出英文字母的金色火车票，到最后才组合成单词，呈现它固有的意义。

　　是的，我是看过华纳兄弟影业公司根据绘本拍摄的 3D 动画巨作《极地特快》以后，才有如此感受的。在匆忙的生活中，每个人都是火车上的乘客，在梦幻与现实之间穿行。只是，从什么时候起，我们再也听不到那清脆悦耳的铃声了呢？我们在时间的版图上一遍遍抚摸着童年，却在不经意间，它已经悄悄长大了，甚至变得陌生起来，再也找不回最初的天真和乐趣了。那情形就像在电影院里看电影，黑暗中和陌生人坐在一起，他不知道你的过去，你也不知道他的。

　　如果说一本书承载着故事的原型，而电影是它的视觉加长版，那么我很愿意在两者之间阐释那些梦一般的意象。《极地特快》是 1985 年出版的儿童书，是美国最受欢迎的圣诞礼物书。这本书在 2004 年被改编成电影，故事的基调与色彩，基于 19 世纪风景画家卡斯帕·大卫·弗莱德瑞奇的作品风格。在卡斯帕的作品中，他总是用一些单一、细小的图案来填充美妙的全景，而故事则采用了第三色来展现自身的忧郁感。电影采用的动作捕捉技术再现了书中的美感和丰盈，就像一幅幅油画，同时伴有演员热情、直接且微妙的表演。在电影史上，《极地特快》是第一部数字化的真人演出，动画形象的一颦一笑都是演员演出来的，汤姆·汉克斯在片中一人分饰五个角色：主人公小男孩、列车长、男孩父亲、流浪汉和圣诞老人。

　　是的，圣诞老人是圣诞节的象征。传说中的圣诞老人会在圣诞前夜驾着由驯鹿拉的雪橇，将礼物送到千家万户。可是，现在已经没有多少人相信这个传说了，也不相信圣诞老人的存在。然而，小男孩克劳斯相信。尽管他的父母和周围的朋友都告诉他圣诞老人只不过是个虚构的人物，根本就不存在，克劳斯却坚持相信圣诞老人是存在的。终于，他的坚持赢得了回报，在一个圣诞节的前夕，克劳斯接受了极地特快列车长的邀请，前往北极参加圣诞庆典，拜访了传说中的圣诞老人，并且如愿以偿地得到了想要的礼物——驯鹿身上的一个小铃铛。遗憾的是，当克劳斯听到小铃铛清脆悦耳的响声时，他的父母却听不到。

是的，整部影片都在努力唤醒我们的童心：只要保有一颗童心，生活中的惊奇就永远都不会消失。就像从车厢中飞出的金色车票，在大雪纷飞和月光朗照中，和狼群一起狂奔，伴雄鹰一起翱翔，俯瞰轰响的瀑布，穿山越岭，最后神奇地飞回车厢，回到小男孩克劳斯手中。那个在车厢顶部煮咖啡的流浪汉出场不是很多，却极富寓意和象征性，你可以将他理解为克劳斯的自我，圣诞老人的化身，精神的影子，甚至是不大不小的奇迹。他不是一个人，而是每个人心中的某种东西，可以打动你，温暖你，支撑你，但却在被你日渐淡忘。所以说，每个人都可能是圣诞老人，不管贫穷还是富有，坐雪橇还是免费火车，戴圣诞帽还是别的什么帽子。形式是外在的躯体，信念却在内心永存。

曾经读到过作者克里斯关于这个故事的构思过程："很久以前，头脑中就有这样一个图像，一个小男孩去拜访亲戚或其他人的时候，在半夜听到了一个奇怪的声音，然后小男孩就跑了出去，那是一个雾蒙蒙的夜晚，他穿过树林，看到了一列火车停在那儿。我就一直在想，这列火车应该开向哪儿呢？一列火车可以带着一个小孩去很多地方，但什么地方才是小孩子最想去的呢？很长一段时间我都对此犹豫不决，而后我又把故事重新设想了一遍，季节上的设定发生了一连串的变化，先是想到了冬天，后来是下雪，再后来又想到了十二月，最终定在了圣诞前夜。"

是的，一切都有惊无险，充满了诗意和温情。无论是童话书还是这部同名的动画电影，所强调的并不是圣诞老人是否真的存在，而是孩子在成长过程中经历的事实本身，以及他对事实的看法：相信，你就会看见。就像贯穿了整部电影的那列火车，轰隆隆驶到面前时，是梦想的开始，也是现实的开始。一列童年的火车，是否为许多犹犹豫豫、半信半疑的人指明了道路呢。

是的，相信就会看见。如列车长所说："火车开向哪里并不重要，重要的是上火车。"这样的一列火车，不仅是属于孩子们的极地特快，也是献给成人世界的童年礼物。如果，你还有些闲暇的时光，请看看这部动画电影，让我们关掉手机，关掉一切外来的干扰，仔细聆听那清脆悦耳的圣诞铃声吧。尔后，请打开童年的抽屉，拿出圆形、方形或是任何形状的记忆，轻轻地拂去上面的灰尘，如果你有片刻的错愕、惊呆或是迟疑，你就是幸福的，因为久违的童年正在围绕着你转了特殊的一圈。

遭遇一片海

读书犹如与人相遇，是讲究缘分的。少年时读诗，读疯狂的狄兰，觉得有一种神秘的回响在里边，不怎么懂，却以为那是一种现世的至福。狄兰说："时间在群星的周围记下了一个天堂。"但时间记下的，不仅仅只是群星和天堂，还有岛屿和海洋。它们之间的意义非同寻常，是一个人与一本书的互相印证，是并存的情感修辞和对生命形态的洞悉。

杨炼的《幸福鬼魂手记》是我来到这座城市后买的第一本书，也是我当时收藏的杨炼的唯一一本书。毫无疑问，我是拥有杨炼书最少的一个读者，但这并不妨碍我在字如鸟飞中仰望那些被擦伤的天空，抚摸那些被冲撞的芦苇。是的，拥有一本书就已经足够。如果一根手指可以支撑一个世界，那么在地平线的尽头，依旧是一张白纸吧。许多书写习惯迎着我慢慢走来，有些什么在不经意中被改变了。

读杨炼的诗，实际上是沿着诗的海洋，

驶向他一个人的岛屿。几年前的一天，听到他朗诵《格拉芙顿桥》的录音，忽然无法抑制地想听到更多，但却无处可寻。于是，开始找他另外的几本诗集。于是，开始逐字逐句逐首地默读，耳畔响起的却是杨炼自己的声音：他说声援时间与生命为敌并不是罪恶，他说天空的蓝灵柩无从接近因为无所不在。读杨炼的诗歌，死亡这一主题，往往是他语言的某种内涵，不是抵消不是抹杀，而是加强和突出，从而达到一种人性的、人类的普遍。"你对死亡理解有多少，就对生命理解有多少"，这是他诗歌的落点，或许也是他所希望的每个读者思考的起点吧。

那组两段八行的十六行诗给了我无尽的启发，两段两个层次，一个或许是律诗的前半部和后半部，一个或许是宋词的上阕和下阕，这样的书写，空间的含量是巨大的。但我更喜欢收在这本书中的散文，喜欢《月食的七个半夜》中关于父亲的篇章，那样的一种馈赠，让人柔软地心疼，"接受一个黑夜，就被黑夜一一说出。说出的都是真的"，这样的真，仿佛故事中的礼物，仿佛枝头沉重的果实。而散文与诗打开的空间是不一样的，它的每一段都是刹那的宁静，是诗意形式的另一种可能性书写。

读书犹如与人相遇，真的是讲究缘分的。多年前的一个黄昏，我在街头的一家小书店里与那本《幸福鬼魂手记》相遇，而多年后的一天，我们与漂泊海外的杨炼相遇，几次短暂的来往，竟成至交。不能不说这真是一次多么奇特而美丽的相遇。这其中当然包括许多小插曲，最温馨的一个，是杨炼给我当时尚未出生的女儿取了个名字，叫砚儿。如今，小小的砚儿已经三岁了，而长发飘飘的杨炼依然与我们隔着一片海，那大海停止之处，正是眺望自己出海之处。

　　只是，我遭遇的那片海呢，那个被抚摸得只剩下一片海的鬼魂，"像一首尚未诞生的诗中，两个预先选定的字，以一种重合的孤独各自翩翩起舞"：幸福，是一个缩写。手记，是唯一的日子。

冬日，读卡尔维诺

读卡尔维诺是在一个冬日，一个人影与树影仿佛重叠成阴谋的冬日。

冬日的阳光使一个个字眼闪亮，变白，像雪。镜子里的光线丝丝缕缕折射着模糊的背景和那些随后展开的奇思遐想。"故事发上在一个火车站上。一辆火车头喷着白烟，蒸汽机活塞发出的声响掩盖了你打开书本的声音，一股白色的蒸汽部分遮盖了小说的第一章第一段。"接下来，"故事的发展出现了中断；这时，对故事所必须占用的篇幅来说，内容已嫌过多，过挤，它没有给令人极端讨厌的内容空洞留下一锥立足之地"。然后，语言停了，不甘心地翻过几页，戛然而止。

这就是《寒冬夜行人》，卡尔维诺那本著名的强调读者活动的小说：男读者和女读者在一本书里读到了十部小说的片段，每部小说都运用了一种不同的文体和叙述模式，最后那篇模仿拉美小说读来摸不着头脑的故事，叫人想起拉洛斯·富恩特斯，要么是胡安·鲁尔福。在这些故事中间，由每部小说的标题连成的一长串句子（贯穿着情节发展的过程），看起来更像一首诗，就后现代小说而言，这样做或许是饶有趣味的：假如一个冬夜里有一位旅行者 / 在马尔博克城外 / 挺身站在陡坡上 / 不怕狂风吹，不怕头晕眩 / 在越来越重的阴影里往下看 / 在环行的路线网里 / 在交叉的路线网里 / 在月光照耀下的用树枝铺成的地毯上 / 在一座空坟附近 / 下面是什么故事在等待着结束呢？

与纳博科夫和博尔赫斯的某些小说一样，《寒冬夜行人》在本质上也是一部谈论书的书，它主要谈到书籍的生产和消费，但是也谈到了诗学和美学问题，特别是叙述学问题。与此同时，它以滑稽模仿的方式对古典和现代文学传统的某些阶段进行了"改写"（堆砌、复制和增殖），以讽刺的方式完成了对当代现实的各种形式的指涉：各种公众文学习俗以及从事半脑力劳动的小资阶级的某些时髦生活方式。

毫无疑问，卡尔维诺是那种既能不断改变读者的阅读习惯，又能丰富展示语言与想象之间流动关系的作家。他擅于把内心世界与外部世界相结合来进行描写。美国作家约翰·巴思在那份纲领性论文《补充的文学》中说："卡尔维诺作为一名真正的后现代主义者，始终是一手叙述过去——特别是叙述意大利历史上的薄伽丘和马可·波罗，或者叙述意大利神话故事，一手——人们可以说——运用当今的巴黎派结构主义；他始终一手抓幻想，一手抓客观现实。"1988年英国韦伯列德文学奖得主罗什第说："当意大利爆炸，当英国焚烧，当世界末日来临，我想不出有比卡尔维诺更好的作家在身边。"这是对卡尔维诺至高无上的赞誉。

伊塔洛·卡尔维诺，意大利当代最富有特色的作家，后现代主义大师。早期写作寓言、诗歌和戏剧，后转而写小说。主要作品有《树上的男爵》《阿当，一个下午》《不存在的骑士》

《命运交叉的城堡》《寒冬夜行人》《帕洛玛先生》等。其每一部作品都呈现不同面貌，尤其是幻想小说和神话寓言，想象力极丰富，令人惊讶。

茉莉花

　　我喜欢这首《茉莉花》，喜欢它的每一个字，喜欢它轻轻淡淡的旋律起伏，仿佛一个女子的身影在其中忽隐忽现。喜欢哼唱它时有那么一点点的漫不经心，又像是一种纯然，正悄悄地从我的心底流过。

　　有那么一个深夜，我随手打开播放器，《茉莉花》的芳香，带着晴好天气里的云影和歌者的好心情，随即充满了我的夜色和我时断时续的字里行间。我停下来，静静地听着，能感觉到，我的疲惫正在慢慢凋零，而后平和、清淡，如一片片素雅的茉莉花瓣，轻轻地飘落在我的思绪里了。

　　这些年中，我去过了很多地方，也认识了很多朋友，在不断的停停走走中，我收获了很多，也丢失了很多，只有音乐一直陪在我的身边，目睹了我的坚持、我的快乐，以及我的不知所措。是的，很多时候，我活在音乐的瞬间性里，一个音符一个音符地活着、争着，又一个音符一个音符地丢失或死亡。那个早上，在路的转角，我看见一片洁白的茉莉花瓣，从一处阳台上舒缓地飘落下来时，我伸出双手，它随即就落在了我的掌心。刹那间，我的耳边仿佛响起了一段优美的旋律——好一朵美丽的茉莉花／芬芳美丽满枝丫／又香又白人人夸／让我来将你摘下／送给别人家／茉莉花呀茉莉花。

《茉莉花》又名《鲜花调》，是起源于南京六合一带的民间歌曲，后由著名军旅作曲家何仿将这首苏皖民歌汇编整理后，参加了 1957 年的全军文艺汇演，从此一炮而红，不久被正式灌制成唱片，成了一首脍炙人口的民歌。

事实上，《茉莉花》就是一首典型的江南小曲，它没有格外隆重的身份，仅是闲散市井乡里男女哼唱的欢情俏骂之曲。中国是个隐喻的国度，表情达意的文字，几乎从不明说。所以，中国的民歌民间曲艺里，才充满了各色离奇古怪的俏情笑谑吧。据说《茉莉花》在道光年间苏皖一带就已经有人唱了，歌声晃晃悠悠，从空间开阔的油菜地或是山地茶园，很快流传到全国，也流传到了现在。这朵美丽的花，乘着歌声的翅膀，轻轻地飞掠，即使是在冰天雪地的北国，有它的地方，就有早春水面上的柳枝，就有拂起的涟漪下面那一条条成双捉对游着的小鱼。

每次听到《茉莉花》，我还会情不自禁地想起妈妈。在我的记忆里，妈妈的歌声就是一座美丽的庄园，那里面有良田、美池、桑树、竹子之类，田间小路纵横交错，还住着所有我爱的人。记得，我问妈妈为什么喜欢《茉莉花》，妈妈想了想说，因为这首歌里有一种幸福的味道啊。幸福的味道？我懵懵懂懂的，不置可否。

之后稚气慌忙地长大。在经历了暴雨霓虹和烈日长风之后，我更加渴望着随了水势走的堤岸。偶尔地，几颗水珠闲闲地溅上脚踝，心就被牵着，莫名地舒畅起来。我一直想象自己是一株植物，让春天的风在我身上求证一种绿；即使是动物，也要做一只鸟，哪怕只是一只烧锅炉的凤凰（乌鸦）也好。多年后，当一片花瓣飘落在我愁肠百转的思绪里时，一种久违的茉莉花香给了我一份温暖，一份踏实，还有那一份曾是泥土的亲切。我终于知道，也许这就是妈妈说的那种幸福的味道吧。

于是，我飞也似的回到妈妈身边。一轮夕阳染红江面的时候，我挨着妈妈坐下，如往常一样开始漫无目的地说着季节、天气、工作和生活。妈妈爱唱歌，嗓音又好，曾经是单位里的文艺骨干。小的时候我最喜欢听妈妈唱歌了，感觉妈妈就像魔法师一样，能够把每一首歌都唱出一种温暖的味道来。这一次，我和妈妈一起唱着《茉莉花》，这朵芳香美丽的淡雅小花就在夕阳的江面上恣意芳香起来了。

是的，有音乐陪伴的日子是幸福的，有鲜花装点的生活是美好的。那么，当音乐遇上鲜花，是音乐赋予了鲜花生动的韵律，还是鲜花让音乐从此芬芳起来了呢？我想，所有喜爱这首《茉莉花》的人都会有自己的答案吧。

1904 年，担任英国第一任驻华大使秘书的约翰·贝罗在他出版的《中国游记》里，把《茉莉花》的歌谱刊载了出来，于是这首歌成为以出版物形式传向海外的第一首中国民歌。1924 年，世界著名歌剧大师、意大利作曲家普契尼在以中国元朝为背景创作的歌剧《图兰朵》里，《茉莉花》的曲调成了其主要的音乐素材之一。1926 年，该剧在意大利首演，取得了很大成功。从此，中国民歌《茉莉花》在国际上具有了极高的知名度，以至于后来被誉为"中国的第二国歌"。

走出了国门的《茉莉花》，被欧洲人改编成了钢琴曲，作为音乐会上长短适宜的小品。听法国的钢琴王子理查德·克莱德曼弹奏这首曲子时，他那流畅华丽、让人心旷神怡的琴音，好像直接把在河之洲的那位窈窕淑女送到人们的眼前和耳中了。而肯尼·基的萨克斯风，把这一朵淡雅的《茉莉花》吹得雍容华贵起来，从而更适合于贵族的长裙和燕尾，从此一缕无法抵御的幽香从美国的西雅图飘向了世界各地，芬芳着每一位听者的心。当然，它也无时无刻不在温暖着每一个异乡游子的思乡之情。据说，在海外华人团聚的节日夜晚，《茉莉花》的曲调刚刚响起，闻声伤情的人们就是一片啜泣之声了。一首轻柔美好的民间小曲穿越了时空，就变得如此伤感，原来音乐真的是有一种魔力的，而源头就是人类的情感。

我时常在想，历史悠久民族众多的中华大地，被到处传唱的民歌小调数量也是极多的，它们就像暮春三月花园中的各色花朵，姿态万千芳香四溢。而《茉莉花》则以姿压群芳的气势席卷了世界各地，如印尼、波兰、匈牙利、阿尔巴尼亚等，还被收入了《世界名曲专辑》。可见，音乐也是可以芬芳扑鼻的，它不仅仅是和声、对位、调性和旋律，它同样也是足以令人移情别恋的对象，是一份宛若天籁的自然。

闲暇的时候，我信口哼唱次数最多的就是《茉莉花》了，它的歌词简单自然，旋律委婉，感情细腻，通过赞美茉莉花，含蓄地表现了男女间淳朴柔美的感情。这首歌曲仔细听来，从头到尾就像是一个伫立于早春田野的女子。人们唱起它时，仿佛可以用声音的肉眼看见她婀娜的腰肢，甚至是笑靥和呼吸。歌曲的末尾，些许的羞涩与腼腆，让整首歌有了尴尬和紧张的意味了，还有点期期艾艾，或不明不白。也许，这就是朦胧之美吧。

在乡村中国，朦胧往往成为另一种方式的儿女情长。《茉莉花》的暗香浮动，就着实让听者跟着朦胧了一回。歌曲的音乐方面，始终有一个在水一方的江南女子的绰约声影，在旋律线上飘忽不定。不论当年不知名的歌曲作者是谁，在什么样的年龄，仅从音乐来理解，作者对那名女子的满腔深情，我们就不知不觉把自己想象成了那朵花。原来爱情是可以把一个粗犷的男人瞬间变成孩童的。

说到朦胧，我就会不自觉地想到浪漫。或许，朦胧与浪漫本就是一种美好情怀的不同层面，是情意缠绵的春池荡漾，是令人心醉的美丽忧伤，是温馨一刻的忘情微笑，也是投向未来的期盼目光。我国许许多多的民歌都是情歌，那首《在那遥远的地方》堪称是此中最动听的情歌了。如果说《茉莉花》是一首香气扑鼻的民歌，那么《在那遥远的地方》所具有的美，就是一种云彩之美。歌者好像是站在云彩的另一端，除了歌曲里所指的牧羊女之外，没有一个人，没有人类社会的声音。我想，这首歌是唱给远方的云彩、天际、山峦和一切缥缈的事物听的吧。这是一首足够朦胧的情歌，朦胧中还隐隐有种绝望的气息。相比之下，我更喜欢《茉莉花》的浪漫，真挚感人的激情与梦想中又透着不露骨的美。

也正是因了这种美，1997 年 6 月 30 日午夜，在香港回归祖国政权交接仪式开始之前，中国军乐队才会奏响了这首脍炙人口的六合民歌《茉莉花》。后来，1999 年 12 月 19 日午夜，《茉莉花》再次在我国对澳门恢复行使主权交接仪式现场奏响了。此刻的《茉莉花》，俨然就是一位归乡的游子在娓娓诉说着心中的万千感慨。2002 年 12 月 3 日，在摩纳哥首都蒙特卡洛举行的 2010 年世博会主办权投票活动现场，中国代表团的申博宣传片中先后十多次响起《茉莉花》的旋律，它不仅盛开在各国代表和国展局官员的耳中，也盛开在他们的眼中、心中和灵魂深处了吧。2003 年 8 月 3 日，当著名运动员邓亚萍和著名影星成龙缓缓走上祈年殿时，管弦乐又响起了《茉莉花》的旋律。那一瞬间，我们所听到的《茉莉花》，委婉中带着刚劲，细腻中含着激情，飘动中蕴含坚定，似乎在向世人诉说：《茉莉花》的故乡——古老的中国正在阔步向前。2004 年 8 月

19 日雅典奥运会闭幕式上,《茉莉花》的旋律倾倒了全世界的观众,也宣告着下一届奥运会的旗帜将会高高飘扬在古老而文明的中国大地上。

今夜,或许有许许多多的茉莉花瓣正在夜空中自由飞舞吧,而关于《茉莉花》的想象,时而恬淡素雅,时而浓墨重彩。它就在我经常走过的路口摇荡着复制芬芳的方程式,在看不见起点也看不到尽头的时间里,带着我沿着它的香气掀开夏天的帽檐,那些和《茉莉花》有关的往事在记忆中就悄然耸起了青春的脊背,而归去之白,是相遇之前就注定了的。如果说有什么曾经将我深深地打动,那一定是《茉莉花》的意犹未尽和光彩照人。

疼，或忘
——音乐故事集

狂　流

枯黄的叶子从耳边擦过，深秋的一个夜半时分。

此时，我仿佛看到一个绝世高手仗剑走过一条长街，长街上空无一人，只有缥缈虚幻的寒意自远方袭来，吹起的衣襟陪伴着枯叶的飘摇不定，吹来满天的繁星点点，也吹散岁月蒙尘的记忆，然后随时间的狂流瀑泻而下。

这是我所听见的画面。

同时，我又觉得自己迷失在一片穿不过去的森林中央。树枝不断磕绊着我的头和衣袖，荆棘缠着我的脚。我小心翼翼地走着，生怕走错一步就会终生悔恨。我走着，走着，我在找寻那一条看不见也摸不着边际的出路。我听见了野兽们的嘲笑声。原来动物也和人类一样，围拢过来嘲弄你一番之后，就头也不回地跑掉了。这感觉一点都不好。

太阳正在西沉，影子越来越黯淡，然后星星就开始在夜空中眨着冰冷的眼睛了。我打了一个冷战，双手抱住双肩的刹那，我才看清楚是枯叶从我的耳边擦过。飘落的叶子在风中忽左忽右，忽上忽下，怎么看都是一种凄凉。

这是我所想到的画面。

然后你出现了。你从哪里来的？从言行举止和年龄不相称的儿时来的？从期望被人记住的青年来的？从我的思想离开我的躯体去随风流浪的中年来的？或是从一根香烟一杯残茶的老年来的？不管你从哪里来的，只要来了就好，你来了就很好。

你来了，乘着粉红的云朵降落在我的面前，像个低瓦数的灯泡，或是一个爱管闲事的天使。我讨厌这样的形容，我痛恨这样的事情发生在我的身上，我毫无感激之情地看着你。没想到，在我看见你的一瞬间，我那宛如西瓜子般闪着黑色光芒的眼睛因为你的到来而兴奋跃动着。我不明白。我问你，为什么？我希望这样简单直接地问话可以掩饰住内心的虚弱。

你说，为什么从一开始就认定自己会迷失在空无一人的时刻？为什么要逃避情感上的难堪？为什么会躲避童年的伤楚？为什么要让自己的病不治自愈？为什么不用手中的魔法棒让荆棘消失不见让太阳调转方向让道路平坦通畅？为什么不勇往直前地继续着一切？

我无话可说。你渐行渐远。

枯黄的叶子从耳边擦过，正是这个时候。

是风的缘故吧。忽然一阵风来，我的身体摇摇晃晃。我开始不停地原地打转，左顾右盼，街道上没有一个人，只有一扇扇关闭的门，漆黑，冰冷。昏黄的街灯把我的影子拉得很长很孤单。回过头去，走了一半的街道上，只有凋落的叶子在风的陪伴下做着往返跑的游戏。

那么，人呢？人都到哪里去了呢？是人抛弃了这条街道，还是街道抛弃了原本愚钝的我们呢？人们都离开了吗？躲起来了吗？或者，从未出现过任何人，曾经的种种景象都只是我一个人沉沦的迷离凄凉吗？

在这条冰冷的街道上，北风呼啸。

何　苦

是怎么走到这个地步的？

夜，缓缓地，从地平线上走过来，那么平和，又那么慢，仿佛每迈出一步，都被无穷无尽的现实牵绊着，或者，虽然走着，却好像根本就没有挪动过脚步。

这样的夜，无所不在地蔓延时，我坐在篝火旁，四周是呼啸着的荒野，广袤而寒冷。不停跳动的火焰从回忆的躯体上取出岩石、冰雪和沙子，还有你离去时的那场冰雨。还有废墟，很多个废墟，那里曾经有风儿在弹琴，有伸长脖子的路灯，有失去光泽的玻璃，有温和的天气和不再回头的你。

这是一片温柔枯萎的荒野，只一会儿，被焚烧的情节就固定在我闭紧的眼睛里了。只有留存的群山，盛着我内心的深渊。这样的夜，呼啸声处处，有悲痛的长啸，有胜利的欢呼，震耳欲聋，又慢慢逼近。我只好用双手捂住耳朵，想要把所有的声音都屏蔽掉。

你的影子出现了，我抬头看你，睁大了眼睛，而你的影子却只是虚幻地留住了我欢笑的瞬间而已。当你把面具摘下，厌倦，扑面而来。我目不转睛地望着你，沿着视线陡峭的甬道，从三月望见的冬天，比一个字更空。

就在这个时候，我听见了一个声音，是微风吹拂树叶的声音，是雨水敲打屋顶的声音，是笔在纸上行走的声音，是车灯穿过黑夜的声音，是流星划过宇宙的声音，是眼泪悄悄碎裂的声音，是众多的隐遁突然出现在眼前的声音。这是一种低低地魅惑人的私语。

如果爱，就像一个又一个邀请，而燃烧后的回忆，竟有着冷风和落花般的无奈。又是一个被痛苦和叹息左右情感的黑夜，又一次任由一大块固体的冷转瞬将我团团包围的时刻，那些被容忍的愚蠢，那些被定制的日子，那些必须说出的真相，那些看不见起点也看不见尽头的谎言，已经荒凉一片。

是怎么走到这个地步的？

我曾经美丽，曾经被追求，曾经有栩栩如画的诗情和傲人的才华。我知道恐惧和未来是同义词，我明白路是过程而非地点。我可以用指尖在纸上横生枝节，我听见掠过窗前的鸟不是一声抽泣，我可以沉溺一本关于水的书，我了解一杯茶的赤裸，我温习一丛水草的呼吸，我借用一个窗口走在你的梦里，而我偶尔的一次回眸竟然满眼都是你的冰雪。

火焰，在慢慢熄灭，黑暗越来越深，深到和看不见的五指天衣无缝。多少年了，我一直躲在黑暗的某一个角落里，任凭一个词反反复复地刺痛心肺：何苦。何苦？苦何？如此，终于明白，我必须颠倒着读，反过来写，在沙丘与冰块与废墟与这些那些之间。我必须说出昨天，才能让明天不至于面目全非。所以，才发现，舌尖上的那个名字，被叫出来，停在空气中，摇曳着，直到是时候让它成为过去，一张感情的白卷就加入无尽的过去时了。

只是，感情的结，今生难解。

我打了一通不说话的电话给你

唯一写出的是一种约定。

唯一的写，是一种没有画面的回忆。你越走越远，越来越心虚，你眼睛里无处隐藏的疼在慢慢增加，再增加。终于，在一场又一场雨后，一屋子的雨声，瞬间就飘成了雪花。

你说，枯萎已经开始。你说，没有合适的气温、合适的雨水、合适的环境。你说，我无法抚摸你的逃避，无法守候你的疲惫。你说，都市恋情不是有约定就能够继续。

你说，我听。因为听，所以不得不听。我听到雨水缓缓地从你的嘴唇间流出，刹那就模糊了我的世界。我听到自己说"珍重"，然后转过身，眼前，本来已经依稀的轮廓，就再也不用看了，要用来想，想快乐比想疼痛更加遥远，想自己比想你更加的不习惯。想，慢慢地想，那么小心翼翼，又好像什么都没有想。

分别的多少年里，多少次远远地想，也许某一个雨天我们还会如期如约地走进那个故事，用你的嘴和我的耳朵。可是我忘了，每个人都被无穷无尽的现实羁绊着，每个人的眼前都有一片抹不掉距离的虚空，一次告别，就可能令一生都无法退还。

只有雨水准时回来了，像一个幻觉，用湿漉漉的文字紧紧围绕着我。好熟悉啊，这噼里啪啦的声音，透过墙壁，淋湿了一封信。一个片段就是一些细节，那个被写进一封信里的雨天，有匆忙的脚步，有阴郁的天空，有讲不完的故事，有暖暖的奶茶和相视一笑时浅浅的酒窝。

只是，这雨水太大了，这城市又太小，城市在雨水的覆盖下，有阵阵的凉意刺入骨髓，唯一的温暖，就是那封不寄给你的信。

重新写一封信吧，我想，在多少年过去之后，在阴冷的雨夜，在台灯刺眼的光线下，在一些正渐渐接近或离开的空白里。所以，之后的雨天，我才可以一个人回到伫立路边的那一时刻，眼前，虽然空无一人，诚意却已根深蒂固在成年人的规则里了。

那么，如果我们的故事再写一次，它会不会还是这样的结局？雨，如果再下一次，我会不会还在这里？多希望没有那场雨，没有之后的所有雨天，没有爱情的道理，没有天长地久的压力，没有选择，没有幼稚，没有用来违背的勇气，也没有成熟的我，或者你。

心情最黯淡的时候，我不断地写信给你，不断地走进那一年的雨天，关于你的过去，关于雨天的故事，已经是我太宝贵又太残忍的回忆了。你说，回忆并不存在于故事里。我说，你也不是。

是啊，越来越黯淡的日子，好像一直都在等待我。我被来自时间内部的目光注视着，开始，我并不懂得。一场暴雨过后，天空格外辽阔，泥土和青草的气息收集起鸟儿的叫声，那样一种喃喃自语，用不着听懂，也是一种有温度的回忆。所以才明白，原来，增加了一点点亮度的蓝，就是晴朗。

就这样吧。我打了一通不说话的电话给你，只是想听听你的声音而已。在我把你放进角落，成为永远的过去之前，只是想假装我们还在一起而已。

流浪记

午夜的街道是一条灯光的河流，车停车走，每一扇车窗的背后都有着冰冷的面孔。

我站在城市的夜色中唱着歌，我的脚走着，我的眼睛看着，我的脑子领悟着从繁华的纪念碑上升起的缕缕烟雾。然后，当天空在卧室中醒过来，最后的光移出了一盏夜航灯的时候，我就会从一个遥远的声音中听到自己的乳名。

一首未唱完的歌：一个远远的想念、一个光鲜的憧憬、一个疲惫的现实，当又一个清晨再次来到我身边，潮湿的眼眶中却不得不保持了钟表的冷酷。

山外才是生活。

所以，我就这样告别了山下的家，告别了草坪和山坡，也告别了围绕着太阳的彩虹。接着，家，在路上慢慢消失，流浪，把脚步走得凌乱不堪。可是始终有那么一首歌，在我的心中口中不停地吟唱着，每唱一次，夜，就会从一滴泪水中悄悄滑落：我以为我并不差，不会害怕，不会轻易让眼泪流下，我就这样自己照顾自己长大……

山外才是生活吗？

所以，被霓虹弃逐后，我郁郁寡欢地站在与家乡垂直的方向上，一缕早晨的炊烟，一棵旷野中的树，一条长满了苔藓的小河，一阵在脸颊上移动睡眠的风，一个暖暖的微笑，一首久违的山歌。当月亮被放在我的头顶，夜，就慢慢跨进我的歌声里：我不想因为现实把头低下，我以为能学会虚假，我怎样才能看穿面具里的谎话……

异乡，被各种颜色举得高高，而每种颜色都仿佛是谎言。一条条街道倾斜着滑向灯光的尽头，夜就煽动起每片花瓣背后的小小旋涡，淹没了凝望的眼神。跨过黑夜，就开始了流浪。跨过了黑夜，每个脚步都是湿淋淋的，每次呼吸都没有停靠的岸。跨过了黑夜，乡音就冷凝成了街道上的问候，当风吹来，梦醒着，许多手隐匿在黑暗中。按下黑暗的循环键，伤痕累累的我绕过街角，在沿着自己心情与时光的流浪中，大醉一场。

故乡，在从未写成文字的想念中，越来越清晰。一张张熟悉的脸庞上笑意盈盈，笑的语法，亲切生动，温暖如母亲的怀抱。我知道，我的手在夜色中只一瞬间就伤了。当一种黑暗的纯被写进一首歌里，真心就不会散落成沙了吗？当故乡的轮廓依稀在霓虹深处，流浪的脚步抵达幸福的海拔，我就一定能够唱出歌声里的那幅画吗?

到处都是生活。

所以,把世界当作一间熄了灯的阅览室吧。异乡和故乡遥遥相望,中间是杂沓的人声。这个时候,心,就是我们的黑暗领座员,每个人打开的风景,也只有自己能看见。唯一的光,就是混淆自己与世界的矛盾,这样才不会变得更复杂吧?

今夜,风声混合着我的歌声领着散步的我,沉溺在城市冰冷的杯子里,衬托着水的白。而远在千里之外的雪,飘在别人的梦里却也认出了此刻的我。日历翻过去,就一定有什么会跟着昨天的时间飞走,又一定有什么随着今天的太阳升起。迎着光,在一个人孤独地结构里,在水和泪的沼泽中,我决定,继续我的流浪记。

落入针眼里的一场大雪

不知道为什么，我听舒伯特的时候，在他的音乐里总会感受到兰波诗歌的奇异光辉，而我看女导演阿格尼斯卡·霍兰德拍摄的关于魏尔伦和兰波的纪录片《全蚀狂爱》，又会不自觉地想到英国广播公司的《舒伯特的大爱与大悲》。兰波天赋诗才，不到16岁就写出了名诗《奥菲莉亚》；而舒伯特是"直接从上帝那里学习的"，《纺车旁的格里卿》是舒伯特17岁时一个下午完成的。兰波19岁时写完了他一生所有的诗篇，而舒伯特临终时获得的成功足以让他在贝多芬之后横刀立马。兰波是渴望漂泊而漂泊，在其最后两部散文诗作品《彩画集》和《地狱一季》中，他化身为"任何人"轮流登场，所以当他愿意成为任何人时，他也能够成为任何人；而舒伯特是因为父亲无法理解他才踏上旅途，在其声乐套曲《冬之旅》中，他俨然就是威廉·缪勒笔下的流浪者，所以只要他愿意，任何人都有可能是他自己。兰波一生变换着各种职业，执着地尝试着成为"任何人"；而音乐就是舒伯特的一切，音乐里生长着生灵万物。

诗人与作曲家，是诗歌在音乐里生根，还是音乐插上了诗歌的翅膀？或许，诗歌与音乐本就是一奶同胞，是血浓于水的关系。在我国的第一部诗歌总集《诗经》中，风、雅、颂都得名于音乐，而且最早是以吟唱的形式表现出来的。我想，这就是歌曲最初的样貌吧。所以，兰波在写诗的时候，是不是听着舒伯特的音乐呢？如果舒伯特可以读到兰波的诗，会不会在他的 600 多首歌曲中又多了一部经典的声乐套曲呢？答案，我无从知晓。我知道的是，兰波和舒伯特都是天赋异禀，且都是英年早逝。

舒伯特的墓碑上，是友人弗朗茨·格里尔帕泽题写的墓志铭：这里埋葬着音乐的瑰宝，也埋葬着更多美好的希望。从此就有了这样的传言，认为舒伯特未臻创作的巅峰，便夭折了。这传言的起源也不难找寻，因为舒伯特的价值在生前被低估了，而且这种低估持续了一百多年。这种感觉就像同是舒伯特的声乐套曲，在推荐时，通常是《美丽的磨坊少女》而不是《冬之旅》。那么，是《冬之旅》被低估了，还是听者被低估了？抑或是我们被音乐低估了？如果说《美丽的磨坊少女》是一部对生活充满希望的抒情诗篇，那么《冬之旅》就是一部对生活已绝望的流浪者的悲歌吧。

1827 年 3 月 26 日，舒伯特最崇拜的作曲家贝多芬去世。这使舒伯特精神颓丧消极，再加上朋友结婚和远游，使他更孤独，更忧郁。于是，他找到了威廉·缪勒的诗集，很快投入进去，抓住神髓谱成了《冬之旅》这部伟大作品。作品完成后他迫不及待地唱给朋友们听，自弹自唱，他说最喜欢的是第五首《菩提树》。事实也是如此，《菩提树》成为了这部套曲中流传最广也是最受喜爱的歌曲。因为这首歌曲里有亲切、朴素的奥地利民歌风格，很多人甚至以为它真是一首民歌呢。

而我最喜欢的是《晚安》。《晚安》是《冬之旅》的开篇之作，无论是回忆和心爱的姑娘在一起的欢乐时光，还是站在心上人家门前道声晚安的惆怅伤感，天才的舒伯特用了同一个主题，却可以渲染出完全不同的两种情愫。舒伯特说："当我歌唱爱的时候，爱变成了悲，当我歌唱悲的时候，悲又变成了爱，我被爱与悲生生撕裂。"这多像一张唱片，你站在窗口反反复复地听，多少个自己，就储存了多少从这个窗口望出去的目光。而当你再也数不清时，窗外就是你的窗内了，因为你听出了一张唱片里无尽的距离。

作为一个爱乐者，我庆幸自己在最初的时光中就遇到了《冬之旅》，进而和失散多年的舒伯特重逢。我们曾经在汉斯·霍特的真诚自然中，凝望一棵重叠在时间里的树——我仿佛听见舒伯特说自己曾与一棵树有过无数次长谈，夏天还是枝叶婆娑的树，冬天就被积雪衬得惨白如另一棵树了。我们在晚年的费舍尔·迪斯考的挥洒自如中，找到了和家人倾心交谈的最佳语速——母亲坐在那儿，缓缓开合的嘴唇讲着已经加入到过去时的故事。我们走在冬日街头，彼得·施赖埃尔极好的语感令不懂德语的我，也能感受到诗与歌的韵律和意境。然后，我们开始谈论疼，托马斯·夸斯索夫的形象就开始缠绕着我了——那么小的一个人，摇晃着巨大的身体，摇摆地费劲地登上专门为他在钢琴面前摆放的小舞台，一种疼，立刻袭上心头。听他的演唱，可以用心疼来形容，上帝给了他如此美妙的嗓音却摧残着他的形象。《冬之旅》这部杰作仿佛是献给苦难艺术家的挽歌。

关于舒伯特，我最早的记忆还是上大学的时候，寝室里有一个女孩特别喜欢舒伯特的《小夜曲》，每天都会循环播放。尽管我之前也听到过这首曲子，却不知道作曲家是谁，只是单纯地喜欢曲子传递出的那种淡淡的哀伤。毕业后我和女孩失去了联络，和舒伯特也失去了联系。直到几年前的那个夏天，我在一位朋友的家里听到了舒伯特的声乐套曲《冬之旅》，当打击乐器的声音在阿卡佩拉的那对大耳朵里极其微弱的展开时，我仿佛看到了雪花在天空中簌簌地飘落，一个身影由远及近地走来；雪越下越大了，他却站着一动不动，一条围巾里既熟悉又陌生的味道弥漫在空气中，过往的日子，如一束花，而他就是那只擎着花的手；终于，他叹了口气，无限深情地最后一次望了望那片灯火，转身踏着皑皑白雪消失在夜色里了。

朋友说，他是在德国的一个音像店里发现这张唱片的，当时它就躺在角落里，落满了灰尘，一如那场一百多年前的雪下到了今天还没有融化一样，有些惊奇，有些欣喜，更多的是爱不释手。对于我来说，在一年中最热的月份里听到了舒伯特的《冬之旅》，一见钟情的心动，着实让我兴奋不已。从此那场下在我耳朵里的雪在时间里慢慢漂移，从石子路、土墙，到陌生的庭院和塔楼，有悲伤，有往事，仿佛沉没，仿佛忘却，仿佛刺耳的鸟鸣在杜撰一个细节，仿佛落叶在弹奏金属的古琴。

舒伯特藏身在时间中，也藏身在他作品的碎片里，这些碎片因为散乱而难以让我们复原出他原本的样子。就像《冬之旅》中的那个旅人，我们可以感受到他的温馨幸福、他的热情奔放、他的伤感失落、他的奋力抗争，可是却无法看清楚他的脸。你可以把他想象成缪勒或是舒伯特，也可以把他想象成自己或别的什么人。有人说，舒伯特的创作缺乏焦点，从而让倾听的耳朵与观察的眼睛确认困难。而我认为，舒伯特是刻意制造也愿意提供给世人这样的模糊感，他那种与现代人类境况相通的意识，径直穿过 20 世纪，来到 21 世纪，还会向更远的地方走去，直到时代寻找到他身上的那个焦点为止。

那么，那个焦点在哪里？是费舍尔·迪斯考，还是汉斯·霍特呢？是本杰明·布里顿的钢琴，还是彼得·皮尔斯的演唱呢？如果人们能听到汉斯·贞德改编的交响乐版《冬之旅》，是愤怒地拍案而起，还是称赞他更好地诠释了舒伯特呢？答案，也许有，也许没有，像谜一样。所以，才会有人不停地去追问，追问他人，也追问自己。舒伯特曾经问过这样一个问题：贝多芬之后，谁还敢作曲呢？1827年3月29日，舒伯特作为执炬者之一，行进在贝多芬的葬礼上，而他自己也在不久以后离开了这个世界。

舒伯特的一生被传记家称为"平淡无奇"，作为作曲家几乎不为公众所知，许多作品在他死后多年才被发现。这样一个若即若离于人们视线的舒伯特，好像只有局部的样貌，没有整体的评价。尽管他圈内的密友们都交口称赞，他却没能得到大众的认可。那么，他死后终于得偿所愿埋葬于威灵墓地，在贝多芬旁边不远的地方，可以算是对他的某种认可吗？如果你有幸去拜谒舒伯特，会不会告诉他，他的音乐在一百多年后的今天是多么地受欢迎，人们不单单是喜欢他用痛苦写成的音乐，而是喜欢他所有的音乐，喜欢他天才的旋律和温柔的情感呢？如果是我，还想问问舒伯特，他的音乐才能真的是直接从上帝那里学习的吗？那么，是上帝放弃了拯救他，还是他急切地寻找上帝呢？在《冬之旅》中，《旅店》和《摇琴人》哪一首更能唱出他的心声呢？其实，怎样都好。怎样我们都会热爱弗朗茨·舒伯特。

作为近二百年以来声乐套曲的巅峰之作，《冬之旅》的演绎版本很多，每个版本都堪称风华绝代，而我最喜爱也最常听的就是汉斯·贞德的改编版。布洛赫维兹的歌声可能不如其他版本的温暖，但他没少投入，并结合现代室内乐团，使歌曲听起来更有身临其境的三维感受，那股弥漫在听者和音乐之间的情绪，更适合我的耳朵，也更适合我对舒伯特的想象。

那么，我对舒伯特的想象究竟是什么呢？他个子不高（五英尺一英寸），却被看作是连接古典时期和浪漫主义时期的桥梁；他的画像上永远是一张丰润的脸庞；他的旋律简洁柔和、富有诗意，比前人更具抒情性。所以他应该是个诗人吧。他从未得到过任何官职，靠教授音乐课和出版小部分作品偶尔赚到的钱度日。他没有结婚又染有性病，他时而欢愉时而忧郁。所以他就是《冬之旅》里的那个寂寞、孤独、追求渺茫的理想王国又终不可得的苦闷灵魂吧。他的音乐完全不设防线，更多是他个性的表现，当他在享受生活中灿烂的阳光时，幸福的感觉随时会转化成泪水，往往也会使听者落泪。所以他是个纯真的自然之子吧。而我更愿意把他当作天使，一个陪伴着我们走在路上的天使，一个用音乐来关照心灵的天使，一个在《冬之旅》中下了一场漫天大雪的天使。

所以这个冬天，我一直以为窗外面下着的，是舒伯特的雪，是来自《冬之旅》里面的覆盖河流和天空的雪。而那个在唱片封面的雪山之上站立着的剪影，我也固执地以为那就是舒伯特在遥望着远方。只是，这山是乞力马扎罗山吗？那个远方的尽头又是哪里呢？是那个羞怯爱幻想的天才少年？是那个无家可归的寒冬夜行人？抑或是年轻人的快活让位给孤独的某个瞬间？听舒伯特的《冬之旅》，我的眼前总是浮现出一个形象：一个缺少形式与仪式感的人，以其质朴的情感，原谅了生活与生命的粗糙，他让人来不及潸然泪下就已经渐行渐远。而当他走出了地平线，你会幡然醒悟，原来所有的一切只不过是一次波动，他，仅仅负责记录而已。

纽约东 17 号大街 327 号

在日本人江本胜看来，水有记忆和神秘的倾听能力：听重金属或是摇滚，水珠的结晶图像会紊乱不堪，听到巴赫则呈现出完美对称的图案。有这样一个故事：一位几乎瘫痪的欧洲妇女，某天听到了古尔德弹奏的巴赫《平均律》，身体有了奇特反应，后来竟然在一天天的聆听中慢慢康复了。

是的，音乐有治疗效果，有时候甚至胜过某些药物。这也是我听到德沃夏克《自新大陆》第二乐章极慢板时的瞬间感受。身在异乡，想家的时候，我只能打一通电话或是长久地望着家人的照片，那些流逝的时光就又重新追上了额头，皱纹里的往事温暖着我远游的心。当年，屈原离开楚国，杜甫离开长安，李叔同远赴瀛洲，他们的思乡之情是什么样子的呢？对于初次踏上美洲新大陆的德沃夏克来说，跳跃着阳光的泉水，在风中弹奏的齐特琴，在麦田里打滚的小男孩，是不是就像一个个邀请，一次又一次抵达，却又无法抵达呢？

一八九三年，德沃夏克应一位富商太太的邀请，抵达纽约，担任新设立的国家音乐学院院长。他人在美国，日子久了，布拉格的大街小巷开始慢慢变得比纽约街头的一座奇异雕像还要陌生，他思乡情切，尤其思念留在布拉格的孩子。德沃夏克乡愁蕴积。

说到乡愁，有拉赫玛尼诺夫晚年的浪漫主义乡愁，有肖斯塔科维奇眺望的乡愁，也有坎切利"如烟的悲恸"式的非主流的乡愁。美国民歌音乐就是一种乡愁集合体，从黑人灵歌、爵士乐到乡村民谣，这乡愁是印第安人在故土沦为异乡人的感受，是黑人集体无意识深处对非洲的回望，是白人流亡至新大陆的伤痛。其实，乡愁就是我们每个人。穿过一座自己的城市，却没有家，是什么感觉？眺望一扇窗户，却不能走近它，因为灯光是属于别人的，这样的夜会不会加倍地冷？那些离开家去外地求学工作的人，那些为了老人和孩子到处打工赚钱的人，那些远嫁他乡的人，那些精神上背井离乡的人，还有那些被音乐的浩渺乡愁所击中的人，他们心中都有一个属于自己独一无二的故乡。那么德沃夏克的故乡又在哪里呢？是奥匈帝国的布拉格，还是捷克的布拉格，抑或是波西米亚的布拉格？德沃夏克说："我写的总是真正的捷克音乐。"那么又是哪个捷克呢？就像捷克国歌的名字一样《我的家乡在哪里》。

"山青青，水茫茫，微风吹细浪……"这是小学音乐教科书上曾经出现过的一段歌词，年轻的音乐老师把一个个清丽柔婉的汉字填入黑板上那段早已写好的五线谱中，一支地道的中国式思乡曲就诞生了。很多年后，我才知道那首歌就是以《自新大陆》交响曲中的一段充满无限乡愁的旋律改编成的。当英国管独奏出那段充满奇异美感和情趣的慢板主题时，我瞬间就爱上了这首曲子，也爱上了这个波西米亚的德沃夏克，这个在四海为家中恬淡自安又天真温婉的德沃夏克。

当德沃夏克还是小男孩的时候，他就拉小提琴，听民间歌曲、舞曲和庆典音乐，偶尔也听吉普赛音乐；把这种旋律和轻快的节奏吸收进他的波西米亚心灵之中。少年时，他放弃了继承父亲经营的旅店，离乡背井到布拉格著名的管风琴学校学习（很显然内拉霍奇夫斯的旅店关门了，兹格尼采则新开张了一家。如果有机会去兹格尼采，我一定要打听一下，这些事情在那里一定十分有名）。在他的初恋情人去世时，悲伤在他的创作中随处可见，然而即使是最悲伤的柔版，也只是淡淡的哀愁。同样是悼念亡儿，德沃夏克的温婉较之马勒的痛断肝肠更能打动人心，仿佛匆匆而去的那些年，又呼啸而归，所有的疼，都储存、积累在一枚针尖上。作为一个波西米亚人，德沃夏克身上有浓郁的吉普赛人的达观与自由，他是一个自然的人，也是一个有节制的人，所以勃拉姆斯才对他青睐有加吧。

《自新大陆》是德沃夏克最著名的作品，大部分创作于纽约东 17 号大街 327 号，在爱荷华波西米亚人聚居的小镇斯皮尔维尔润色。如果你去到美国爱荷华州的斯皮尔维尔，就会看到村口画着一幅德沃夏克在河边创作的油画。画面上，他孤单地坐在河边一个满是年轮的树墩上遥望着远方，膝盖上放着曲谱，手里拿着笔，四周是郁郁葱葱的树林和草地。这样的景象和我读到的一位去过德沃夏克家乡的朋友对内拉霍奇夫斯自然景观的描写类似，奇怪的是，我对这些景色好像很熟悉似的，仿佛在他的音乐里都似曾见过。我良久地注视着这幅画，德沃夏克安静地坐在那里，他的脸静止不动，而且越缩越小，被定格的只有那片翁郁的树林和茵茵的草地。他在遥望什么？是画面以外的那个春天？是春天后面那一幢红色屋顶白色围墙的二层小楼？还是屋子后面越来越清晰起来的布拉格？另一幅画面出现了，音乐在这里找到了一个更深的焦点，把从未间断的季节越缩越短，短得让人触手可及，像一个记忆。

　　据说《自新大陆》交响曲的灵感来自美国诗人朗费罗的长诗《海华沙之歌》，这是一部人类向往自由、追求民主和幸福生活的印第安史诗。交响曲的第三乐章就是从"海华沙婚宴"中得到启发，并且加入了"黑人灵歌"的音乐元素，只是把印第安人换成了捷克的农夫和村民。我想，没必要细究这是美国人的欢乐还是捷克人的欢乐，音乐在这里呈现出亮丽的色彩，不断变换着欢乐的面貌，因此听，变成不得不听。

　　听觉本身就是一种生活。一个片段一个细节：碟片，拿在手里，用细绒布轻轻擦去上面的灰尘。碟仓，弹出又弹回。一串音符由慢到快，沿着音箱上的孔洞流淌出来，哗啦啦，哗啦，啦。有风吹过，从山岗到草地。刚刚下过一阵细雨，草尖上透明的雨珠被甩了出去。坐下来吧，那欢乐的舞蹈，透过机器也看得见。到家了吗？炊烟的高度，空气里弥漫着家的味道，阳光的滋滋声。音乐里的鸟翅就这样翩翩地又飞过了一夜。多不平静的一夜，我一次次起身，在过去和现实的狭窄空地上，缓缓旋转。

　　从初识德沃夏克音乐时的《自新大陆》，到融入淡淡哀愁旋律的《母亲教我的歌》，德沃夏克一往情真的一面深深打动了我，只有饱含真挚感情的音乐才能长青不败，才能如此持久地耐得起千万人共赏而不倦。听得多了，我就更加钟情于《自新大陆》，虽然它未必怎样"深刻"，却契合了我的某种情感，长时间温暖着我。可以这样说，《自新大陆》相对于我，是对母亲的思念，是牵挂，是爱。当一种精致、优雅的情感支撑着一个饱满的听觉世界，当阴晴不定的天气在用力撕扯着我对母亲的想念，当窗外飘飞的雪花也加入冬天的暮色，故乡，这个令无数游子魂牵梦绕的地方，正在用一个处境，指引着我。

　　1895 年 4 月，德沃夏克不堪思乡之苦，离开了美国的新大陆，回到故乡布拉格，担任布拉格音乐学院院长一职。对德沃夏克来说，故乡波西米亚是永恒的，美利坚沸腾的生活也是永恒的，他在美国这块新大陆感受到的创造精神应和了他健康的流浪情怀，如同海顿或舒伯特。乡愁，在德沃夏克那里是精神意义上的，而非单纯的泥土，我们不必去到波西米亚就能同德沃夏克一起进入他为我们营造的世界性的乡愁。谁又能说，离开了美国的德沃夏克，在他的晚年时光中就一定没有对美国的思念呢？德沃夏克《自新大陆》的第二乐章是整部交响曲中最为有名的，经常被提出来单独演奏，也正因为有了这段旋律，这首交响曲才博得了全世界人民的由衷喜爱。

德沃夏克，一个冒着淡绿色炊烟的名字，它安静地沉睡着，就像在我的时间抽屉里，有着圆形、方形或是随便什么形状的记忆一样，星光灿烂的过去和顶礼膜拜的现在，如同命运般已等了我许多年。《自新大陆》，一首伟大的曲子，它带着离乡人的血脉和灵魂在天空中徐徐地飞翔，像一封信，地址一模一样，收信人的姓名却被偷换了。

好吧，让我们来聆听德沃夏克的《自新大陆》交响曲。先放松一下，然后集中注意力。抛开一切无关的想法，让周围的世界隐去。找个最舒适的姿势吧，坐着或躺着，坐在摇椅上或沙发上，躺在睡椅上或床上。是啊，理想的聆听姿势是找不到的。过去人们曾站着听喇叭里传出的音乐，现在人们喜欢边走边听，而我始终认为，要从聆听中得到享受，首要的条件就是喜爱。在第一个音符悠扬响起时，我们不期待也不猎奇，就让现实被精雕细刻成声音内部的静，过去的每一个刹那，多像一张脸，被镜头捉住就停在现在，之前和之后都是等待。

需要多少个四季才能迎来维瓦尔第

　　我的安妮·索菲·穆特的唱片并不多，她那张《莫扎特：小提琴协奏曲》的唱片我甚至到今天还没有"来得及听完"。但是她和卡拉扬 1984 年录制的维瓦尔第的小提琴协奏曲《四季》却是我的必听曲目，尤其是在那些阴晴不定的天气里——昨天阳光很好，今天电闪雷鸣，明天又会在天气预报的大风降温中等待着。好像一年中的前三个季节不露声色地潜伏在了一周的日历上，余下的时间，更像是在借用一个地址，去加深一场雪的白。

　　我曾经听到过穆洛娃和阿巴多合作的《四季》。这位被称为"冷艳美女"的小提琴家演奏出的清新、平和、优雅而深藏不露的琴声，仔细听去，却让人可以触摸到她内心深处那份不可抑制的激动。我猜想，那时候穆洛娃和阿巴多正处在热恋中吧。如果穆洛娃的"四季"让人心旷神怡，那么穆特的"四季"则更能赋予人无尽地遐想空间吧。其实，怎样都好。无论是穆洛娃的冷艳宁静，还是穆特的热情奔放，她们都有着深邃的目光。那么，她们看见了什么呢？是意大利的"四季"，还是德国或俄罗斯的"四季"？是神父维瓦尔第，还是作曲家维瓦尔第？也许她们什么都没有看到，也许看到了。答案就在音乐里。音乐可以让她们轻松地穿行在"四季"的时空隧道里。

那么，威尼斯呢？那个赋予了维瓦尔第生命的威尼斯，那个让维瓦尔第浸泡在音乐里的威尼斯，那个有飞狮保护的威尼斯，那个馈赠给维瓦尔第《四季》的威尼斯，以及那个开始对维瓦尔第流露出厌倦情绪的威尼斯，那个令维瓦尔第远走他乡的威尼斯，那个维瓦尔第的威尼斯，一个我正在去的地方。终于，我还是没有走得更远。那个《茜茜公主》里的威尼斯在无声地抗议，那个莎翁笔下的威尼斯在银幕上不断变换着外套，那个《情定日落桥》里的威尼斯把悲剧改成喜剧说成神话，那个诞生了世界上第一个电影节的威尼斯，一座美得叫人有些生疑的城市。那么，此威尼斯是彼威尼斯吗？被反复演绎的《四季》是维瓦尔第的《四季》吗？一个没有了维瓦尔第的威尼斯，是那么空，空得要用离去的脚步进入这座城。

幸好《四季》还在。可是，它对威尼斯还抱有巴洛克的看法吗？华丽精致的音乐不是虚构，所以每个人都在寻找力度和速度的关系，每个人都在书写他自己的"四季"吗？马里纳和洛夫戴找到了一面旗子在"四季"里迎风飘扬的速度，平诺克和斯坦达奇找到了清新脱俗的"四季"音色，音乐家合奏团完成了让"四季"重新被人们认识的使命，阿卡多则左右了太多人对维瓦尔第和"四季"的认知，霍格伍德与古乐协会乐团又给我们展现了一个不一样的"四季"。

原来，真的有一个可以用来听而不是用来看的四季，我对它着了迷。它有点意大利，但也有点英国或是德国。而当小提琴的田野上驶过手风琴的拖拉机简史，乡村、树林、野餐篮里的浆果和沙粒，就永远地属于了无限的少数人。法国爵士手风琴演奏家理查·盖利安诺改编的手风琴版《四季》，仿佛就是这限量的时间和历史。那么，法国钢琴家雅克·路西尔改编的爵士版《四季》，又是什么呢？是钢琴里的白昼之花照亮了四季的黑夜，还是四季的花香在琴键上弥漫和流淌？

　　无论是被众说纷纭的维瓦尔第，还是被不断演绎的《四季》，根本就没有参加到人们的自我争论中。争论，只是为了吸引各色人物的注意力罢了。所以，我能做的只是想象。我想象着福特文格勒、切利比达奇及卡拉扬的"三角关系"，想象着穆特拂袖而去后切利比达奇的怒火中烧，也想象着切利比达奇憎恶的"音乐罐头"的味道。如果切利比达奇把帕格尼尼从撒旦的掌控中拉回到"四季"里，如果维瓦尔第就在观众席上，他会因为切利比达奇留下来，还是会因为帕格尼尼而愤然离场呢？

　　每次听到《四季》中的"春"时，我会不自觉地想象着，青年的维瓦尔第站在学生们中间，他不厌其烦地讲解着各种音乐知识，语言风趣生动，就连窗外枝头的小鸟仿佛也听出了妙处，开始愉快地歌唱了。我想，这段时间对于维瓦尔第来说也是他生命中的春天吧。虽然每天的工作量很大，他却乐在其中。这是一份他喜爱的工作，能做自己想做的事情，而且收入也不错。可是我更愿意把他想象成一粒种子，一粒在春天被埋进土里的种子，它时时刻刻都在汲取着泥土的滋养，它沐浴着春风的吹拂，它听到了花儿的开放，然后在一场春雨的滋润中，一挺身，探出头来，看见了仙女和牧羊人在明媚的春光里婆娑舞蹈。

　　后来，一场不期而至的暴风雨改变了这一切，那情景就像《四季》中的"夏"。当人们沉浸在维瓦尔第音乐所带来的温暖和快乐中时，一场暴风雨已经在来的路上了。很快地，大风卷着尘土来势汹汹，惊慌失措的人们受到了惊吓。终于，雷电交加暴雨倾盆，维瓦尔第被阻隔在了回家的路上。1741 年 7 月 28 日，维瓦尔第在到达维也纳一个月后就因病去世了。这时候他的声名已去，默默无闻。此后的一百多年，他的名字也一直没有被引起更多的注意。直到 20 世纪，随着人们对巴洛克音乐的重新认识，他和他卓越的音乐才可以再一次走到人们面前，并且备受关注。他本人也被评价为与巴赫、亨德尔同样重要的巴洛克早期作曲家。

如果一定要做个对应的话，《四季》中的"秋"应该是维瓦尔第到处游走的那段时间吧，闲适愉快，酒神的琼浆玉液使得维瓦尔第且歌且舞，然后在秋高气爽中进入梦乡。而"冬"更像是他的童年，一个脸蛋被冻得像红苹果一样的男孩在凛冽的寒风中小心翼翼地走着，一个不留神，跌坐在雪地上。他笑着爬了起来，继续在冰雪的世界里玩耍着，直到听见温暖的南风在轻叩冰雪女王的大门。这是一个愉快的冬天。

陆陆续续地听过一些版本的《四季》之后，我最喜欢的还是穆特和卡拉扬 1984 年录制的版本。在这张唱片里，穆特将"春"演奏得生动、具象而自然，让人仿佛能感受到大自然清新的空气和鸟儿的鸣唱。这让我不由得想起了朱自清的《春》，看似一目了然，却更像一杯醇酒，饱含了某种特定时期的感受和追求；与之相对应的"秋"，同样节奏强劲的两个场景，"舞蹈"热烈奔放，"狩猎"就有些庄严的味道了。可是人们却可以在柔版的宁静中进入"明月松间照，清泉石上流"的梦乡；而"夏"的慵懒与暴风雨来临前的躁动不安和"绿蚁新醅酒，红泥小火炉"这样甜美温馨的"冬"，又相生相克相互映衬相得益彰，百听而不厌。这是朋友送给我的第一张古典唱片，也是我喜欢的一张唱片，就放在我的案头。每每在忙乱中不经意的一次抬头，我的目光都会停留在它身上并且会注视它很久，那个怡然地坐在葱郁树林里的穆特，她背靠着大树，手里拿着小提琴，头略微地抬着，好像在看着阳光照进来的地方。而我更愿意把她想象成一棵小树在四季阳光雨露的滋养下，茁壮生长。有的时候我还会觉得，随意搭在她肩上的红色外套其实就是一只蝴蝶，而她就是一朵花，花开四季。

维瓦尔第在小提琴协奏曲《四季》的总谱扉页上曾相应地题写过一首十四行短诗，用以简单描述每一乐章的音乐内容。所以，维瓦尔第是在用有限的"四季"来提醒人们要关注生活本身吗？这是比一切四季都更加完美的春夏秋冬吗？小提琴是敏感、纤柔的乐器，呼应着人性饱满、温暖的时代。相对人性混杂的今天，小提琴俨然就是一把佩剑，而骑士就是维瓦尔第吗？每当《四季》的旋律响起时，维瓦尔第就策马扬鞭，为那些向往着昔日花园、阳光并懂得倾诉的人，带来他那还没有散去的温热光晕，哪怕是在不同的音乐序列里吗？

是的，聆听者是幸福的。那是一种近乎于满世界找唱片的幸福，用一个版本来代替另一个版本的幸福，用指挥家和演奏家去走近作曲家的幸福。如果我有了更多维瓦尔第《四季》的唱片，会不会为无法给出自己的聆听序列而不知所措呢？是的，总会有一个维瓦尔第正在四季里倾听着我们，而我们听到的维瓦尔第，或许比所有的四季加在一起还多出一个四季来吧。

杰奎琳的眼泪

透过庭院里花叶盛开植物的间隙，你看着天色在一场漫不经心的小雨中变暗，变得油腻。你笔直地坐在套着绿色天鹅绒的轮椅上，金黄色的头发垂肩而下，你的脸庞轮廓鲜明，皮肤粗糙，一双清澈透明的蓝眼睛呢喃着。你那天精神很好，突然很想听听你在 1970 年和巴伦博伊姆录制的那张埃尔加的《e 小调大提琴协奏曲》，当一个个熟悉的音符响起时，你发现你的整个空间其实就是一把大提琴，是斜倚在岁月身上的呜咽之声。埃尔加这部挽歌式的作品，你曾经无数次演奏过，但这一次你更像一个饱含沧桑的老人，从迟暮之年回过头来，仿佛连梦境都是悲凉的。你和大提琴一起陷入回忆。但大提琴的回忆是什么，它的隐喻部分需要一个精神地理的意象吗？"这是我的天鹅之歌，可是，那时我并不知道。"你说，"大提琴的音色就像是人在哭泣一样，每当我听到这首曲子的慢板乐章时，心总会被撕成碎片……它好像是凝结的泪珠一样。"然而，1975 年

以后，你就算想哭，也没法哭了。你曾经公开表示，最喜爱的
其实并不是埃尔加的大提琴协奏曲，因为这部作品太深沉，有
着无尽的悲哀。半个世纪以来，很多大提琴家都演奏过这部作
品，但从未有人像你那样将其赋予了一种绝唱意义上的飞翔，
因为上帝不需要情感倾述，而人类需要。正是由于你完美而独
特的演绎，埃尔加的《e小调大提琴协奏曲》才会成为每个倾
听者心中不朽的旋律，才会使那些后来的大提琴家一直找不到
属于自己的那个埃尔加。

　　1962年3月21日，你在伦敦的皇家节日音乐厅首次登台
演出埃尔加的《e小调大提琴协奏曲》，由BBC管弦乐团伴奏，
那时你只有十七岁。这场被英格兰著名的乐评家那弗·卡特斯
描述为"珍贵易逝的美之绝唱"的音乐会，永远盛放在那一年
的春天里了。今天，我坐在五十二年后的这个春天，试图穿过
音乐找到你，找到那个让世界变得美好，能够用奇妙的方式触
碰我们心灵深处的女孩。时间在音乐中倒流。看，你笑意盈盈
地走过来了，穿着碎花图案的裙子，金色的长发时而披散在肩
上时而飘飞在风中。你优雅而坚定地走着，手里的大提琴在熟
悉的脚步中找到了一条与别人不同的路。你和朋友们见面，热
情地拥抱，开心地聊着天气或是讲上几个幽默的小故事。你坐
在钢琴前，能够把一首欢快的曲子弹得更加欢快，还会煞有
介事地把小提琴当作大提琴来拉。对于朋友，你的存在，就是
快乐。

　　你的音乐是永恒的。你演奏时，大提琴正直坦率地斜靠在
身前，当你深深沉醉其中，你会俯下身子，时而摇头时而甩发
时而挥臂，就像那是竖琴或者古筝，亦或是大提琴变得越来越
矮，完全被你的激情重塑。诗人欧阳江河写过对你的聆听感
受："在擦弦之音消失和紧闭的双唇豁然绽开之前，被听到的
是，流水形成在上面的拱顶。流水最终还是顺从了枯木，留下

深凿的痕迹，在光亮中扰人旧梦。"看你的演奏现场，就像看着一个人坐立不安，也许会感到不适，直到自己也开始坐立不安。没有人能像你那样用大提琴去唱歌，去讲故事。但现在你只有一个故事可讲，那就是你再也无法讲故事了。所有人都在替你讲故事。在这个故事里，你最终停在了一栋坐落于武士桥的寓所（靠近哈洛斯）。这栋白色房子的四周是庭院，庭院中长满了植物，在宽敞的起居室（兼餐厅）里，壁板虽然镶着暗色的桃花心木，却因了室内的摆设而显得格外明亮。大提琴琴箱欲言又止地依偎在墙上，旁边则是一台闪闪发光的钢琴，上面挂着一幅埃尔加愁眉不展的照片。

现在，我久久地站在这间只能用文字重现出来的房间里，看着一些人在字里行间穿行。一位颇负盛名的心理医生酒后大肆咆哮着你带给他的痛苦，一位有头有脸的人物在向你推荐一个专靠信念医病的人，那个把你像宠物一样喜爱的人的背影让人心生厌恶，那些只顾自己谈笑风生丝毫不理会你苦楚的人真的糟糕透顶。当然，我还看到了你的许多音乐家朋友、医生、看护和来上课的学生，以及慕名而来的新朋友，他们就像走马灯一样在你的身边穿梭往复，轮流添补着你日渐硬化的时间，只有大提琴终生不渝地陪伴才让你的心灵柔软。你说："一直到十七岁时，大提琴都是我最好的朋友。没有这种经历的人，根本无法体会独自走进自己世界时的感觉。那是我美丽的秘密，它虽然没有生命，却可以让我倾诉悲伤和难题，它真是有求必应。"

早晨，你看着外面像窗玻璃一样没有颜色的天空。一只鸟儿掠过，你的视线跟随着它飞翔的身影，直到它消失在视线里。你曾经也像鸟儿一样尽情地飞翔着，可是现在你生病了，只能坐在轮椅上，沉默像灰尘一样落到了你身上。所以，每看到一只鸟儿，你都希望是自己吧。那是多久以前？两个礼拜？

两个月？你似乎已经在这间屋子里待了十年，甚至更久，自从你离开舞台，离开观众。一切都在不知不觉中发生，很难确切地说你人生的这一阶段是从哪个点开始的。是的，我觉得你心里有很多忧伤。那些发生在你身上的事情，大部分都留在你心里。你只让其中很小一部分流露出来，不是以愤怒的形式，而是让忧伤一点点地四处散落。我静静地站着，应该是静静地，只能是静静地，仿佛自己是透明的，生怕惊扰了你。突然，我仿佛听见你说了一声："坐。"

多重硬化症，这种疾病不但穷凶极恶，而且无从确实掌握，可以说根本无药可医。开始的时候，你发现自己的手有时候不听使唤，甚至握不住琴弓，眼睛有时候也会看不清东西。你开始变得敏感、脆弱，常常感觉到莫名的孤独和无助。最终，病痛使你不得不停止了演奏，你再也不能和巴伦博伊姆一起巡回演出了。渐渐地，你也不再和那些一起演出的朋友外出，因为你的手脚在慢慢地失去控制能力，最后，浑身上下都不听使唤。你的眼前总是双重影像，头一直严重地颤抖，使你无法专心看书和看电视，日常生活必须有人照料，生活圈子也局限于病床和轮椅。你既无法打电话，也无法自己吃东西，讲起话来困难重重，除了思考，你甚至连移动一下身子的能力都没有。

在这之前，由于病情的急剧恶化，1973 年你在伦敦举行了一场告别演奏会，曲目当然是埃尔加协奏曲，由你的好友祖宾·梅塔指挥。这是一场别致的演奏会，你拉出的每个音符都像被上一个音符吓了一跳，似乎你的手指在琴弦上每触碰一下都是在纠正一个错误，而这恰恰又变成一个新的错误在等待着纠正。准确地说，当时的你已经是个有局限的演奏家了，你开始有了做不到的事情。并不是技巧限制了你，显然，没有人能像你那样拉琴，从这点上说，你比任何人都更加出色更加优美地完成了这场演奏会。对于这次演出，卡度尔爵士这样写道：
"对于听众来说，这的确是一场极为非凡的演出……似乎告诉
人们埃尔加已经向生活道别，光辉灿烂的日子已经过去，迎接
他的将是黑夜。"

而此刻的我，正坐在你的房间里，静静地感受着你的存
在。我知道，你已经把乐曲中缠绵哀怨的意境表达得淋漓尽
致，你倾注了生命中所有的热情，所以我感受到了你内心的精
致，还有脆弱。

你喜欢听笑话，喜欢玩，具有天生的幽默感，可是有多少
人知道，幽默感是你很有效的一道防线与放松心情的好方法
呢？如果哭不出来，笑也是一个不错的选择吧？这是一种过日
子的语法，也是把世界粘在一起的语法，就像一段独奏，必
须得讲个故事，唱出人们想听的歌。你知道，每个人都在看着
你，你就把笑容悬在半空，停在一串音符中间。但你的大提琴
语法是什么呢？匈牙利大提琴家斯塔克有次乘车在广播里听到
了它，他说，"像这样演奏，她肯定活不长久。"如齐奥朗所
言："我们的生命，若不是有消解它的力量慢慢渗入了我们身
上，则什么也不可能改变它。"但这正是你的大提琴语法：音
乐从你身上什么都没拿走。把你掏空的是生活。音乐是生活还
给你的，但那还不够，远远不够。

这是一张你演奏时笑容灿烂的照片：你和大提琴相互支撑
相互依偎着，你左手抚弄着琴弦，右手在狂风刮过的强烈印象
中渐渐停歇下来，你的眼里干净透明，整个人洋溢着无与伦比
的幸福与满足。你开心地笑着，就像是一轮明月在树木的枝丫
间燃烧。那时的你，有着巨大而又散发出光彩的声音，是听众
认可的年轻音乐天才，各地都竞相邀请你去演出，正走在名扬
世界的路上。1965 年 5 月 14 日，在 BBC 管弦乐团的陪伴下，
你在卡内基音乐厅举行了纽约的首演，曲目是埃尔加的《e 小

调大提琴协奏曲》。第二天《纽约时报》就评论道："人们似乎感到这首协奏曲就是为杜普蕾写的，而杜普蕾又是为这首协奏曲而生的，因为她的演奏是那样充满了浪漫主义精神。"这次演出之后，听众对你产生了极大的好感，似乎爱上了你的一切。一年之后，你在俄罗斯再度辉煌，同样是和 BBC 管弦乐团合作，还有你的老朋友约翰·巴比罗利。

还有这张，是你和巴伦博伊姆在演出现场的照片：你看着台下的观众开怀地笑着，巴伦博伊姆则坐在琴凳上回头望着你幸福地笑着，甜蜜的味道从照片中扑面而来。也许，爱情有时候就是一种病吧，就像你们的相爱缘于一次发烧一样。你们在音乐上的共鸣，在创作中非凡的乐趣，很快就把你们拉在了一起。你们的结合，成就了一对相互爱慕的情侣，也造就了乐坛一对金童玉女似的传奇。

听，这是你和巴伦博伊姆合作的贝多芬《A 大调大提琴奏鸣曲》。这部大提琴奏鸣曲被人誉为大提琴音乐的《新约圣经》，旋律美妙，充满热情。这五首堪称精品的乐曲在钢琴的陪衬下，使得大提琴不至于沉溺在过分的忧郁之中，使它听来优柔之中兼收刚强。在你们合作的勃拉姆斯《F 大调大提琴奏鸣曲》中，你以浪漫精神为基调，热情充沛但又不矫情，自信、率性，丝毫没有优柔寡断的迟疑，让人感到自在。也许，这些正契合了你的性格吧，你更喜欢做一个快乐的人，不想成为乐器和演出的奴隶，你要开心地安排事业和生活。当你完成最后一个音符，抬起头来对着巴伦博伊姆微笑时，空气中有一缕微风吹过我的耳畔，我知道那是你的笑声。你的笑声就像是微风在寻找风。

曾经看到过这样一段话：对于那些真正完成了自身的大师而言，形成了独特的自转的精神宇宙，是一种不可轻易测知的存在。当我们用惯常的耳朵、目光去辨认时，他也许突然从另一个轨道来到了时空巨大的站台上，在似曾相识之中，我们叫不出他的名字，处于对他另一张画像的惊愕之中。在传记片《狂恋大提琴》中，你是个娇纵、自私的音乐天才。诚然，那部影片符合了人们通常想象中怪诞的天才形象，然而对于熟悉你的朋友们来说，那不啻是对你的诽谤与亵渎。真正能够让人们了解你的应该是一部叫作"Remembering Jacqueline du Pré"的纪录片，其中可以看到祖宾·梅塔、帕尔曼、威廉·皮利斯、傅聪、巴伦博伊姆等对你的深情回忆，更有许多你生前的演奏现场，一个快乐、美丽、迷人的杜普蕾跃然眼前。至于《她比烟花寂寞》，傅聪曾气愤地说："杜普蕾十六岁时我就认识她了！杜普蕾还是在我家经我介绍而认识巴伦博伊姆的！而我非常喜爱杜普蕾的演奏，她真是最棒的！她的演奏个性太强了，无论谁都能很轻易辨认出她的琴声。我在英国看过那部所谓传记电影，感觉太假了，看了让人愤怒！至少我所认识的杜普蕾一点都不像片中那样子！"（《傅聪谈琴》）

杰奎琳！杰奎琳……

我不停地呼唤着你，而你在那儿坐得如此安静，我甚至不确定你是否坐在那里。我知道我看上去像个在大街上遇到偶像就缠着不放的粉丝，因为有那么多事情我想知道，但你只是平静地坐在那儿，我不知道自己还能做什么，除了不停地自问自答。

据说，你曾经演奏过德裔法国作曲家雅克·奥芬巴赫的大提琴曲《杰奎琳的眼泪》，在手头有限的唱片目录中我并没有找到它，但也并非不存在意外，许多令人意想不到的事情在我们的注视或不经意间早已发生了。我听到的录音是另一个杜普蕾吗？如果你演奏过（我愿意相信你演奏过），我想知道，你在拉那首嵌有自己名字的曲子时的心情是怎样的？是不是你听到曲名的瞬间就喜欢上了这首曲子？是不是你看到乐谱的那一刻就看到了自己眼中隐蔽的忧伤？是不是你拉出第一个音符的时候就已经迷失于无边的泪海？

2014 年的这个春天，我坐在夜色里听着这首《杰奎琳的眼泪》。当时，夜已经深了，城市里刚刚下起了这一年的第一场春雨，大提琴的旋律就在雨声中回荡着。一首曲子就是一个在时光中游走的身影，等到那个身影停住脚步，转过身，就如同我们和她一起坐在房间里，喝咖啡，说话，就像这首马克斯·布鲁赫的《科尔尼德莱》。你说："多么纯洁的曲子啊！"你说，之所以会录这首曲子，只是因为你的老师是犹太人。你称这首曲子为"犹太人的故事"。

雨，淅淅沥沥的。在这个晚上，雨是来自音乐中的启示吗？一切都始于某种情绪，某种印象，某种所见所闻，然后再将其转化成文字。就是那样，人生中有些事早已注定，它们埋伏在那儿，等着你经过，像这场春雨一样耐心。在这个晚上，在这首《杰奎琳的眼泪》的最后一个音符溶入雨水，留下一个关于泪水的忧伤、凄婉的梦的时候，我坐在书桌前，听着收音机里同样的旋律，写下这些句子。

事情是这样的吗？是我想象的那样吗？也许都错了，但我已经尽力。我没有太多的资料。我找到了克里斯托弗·努本拍摄的纪录片，我读到了那本《狂恋大提琴》的最后一个字，除此之外，只有唱片和照片：那便是你留下的所有。

以及，我耳朵里的泪水。

舌尖上的花朵在午夜绽放

　　看施瓦茨科普芙 2002 年推出的一部记录她艺术和生平珍贵影像的纪录片，她用像唱片中那样楚楚动人的声音，引领观赏者在许多珍贵的老旧录像中回顾她一生的艺术旅程，不由想到捷克作家赫拉巴尔。《过于喧嚣的孤独》是赫拉巴尔带有自传色彩的一部代表作，酝酿了二十年，三易其稿。作为 20 世纪最伟大的歌唱家，施瓦茨科普芙的歌声造就了莎士比亚所说的"所爱的人儿的影像"。赫拉巴尔年轻时从事过十多种不同的职业，幻景与现实形成的强烈反差在他的小说中散发着迷人的光辉。施瓦茨科普芙的一生做着同一件事情——演唱，在大雪弥漫而高处却异常宁静的夜空之上，她的歌声向我们指出了街巷、房屋和暖融融的灯火。

　　第一次听到施瓦茨科普芙的演唱，是理查·施特劳斯《最后四首歌》中的《入睡》。那是三月的一个晚上，我正因为一些事情理不出头绪而心情烦乱。在一个古典音乐论坛上，我信手打开了一个链接，歌唱者渴求穿破天际、直抵时空深处的情感表达触动了我。这是迄今为止我听过的最好的声音，好像在说天际何等陌生，渴望不过是向容器的黑夜回归的时间罢了。《入睡》的最后一句，"在神秘黑夜的循环里/有着丰富过白昼千万倍的生活"，它说出了黑夜的"蓬勃"。我相信这是德国诗人赫尔曼·黑塞的转念，是理查·施特劳斯的转念，这又何尝不是我的一次转念——在施瓦茨科普芙的歌声中，我可以让那个叫作烦忧的家伙奚落般地走开。

看到过这样一句话：女高音就是小提琴上的E弦，好听，但是听久了对耳朵还是有伤害的。直到施瓦茨科普芙的出现，她的嗓音犹如一坛深埋地下的陈年佳酿，没有了世俗功利的欲望，摒弃了矫揉造作的刻意和亮泽俏丽的修饰，自然而然流露出那份醇厚的温暖感，立刻就俘获了我。那个偶然的晚上，一位爱乐的朋友给我听了施瓦茨科普芙演唱的勃拉姆斯《德意志民歌集》，以及著名瑞士女高音马蒂斯演唱的同一套曲。当时，夜有些深了，望着窗外的灯火，一种久违的暖意就在这明明灭灭间潜行。比较之下，我更喜欢施瓦茨科普芙的一往情深，就连歌声间的呼吸和停顿中都充溢着她对作品深深的感动和理解。这是生命的深悟，是艺术的理想。正如勃拉姆斯在一封信中说的："民歌——是我的理想。"

这个夜晚过去后的几天，我偶尔翻书看到了一段战国时期关于女声的描述："昔，韩娥东之齐，匮粮，过雍门，鬻歌假食。既去，而余音绕梁欐，三日不绝，左右以其人弗去……"（《列子·汤问》）大意是说，中国古代有个善歌唱的女子韩娥向东到齐国去，因路费用尽，便在齐国都城的雍门卖唱筹资。她离开之后，歌声的余音在房梁间缭绕，经过多日未曾断绝，左右邻舍都以为她还没有离开。她遭旅人欺辱，便"曼声哀哭"，结果"一里老幼悲愁，垂涕相对，三日不食，遽而追之"。更厉害的是，她还可以用歌声令整个街巷的老人小孩都高兴得又蹦又跳，不能自控，忘记了先前的悲伤。我国古代的奇志怪谈中一些鬼魅总是以女声或幽唱或恸哭来打动人心。金庸先生笔下的香香公主也是以一曲艳唱瓦解了清兵。到了现代，从公车地铁到购物商场到候机大厅再到大大小小的广播站，无一例外的都是一色的动听女声。女声，这个世界上最具有温柔质地的声音，在吟唱中打开了你完美或并不完美的倾听：让每个音符更深入一点，延续得更久一点。可惜我不够完美。好在那个晚上，还有之后的许多个晚上，都有一个完美的影子在远方默默打动着我，她站在夜晚蓝色的烟雾中，应和着我想要的缓慢而温情的时光。

也许，没有任何一种艺术形式比音乐更加接近人的心灵，也更加辉煌壮丽吧。听乌戈尔斯基弹奏的《图画展览会》，仿佛自己就在画展的现场，扶正了耳朵，和每一幅画促膝谈心。在午夜听妮娜·西蒙演唱那首"Nina"，仿佛富恩特斯或略萨笔下的人物开始沿着书中的夜晚失眠了。而在听过了舒伯特的《冬之旅》之后，再去听伦纳德·科恩的情歌，就会知道什么是凄苦，什么是佛陀所说的人生即苦果。那么，听过了施瓦茨科普芙的艺术歌曲，再去听她的歌剧又会是什么样的感受呢？

作为一个迟到的倾听者，总有些什么被推迟了很多年，如阿沃·帕特写在信封背面的乐谱，如梅塞德斯·索萨的理想和信念。只是，如果梅塞德斯·索萨也听施瓦茨科普芙演唱呢？如果施瓦茨科普芙也听阿沃·帕特弹琴呢？答案随风而逝。听 1961 年施瓦茨科普芙与卡普切里、萨瑟兰等人合作灌录的《唐璜》，由大师朱里尼担任指挥，这是该剧录音史上难以超越的经典组合了。在《玫瑰骑士》中，施瓦茨科普芙用前期华丽、性感，有着金属般质感的音色与之后的纯净透明、朴实清新的声音做对比，来展现元帅夫人美貌性感、情欲旺盛和心理蜕变后自我克制、近乎高尚的不同形象。在《费加罗的婚礼》中，施瓦茨科普芙根据自己对人物的理解，精心设计了伯爵夫人的"Porgi amor"的唱段，全曲多处使用了微妙的表情滑音，她有意加快了声音颤抖频率，用略显颤抖、轻柔无力的声音，生动展现了人物内心的孤独和被抑制的痛苦与哀伤，使听众对这位楚楚动人的贵妇人顿生怜爱。可以说，施瓦茨科普夫所饰演的伯爵夫人是最令人心动的角色。后来，我陆陆续续地又聆听了她的一些歌剧唱段，施瓦茨科普芙高贵而优雅的声音气质，流水一样连贯的行腔，清晰完美的咬字吐字，她对于演唱风格的重视，细腻真实的表演，无论是分句还是呼吸都称得上完美，就连对歌剧一直抱有抵触情绪的我都举手投降了——原来歌剧可以这样唱，可以是加速或减速的雪，可以是永远无法治愈的创伤，可以组成一种秩序或是主宰一种爆炸，可以让独语成为万千波浪，可以是有意或无意创造的一个神话——安全的神话，歌剧存在，她就稳居其中。如果那是一种技巧，我知道，谁也不能再做出来。

2006年8月3日，曾被卡拉扬称赞为"欧洲最棒的歌唱家"的德国女高音施瓦茨科普芙走完了她九十年的美丽人生，在奥地利西部城市Schruns的寓所去世。她给我们留下了大量艺术歌曲和歌剧的完美录音，以其"与众不同的优雅、非凡的乐感和饱满、灿烂的音色"（《泰晤士报》乐评人马克·斯韦德语）向世人阐释了她对古典主义人性境界的颖悟、感动和虔心服膺。这是在欣赏其他歌唱家的演唱时很难领略到的。

是的，时间是一口钟，一遍遍敲响一轮轮散开，并以这样的运动强度偷走了我们的记忆，也偷走了施瓦茨科普芙。那时，钢琴发出雷声，太阳和天空的庄严在花园里碎裂，而风融化为鸟，云变成了梳辫子的少女。只是，那个年轻的伊丽莎白，晚年的伊丽莎白，微笑的伊丽莎白，沉思的伊丽莎白，那个在音乐里呼吸、在生活中歌唱的伊丽莎白，现在都在哪里呢？是不是需要将时间弹成一架钢琴，她才会在不同的空间文献一样地歌唱呢？

"他为自己制作了一把玻璃小提琴，想看一看音乐长什么样子。"当波兰女诗人辛波斯卡写下这句诗，第一个音节就已经投身在一滴水中，有了它自己的形貌。如果此时有一阵风吹过，我相信那风是从施瓦茨科普芙的歌声中吹来的，这些从古到今的风在她的歌声里赶着路，然后慢慢地用整整一生的时间去徘徊。那么，当落花的泛音找到了音乐会上的固定座位，当落日自咽喉涌出，当一些往事在秋天吟唱十分钟的孤独，当泪水也失去了它的清澈，当夜色像刚刚挤过的柠檬一样发涩，我正静静地坐在一杯柠檬水里听施瓦茨科普芙。

所以，在这个明媚的春天，我听着施瓦茨科普芙把莫扎特、舒伯特、勃拉姆斯、施特劳斯的声音唱进了自己的声音，也把富特文格勒、克伦佩勒、瓦尔特、塞尔、克里普斯、卡拉扬、斯特拉文斯基、吉泽金的声音唱进了自己的声音，只是音调被调到了最恰如其分的音阶。甚至无论她唱什么，都像清凉的泉水涌出大地，在春天有力的曲线中迈着优美的音步，款款而来。记得有一篇乐评将施瓦茨科普芙作了精练的刻画：她是不折不扣的神话，她以无与伦比的语言天分，将机敏的节奏、优雅的语韵融入惊人的演唱之中，造成德语艺术歌曲史上的大革命。当别人还只是将一阕旋律唱成一首调子，她却将繁复的诗句连缀成夜空中的炯炯银河，在遥远的彼端，凝结成令人不敢逼视的精魂。她自己是这样说的："你应该想到这是一首诗，而不仅仅是这些五线谱，作曲家用什么方式组合它们，也许是表达了另外一些你不知道的含义，如果你用你的话去说，它们就会是别的意思了。""你要去了解为何作曲家用一种完全不同的方式创作它，你必须观察整个环境，然后仔细思索：

你在说什么、要唱什么。"

　　是啊，音乐的出现，女声就有了最美丽的表现形式。小的时候，每次听到美声演唱，我都会情不自禁地想这样一个问题，演唱者是不是必须要长得有点强悍啊，要不然哪里来的那么多底气唱下去呢？也正是因了这个缘由，很长时间以来我只是个虔诚的听者，很少去探究歌者的容貌。当我终于拥有了第一张施瓦茨科普芙的专辑"ENCORES"，看着封面上的她，在气质上超过了任何一位好莱坞明星。后来在一篇文章里我看到一张她凝神仰望的照片，有那么一个瞬间，仿佛就是玛丽莲·梦露在望着我。而我在网络上看她的现场演唱，从神经到骨髓，一幅幅动态的图画都是她用瑰丽多姿的音色和高贵优雅的形象描绘出来的，当衰老加入了岁月的静默，年轻的灵魂还在旅行。据说，施瓦茨科普芙做得最漂亮的一件事，莫过于在看了卡拉丝的《茶花女》演出后，亲口表示为了向卡拉丝致敬，她终身不再演出《茶花女》这个剧目。随后在1954年斯卡拉大剧院《图兰朵》的录音时，客串悲情侍女柳儿，卡拉丝唱图兰朵公主，可谓是卖了卡拉丝一个很大的面子呢。

　　在我有限的聆听中，我总是认为施瓦茨科普芙从来就不是唱，而是讲。她有这种神秘的能力——把一个故事的噼啪响声聚集在每一个音符中。那是她一贯的演唱方式，把歌里的美提升为一种富有生气的智慧。这样想着的时候，音响里在不断地播放着梅特纳的那首"Elfenliedschen"。天色渐渐暗下来，所以窗外的暮色也加入了聆听。我想，这大概是一个关于妖精的故事吧：那些跳着黑白舞步的音符流淌出一个富丽堂皇的宫殿，那里的花朵错落有致地开放着，妖精王国的公主正流连在花朵中间，和它们窃窃交谈。她美艳的脸庞时而喜悦时而忧愁，时而又陷入长久的沉思郁郁寡欢。当她的背上终于长出了一双美丽的翅膀自由飞翔的时候，她借着心灵的启发和歌声的指引，去寻找这曼妙世界里最纯真美好的情感了。在这种美的抽象遐思中，施瓦茨科普芙夜莺般的歌喉进入空中，犹如一幅完美景色的轮廓，这是让人出神的一种声音，从上一句到下一句，就像一朵朵妖娆魅惑的花朵在竞相绽放，就像一股股出现又消失的馨香久久地萦绕耳畔。如同19世纪英国著名浪漫主义诗人济慈的《夜莺颂》所呈现的诗歌意境一样，深深陶醉在这如梦如幻的情境中，我全然不知道自己是睡着还是醒着。

于是我突发奇想，如果当初"旅行者1号"里也搭载了施瓦茨科普芙的声音，如果恰巧被外星生命听到，他们会不会也如我一样喜爱上这种可以让舌尖上绽放出美丽花朵的声音呢？

李白来信

是夜，穿过繁华的中央大街我和砚儿来
到松花江畔。虽然天已经晚了，这里的人依
旧很多，三三两两地走着，聊着，或者就只
是静静地站着听江水流动的声音。此时的月
亮就像一个大大的橘子挂在天空，只要伸手
去摘，就会有汁液流出似的。女儿说，远处
有一条小船。

远处的平羌江上果然驶来了一条小船，
随着小船越来越近，我仿佛看到李白正仗剑
站立在船头。我听到船上的人说着一些难懂
的方言，而船在顺着水流的方向缓缓地前行
着，最后消失在远处的夜幕中。这样的夜
里，半轮秋月正倒映在江面上，江的两岸是
重重叠叠的树丛和山峰，树影中隐约流淌着
如水的月光。

李白站在船头，是在向多年之后的远方
久久眺望吗？他的视线内，青山吐月，月影
映入江水，又随时间之水从船舷缓缓流过，
月亮的质感摸上去温文尔雅，皎洁如初。
他，开始依依不舍了吗？

我知道，在这样的月色里，曾经布置了许多烟雨迷蒙的故事和无头无尾的传说，当记忆中的那些乳白颜色的时间花瓣般坠落在夜色里。那么，当月光如水在旷野上流淌时，李白正走在仗剑去国辞亲远游的路上吗？

我不得而知。

我知道的是，很多年前的一个月夜，我的朋友振忠就是坐着乌篷船，离开了他那有着美妙乡音的家乡，踏上了北部边陲的高寒之地。好像也是这样的秋天，他一路向北，寒冷不断把他侵袭又不断用别样的温暖来包裹他。从那以后，他回家的次数就越来越少了，而想家的念头却是日益增长的，直到他无以复加，直到他找不到回家的路。

"我想回家。"女儿拉了拉我的衣角说。

回家的路上，秋高气爽，云淡风轻。今夜是圆月，辽阔的橙黄色上带着红色的褶皱，世界的深度就介于晦涩的橙和朦胧的黑之间了。我从未见过月亮挂得这样低，触手可及的空里却充满着无限的华彩。现在是秋天，我和女儿走在月下，举头凝望夜空的瞬间，我仿佛看到了一些眺望的人群和一些温驯的眼睛，他们的目光里空荡荡的，寂静无声。

看见那个总是把自己喝得烂醉的人，从街口跟跟跄跄地走过时，我们停下了脚步。夜已经有些深了，他没有回家，手里拎着半瓶酒，神情漠然地在街上晃来晃去，或者干脆坐在路边的台阶上。偶尔，他还会站起身来东张西望的，好像在等什么人。

大家都叫他酒疯子，至于他姓什么叫什么已经没有人记得了，只知道他来到这里已经很多年了。他的酒量一直都很好，只是他从前很少喝醉，至于他从什么时候开始烂醉如泥，为什么会让自己醉生梦死，没有人说得清，也没有人想要说得清。人们只是习惯了每天都看见他手里拎着酒瓶，晃晃悠悠地在街上深一脚浅一脚地走着，嘴里还振振有辞。

酒疯子，通常用来形容喝完酒后就大说大笑无理取闹歇斯底里的一类人。显然，这个称呼和他并不十分贴切，因为他喝醉之后从来没有大声吆喝过，也没有胡说乱说过，更别说发狂发疯了。他只是在借酒消愁。是的，借酒消愁。如果你问我，他消的是什么愁？我不知道。不知道好，不知道比知道好。正是因为不知道，我才可以随了自己心里的意愿，想象着一个个因为酒醉而别具一格的一个个瞬间，仿佛我就是当时的亲历者，或者是旁观者，哪怕仅仅是匆匆的过路人也好。就好像我们读着书上的一段文字，去想象当时的场景一样。

那天，我在书上看到李白正和一些市井小儿喝得兴起，便被糊里糊涂地招进了宫里。原来是皇帝和贵妃娘娘赏花，诗情突发，希望有人作诗助兴了。他当时喝得真是不少，酒劲直往上涌。借着酒劲，他拿足了架子，让国舅为他捧砚，让高力士替他脱靴，顿时文思泉涌，一口气写了三首诗，真正是文采斐然的佳句名篇。这天晚上，宫廷乐师李龟年主唱，皇帝亲自吹玉笛伴奏，贵妃娘娘手捧颇梨七宝杯，品着西凉进贡的葡萄酒，听得入了迷。君臣尽欢而散。

所以，想象中的长安城进入了梦乡。

所以，想象中的长安城正沐浴着夕阳。

夕阳中的李白，踏着余晖走出了长安城，然后一路向东，无限迷茫。江湖之远，只有这一双傲慢的靴子和一把佩剑伴他闯荡，当然还有酒和月亮。要说皇帝对他真是不错，不但没有治他的罪，还赏赐了他很多的金银。细想来，这样也很好，远离了仕途，就可以无所顾忌地喝酒吟诗论剑了，岂不快哉。夕阳把他的影子拉得越来越长，越来越孤单了。他突然间很失落，好像他从来就很失落一样，好像从来就是只有他一个人在月下饮酒，好像从未出现过任何人，好像世界只剩下他一个人，好像曾经的种种际遇都是他一个人的梦境。所以，当他一次次从酒中醒来的时候，发现眼前的月亮竟然和梦里的月亮一模一样。不一样的只是他自己。他不知道自己是在梦里喝酒，还是在酒里做梦，抑或是酒就是他做的一个梦？或许，他真的就像很多很多年以后有一个叫余光中的人说的那样，用一只中了魔咒的小酒壶把自己藏了起来，凡他醉处，皆非他乡吧。

书，是一次遥远而飘逸的触动，它不需要交付邮差被连夜寄走，也不需要马上拆开阅读，它只是静静地守在那里，守住那些心灵的话语，像时间守住岁月中的浮花。这样的一本书，可以把风尘仆仆的古道还给驿站，把月影婆娑的时间还给一匹马，也可以把天上的谪仙人还给尘世。

李白是酒疯子吗？

突然，我的耳边响起了砚儿的问题。砚儿刚刚上小学，很多的词语她还分不清准确的用意，所以总是会冒出许多个莫名的问题，让我应接不暇。

我们说起诗仙李白，总是会自觉不自觉地想象着他那些花间一壶酒、长醉歌芳菲的日子，想象着他在月下独酌，那种与天地精神相往来的境界，那种销熔孤愁、涌动灵感的神奇，那种氤氲的粪土权贵、超越生死的英迈之气，相信没有人会把他和这个词联系在一起！想上一千种头衔和概念，也不会想到这个词。

是偶然才意识到的。

有一天，我读到了一部小说，里面有一段这样的描写：那个春天，至于是哪一年的春天，他已经记不清了，只记得是鄂州的一个朋友介绍他去拜访谭员外的。谭员外是个乐善好施的人，他在谭员外的庄上住了两个月，没吃多少饭，却喝光了谭员外窖藏多年的六大缸酒，庄上的人都好像被他喝怕了。那段时间，他除了每天一壶一壶地喝酒外，就是到处打听有没有长安方向传来的消息。每次醉了，要躺下睡觉的时候，还总忘不了一遍又一遍地叮嘱人家，要是有长安来的人找他，一定要赶快叫醒他，不然会误大事的……就是看到这里的时候，才猛然想起这个词。我在心里说，原来李白是个酒疯子啊！

当然，这个念头一闪即逝。

我生活的城市地处高寒，一年中最冷的时候，这里的最低温度是零下四十度左右，最高温度也得零下二十多度。所以，生活在这里的人都喜欢有事没事地喝上几口酒。记得小时候的冬天，爸爸每次从外面回到家里，都会喝上一小口白酒暖暖身子，再去帮妈妈准备晚饭。也许是因为妈妈常年喝药酒的缘故，她的酒量也很好。只有我，喝一小杯啤酒脸上就像发烧一样，如果是一瓶的话，我整个人就像在棉花上跳舞了。

所以，酒量好的人，在我眼里都是天赋异禀的。有一年冬天，特别冷，就连从来都不怎么怕冷的我，也感到了一种彻骨的寒意。而芳姐恰恰在这样一个冬天，从广州来这里看我们。一下飞机，冰天雪地的景象，呼号的北风，满眼的羽绒服和步履匆匆的人们，无不把芳姐衬托得更加瑟瑟发抖了。这时，芳姐从随身的包包里拿出了一瓶酒，拧开盖子就喝了一大口，随口说，这样就不冷了。零下四十度的天气，绝对给了芳姐一个下马威。

从广东到东北，芳姐只穿了一件很薄的毛呢大衣，她不怕冷吗？很可能不怕。刚到这里的前几天，我们领着芳姐去了索菲亚教堂，再沿着中央大街走到江边，过江之后就是冰雪大世界。去道外尝尝各色小吃，去学府路逛逛书店。走着走着，迎面偶尔还会遇到朋友，于是我们一起去喝茶、吃饭，或者干脆去酒吧坐坐。看得出来，芳姐很喜欢这里，也喜欢这里的酒，尤其是一边吃着红肠一边喝着酒。芳姐的酒量很好，这一点出乎我的意料，看上去瘦瘦弱弱的一个人，一瓶富裕老窖下肚，却丝毫没有醉意，只是那些幽暗的心事慢慢爬上了她的眉宇，笑容也开始郁郁寡欢了些。我呢，几杯啤酒喝下去，就醉得有些不省人事了。几年后，芳姐去了美国，我们通过邮件、电话，或者微信联系。虽然相距遥远，我的每一点小小的成绩她都没有错过，还时常给我鼓励。她把我的诗歌翻译成英文贴在国外的网站上，她也把自己创作的油画拍成照片发给我。

现在，我的酒量还是没有多少长进，却越发地想念远方的芳姐了。我想念芳姐的此刻，希望她那里正是艳阳高照。

在这样的好天气里，李白正在和一群文人在洛阳的街头高谈阔论。这时候，有一个人拨开了一浪高过一浪的欢呼声来到了围观人群的前面，不时地向他们这边观望着。刹那间，一种似曾相识的感觉让李白不得不多看了这个人几眼，在之后的一段时间里，他们成了最好的游伴，酒醉之后他们同榻而眠，醒来后继续寻仙访道的路程，真乃悠哉游哉。他们一同游历了梁宋，登吹台、琴台，一起渡过黄河，共游王屋山，前去拜谒道士华盖君。然而，令人遗憾的是，华盖君已经不在人世了。一路上，他们同游同咏，亲如兄弟。可以说，这一年是李白离开长安后最快乐的日子了。有了子美的陪伴，他放浪形骸的生活中所深藏的痛苦之心才得以片刻的平静。后来，他们在兖州分别。一个需要前行，一个需要修整。一个西去长安求功名，一个则南下继续漫游。那是一个冷冷清秋的早晨，霜露初降，水天茫茫，几只野鹤扑扑飞过，散散漫漫地扑腾过反光的河面。李白要上船了，彼此执手相望，道一声珍重，眼眶一热，强忍住痛楚，泪水却还是潸然掉落。从此，一个剑客的影子被罩在了一段秋风四起的时间里，而一个诗人正行走在一个接一个的酒杯中。

读到这一段故事的时候已是深夜了，树枝在寂静无比的夜里萧条而落寞，月亮刚刚拂窗而过，留下月光在地板上尽染风霜。我坐在床上，女儿睡在我的身边，不时发出细碎的鼾声。可是我却怎么也睡不着了，就从书架上找了本书来读，感觉到肚子饿的时候才发现天已经亮了。这时候，我会突然想起奶奶，我觉得在这样的一个早晨很可能也很应该遇见奶奶。记忆中，每天清晨，奶奶都会坐在院子里那棵枝叶繁茂的老榆树下，一边安静地织着毛衣，一边等我起床，旁边的桌子上还摆放着奶奶亲手做的葱油饼和炒鸡蛋。每当这时候，我都会觉得毛衣针发出的细小的摩擦声，就是奶奶在喊我起床，而那一层层的波浪线，就是奶奶脸上漾开的笑容。

对于奶奶断断续续的记忆，让我感觉到了一种温情脉脉的心情。

故事中，李白也遇到过这样一位慈祥的奶奶。那是在放学回家的路上，李白发现一条清澈的小溪边，一位白发苍苍的老婆婆正在磨一根很粗的铁棒。于是他很有礼貌地问婆婆磨这根大铁棒做什么，老婆婆说要把它磨成一支细细的绣花针。见李白一脸不相信的样子，老婆婆停下手中的活，蹲下身来，慈祥地对他说："好孩子，只要功夫深，铁棒也能磨成绣花针哩！"

这是一个被讲了无数遍的故事，奶奶讲给爸爸听，爸爸讲给我听，我讲给女儿听，女儿又会不会讲给她的孩子听呢？听到故事的人，会不会被简单的结构和僻静的叙述覆盖了回忆与想象呢？在这个秋天的早上，我突然感到自己的眉毛上开始被涂上了白霜，晨光蒙着我的眼睛，那等在时间里的太阳照耀着众多交错纵横的街道。许多本书里的生活气息和写作背景就像疏密有致的蜘蛛网一样笼罩了我的思想和写作的欲望。我被许多的故事困扰着，影响着，我在季节和昼夜交替的缝隙里用手指轻轻地翻动着书页，那是一种貌似漫不经心实则困难重重的才能。我坐在桌前，透过窗子的阳光洒在我的脸上，我感觉自已接连数月来要写点什么的冲动恢复了，而我的脑海中却不由自主地想到了与此时毫不相关的一幕。

渤海国的使者带着国书来到长安，不料文武百官中竟然没有一个人能够认识国书上面的字。翰林学士贺知章回到家中，忧心忡忡，长吁短叹。李白问明情况后说：可惜我金榜无名，不能为朝廷分忧解难。贺知章听说他能识番文，立刻做了引荐，李白随即被赐进士及第，穿紫袍束金带，在金銮殿上醉书狂草，展示了大国威仪，吓退了挑衅的蛮国。

书，是故事的封口。我们打开书，就是和他人一道共同打开逝去的故事。书的撰写者可能就是故事中的一个角色，而看书的人是另一个角色。这时，一阵风从附近的街巷里刮了过来，风吹树响，我不住地谛听着外面的动静。我对着窗户出神了很久，我凝望了很长时间，才看清楚，故事中的他，内心一片孤独。

我按照类似的逻辑一遍遍地想着想着，不知怎么地就想起了兰姨。

兰姨安静地坐在家中，在一个只能看见一棵樱桃树的窗子前梳头，乌黑的头发让她感到孤独。在她的四周堆满了要干的活，我看到兰姨原本修长的手指已经被繁重的劳动磨得粗壮起来。丈夫远在他乡的日子里，兰姨没有做过一件柔软而芬芳的衣服，我躺在兰姨怀里的时候，他乡的那些房屋和方言突然间变得清晰起来了。我听到了一封信缓慢地行走在路上的声音。

有一封信正缓慢地走在路上。

我看到邮递员斜挎在肩上的绿色书包时，目光突然湿润了。我似乎已经知道书包里没有兰姨盼望的那封信了，只是想不起那封信是正走在来的路上，还是根本就没有这样的一封信。邮递员把空空的书包重新背在肩上离开时，书包里便装满了风，我知道一些草和紫色的花会在风中慢慢生长，长成一封信。如果是我收到了这样的一封信，发现原来是一个只有开头而没有结尾的故事，又会不会期待着下一封信呢？

我坐在秋天的清晨，兰姨做的烧饼的焦香气息远远地飘过来，我仿佛看见兰姨在一片高矮不齐的老房子之间摇摇晃晃地走着，不时地有人和她搭话，问她，来信了没有？兰姨只是笑笑，然后默默地望着路的尽头。

兰姨曾经说，这么多年她一直在做同一个梦，时间久了，她甚至都开始相信这不是梦而是实实在在的她的生活了。我问她，到底是个什么样的梦呢？她苦笑了一下，不再说什么，只是默默地看着远处出神。

女儿也曾经问我："你会反复做同一个梦吗？"

我说："会啊。我就经常梦见月亮下面有一个人在喝酒呢。"

"只是一个人，没有其他人吗？"女儿说。

"是的，只是一个人。有时候他会和月亮说话，有时候他会在月下舞蹈。"

"为什么总做这个梦呢？"女儿说。

"我想不起来了。"我说。

我对女儿说，我总是隔段时间就会做这个梦，而且每一次的情景都一模一样，可我就是看不清梦他的脸。女儿说，那就不要想了。

那时候夜已经很深了，女儿说我们可以挤在一起睡，这样我就不会做梦了。月光仿佛就是这个时候透过窗子流淌在我们身上的。我刚刚躺下，就听见女儿睡熟的声音了。这天夜里我又做了那个被重复了若干遍的梦，唯一不同的是，这一次我终于看清了那个人的脸。那是一张风流倜傥的脸庞，却透着无比的沧桑，仿佛有树叶和花瓣在迎风飘落，而月光却给了他一个喝醉的形象，也给了时间一个被风声灌满的剧场。

风，还在附近的街巷里刮着，刮走了我的倦意，挂在街角的一棵老树上。我看见老树将晨光披在身上，老树就散发出时间的气息了。在这样的气息中，一些人和事斑驳起来，注定不能以完整的样貌呈现，有些是别人断章取义，有些则是因了自己的缘由，被裁成了无数块，没有平静，也没有自由。在我的印象中，李白先是那个英迈豪放的剑客，仗剑走遍天涯，然后才是诗人，才会有怀才不遇的郁郁寡欢。所以，人生的过程，有可能就是一个承受的过程，在不同的时期，承受各种各样不同的东西。

李白在流放的途中，遇到了大赦，被放还回到了江夏。江夏的月色如水，他已然花甲。此时他仍割舍不下对国家命运的关心和对百姓疾苦的同情，那些有意为自己作传的语言被他密密麻麻地写进了诗歌，同时写下的还有安史之乱前后的社会现状。他九死一生，喜出望外。但是很快地，这种愉悦的心情就渐渐黯淡下来了，取而代之的是那种期望施展抱负与皇帝毫不问津之间不可调和的矛盾带来的痛苦和绝望。于是，他重振大国威仪的愿望只能被铭刻在那个时期的风中，并在秋日的月光下奔走飘扬了。

李白心情的种种起伏和变化是随着一段又一段路程上的见闻和一次又一次聚会上的唱和之诗表现出来的。这个秋天，我读着一首又一首被月光洗涤后的诗句坐在晨光里，仿佛看见他正在对月亮说，昨天和明天都在这只小小的酒杯里，只要一饮而尽，昨天的怀才不遇和明天的踌躇满志，就确确实实地充满了体温。可是，月亮却不理睬他，只是在他歌唱的时候默默徘徊着，在他舞蹈的时候任自己的影子零乱罢了。

与此同时，远方的一位朋友正在设身处地地为李白的安危着想，打听到他的行踪之后就写了一首长诗，对他的一生做了精练的概括。我们不知道李白是否收到了这首赠诗，这位朋友没有得到他的回音却是肯定的，因为不久之后，朋友又作诗一首来表达对李白的牵挂。他们之间的故事被后人流传至今。萍水相逢的两个男人竟然可以产生如此深厚的友谊，即使在多少年后，任谁读到这样的故事，都会在内心掀起波澜。

书，是一次合乎规范的侵略。看到它翻开它的瞬间，在无意识的阅读中，书中的故事就已经从无已追忆的黯淡过去，无可阻挡地流向无从捉摸的未来了。

这段故事让我恍惚觉得自己是在读一封信，一封在一片澄明中飘飘荡荡的书信，它听不到任何凡界或是仙界的声音，它在误入的歧途上执迷不悟。它的步态十分奇特，就如一个无家可归的游子在起伏的波涛里奋勇向前。它在我的幻觉中来回走动，四下张望，仿佛在思考着如何才能走出我的幻觉，而我却全然不知。

故事中的李白在朝我微笑呢，带着流浪的苦涩。我看见他在当涂的长江上饮酒，在月色之下，岸边的一棵桂花树在用叹息删节着他恣意狂猖的时光。在"上阵杀敌"的呐喊声中，那些孤苦岁月在他的心上掠过沉重的泪珠。他跃入江中提月的那个动作是如此沉默无声，几乎是悠然飘入大江，轻盈得如梦如幻。他终于和无边的孤寂融为一体了。但孤寂不是他，他是梦，孤寂是夜色，他们相互寻求，最后随了酒的牵引找到了彼此。我看见他脱去了旧时的枷锁，露出了如释重负的笑容，伸展双臂，骑鲸飞上了青天。从此，他跳出了庄重的时间序列，在浩渺天宇间的另一种岁月中治愈了他的创伤。

这时候，一辆摩托车呼啸着从街上疾驰而过，被惊醒的蚊子在房间里飞舞了一阵后，又回到了先前的地方各自停歇着。只有晨光悄无声息，不断地漫过一些新的地方。现在，整个房间都安静下来了。我把手里的书放到桌子上，然后不自觉地望着这本书，望了很久。书的封面上有一个背影很辽阔，看不清是谁。这是用繁茂的字体写成的一本书，书中平常而传奇的故事，使我常常看见一条柔韧有力的绳索在若隐若现地伸展着，紧紧拽着已经布满绿苔的岁月来营造月亮和酒的温馨。

现在，温暖的晨光从指尖缓缓流过，那本书上就罩着一层轻纱似的浅显透明的尘埃了，它如同一道幕布或一种过程出现在这里，令人浮想联翩。记得多年前那个秋天的月夜，雨霏突然给我打来电话，简单地问好过后，我们开始漫不经心地说着天气、工作和朋友，她让我感到她具有那么多的美德，我的生命中从此多了一道亮色。以后，那道亮色就如同德行的源泉，以至她的光彩一进入现实便显得更加耀眼，使我一如既往地沉浸在她的美好中。现在，她在大洋彼岸的英国生活，每年夏秋之际都会飞回来看我，当然，我也去看她。每次我们都会在月光下喝酒聊天，因为我们都喜欢月亮，喜欢纯洁与美好的事物。只是，她的酒量也比我好太多。

现在，我应该轻轻地从故事中退出来了，就在这个被人们称之为清晨的时刻。要知道，一个人不可能在故事里一直待下去的，如同夜晚之前的白天必定要跑到此夜的身后等候下一次的替换一样。如果一个故事是一本书，我会不会乐此不疲地沉浸在平凡而艰辛的创作中呢？如果一本书是一封信，我又会不会用"一次意外的书写"来选择一个企图逃避结局的开端呢？远在几年前，或是更远的时间里，我曾在教科书中看到过李白的独立、自由和奔放。李白是自然之子，他把情义给了长江大河，给了锦绣山川，给了天上明月，也给了数不尽的相见恨晚的兄弟和红颜知己。可是今天，我却看见李白坐在故事中那棵充满回忆的树下，月光在他的周围虚构着风景，最后他自己也被月光虚构进他无望的视线里了。

我从故事中退出来的时候，太阳已经升得很高了，我深深地吸了一口气，一股北方秋天里特有的馥郁香气沁人心脾。这个早上，我看见一座残阳如血的古老城门在缓缓打开，辚辚的车马和百姓正在城门下鱼贯而行。当李白从城门下走过的时候，我知道他的怀里揣着一封连夜写好的书信。那是一封在油灯下写的书信，我看见他在时明时暗的灯光下把思想和心灵都倒空了，然后装上喝不完的酒和写不尽的文词，在一个诸多变故的年代里的一个恒定的清晨走在城门下。我看见一种变化的光照在李白的身上，或许是一种魔光，或许是一种神光，或许只是清晨那一缕清新的太阳光。我看见李白在通往遥远现代的驿道旁，就着馥郁的花草气息邮寄了一封信，一封与时间一样长，与月亮一样美，与酒一样醇的书信。

镜中手记：与小说有关的片断

一

早晨，有敲门的声音。从他们敲门的方式，我能猜出他们是谁。我不理睬他们的敲门声，因为我不想见他们。我对无聊的人和事不感兴趣。最后，他们不敲门了。他们走了。

与此同时，一个被通缉的逃犯正坐着火车亡命天涯。两个注定要终生擦肩而过的人正走在新阳路的岔路口上。我抬起头，我看见过去年代里的一缕光线旋转到窗玻璃上，令人眩晕而浮想联翩。我走过去，打开窗户，一只每分钟振动翅膀 1976 次的蝴蝶正从我的耳边飞过。

我猜你一定好奇我是谁。我是谁？我不过是那些没有名字的人中的一个。我的名字取决于你。也许是那场刚刚停歇的淅淅沥沥的春雨，也许是草原之夜中的白月亮，也许是一双凝望河流的眼睛，也许是梦中的荞麦和葵花，也许是一件做错了还来不及改正的事情，也许是一首诗、一个典故、一个舌尖上滚动的词，也许就是一个幻象。这，完全取决于你。

二

　　时间，像一根烧在雨中的绳子，从这头到那头，一只蝴蝶慢慢飞过，虚浮的翅膀若无其事。那段距离里的树叶被风吹得纷纷扬扬，渐渐地，向眼前逼来。

　　时间集中了人类最伤感的东西，苍茫的开头和苍茫的结尾依稀可辨，河水一样的故事有条不紊地叙述着，河面上漂满了梦幻般的蘑菇和弯曲的影子。时间随着河水渐渐远去。在河中央的那座木桥上，我希望自己忘了时间，忘了戒律，也忘了奇迹。一生中有许多往事，经常会像报纸一样哗啦哗啦地翻过去。

　　那个著名的"蝴蝶效应"是这么说的：如果一只蝴蝶在亚洲扇动几下翅膀，那么就有可能在非洲掀起一场风暴。在我和马蒂之间，是他率先长出了那对最明亮的翅膀，他飞走了，而把内心的剧烈风暴留了给我，让我爱情混沌，周身战栗和寒冷。

　　在那些曾经相爱的人中间，这对翅膀有时在左边，有时则归属于右边。向左向右，只能完全凭天意。没有什么爱情可以让两个人同时拥有这对翅膀，即使有的话，那也是野史和碑文里记载的悲剧，是梁山伯与祝英台，是罗密欧和朱丽叶，是瓷器岁月的奇迹，一碰即碎。

三

　　镜子里虚构的故事纷纷黯淡下去，又不断重新明亮了起来。我听过那些内容大致相同而版本不一的民间故事。我从一个开头下着小雨的年代里走过时，常看见故事里的人坐在河边钓鱼，鱼的脊背上铭刻着潮湿的声音和梦呓，他恍惚地看见光影和水色中有一张遥远的脸向他久久地眺望。那时候，镜子曾亮亮地在他的记忆中闪了一下。某年某月，他在一个页码凌乱的夜里醒来，发现镜子弥留的风声正吹过时光之书。此后的一些日子里，他就一直走在那种面对面的叹息里。

面对面是一幅画。那位画家将厚厚的墨绿色颜料涂满两个人的身体，两个人的面对面，除了浓重的墨绿色的呼吸，画面上再没有其他的颜色。当我在一本画册上读到这幅画时，我正坐在果戈里大街的一家面馆里，一双双红筷子、绿筷子面对面地挥舞着，它们不说话，只是不停地挥舞着。我习惯了那种值得推敲的姿势，为什么它们只用手交谈、用梦的触角和尾巴，而不用嘴？因为嘴是靠不住的？

我这样想着。我感到满世界都是面对面的游戏。这件事情自始至终都在暗中进行着，有时你看到了他人，有时你看到了自己，即使在一部分往事的回忆和追述中，也会有斑驳而迷茫的脸孔浮上来，和你面对面，虚实难辨。

面对面。在夜晚的灯光下。我看见故事里的人走出了房子，没有人知道他出去要做什么，他的脚步很轻，他悄无声息地走过含义不明的街道，早年的月光里有一种类似猫的叫声……我很疲倦，我又无端地想起那幅墨绿色的油画：两个人面对面地坐在椅子上，双手都放在膝头，他们正面对着一种注视，并告诉对方，结束吧，把这场游戏结束吧。

四

夜依然那么黑，一列冒着黑烟的火车呜呜地驶过梦境，她始终清晰无比地记得那座时钟里的小镇，几个孩子正兴高采烈地玩着捉迷藏游戏，大人们站在树下交谈着什么，有人不时地向她走来的路上瞭上一眼，然后再慢慢转过头去。

令人印象深刻的是那些圆形的带有尖顶的房子，看上去像遗漏在教科书里的粮仓。那是一个颠不可破的黄昏，她曾经独自去那里造访了一个白发苍苍的老人。什么是尘世的谶语？她这样问老人。老人颤颤巍巍地挥了挥手说：我活了八十多岁了，从小到大都是在春夏秋冬里节节败退，你看见我满脸的风霜雨雪了吗？那就是。现在我所做的只是不停地回味，回味往事？不不，是一个梦，一个不能弥补种种缺憾的梦。告诉你一件事情，一些你认识的人，还有一些你不认识的人，他们其实都是一个人，是时间不断落下的分分秒秒，是虚幻者的悲哀命运。老人这样对她说时，一只鸟正悲啼着飞过屋顶，屋顶上的天空暮色重重。

五

镜子里的雪下了整整一夜。

她的面孔从镜中回来时，她已经不再认识自己。

早晨，她走在那座木桥上，嘎吱嘎吱的响声混合着雪和雪下面木板的声音。这响声真像老人脆弱的膝盖。她喃喃地对自己说。

她在镜中走上桥头的时候，那个人正久久地凝视着她。

那个人的出现使她的梦境变得斑驳而迷离。她脚下一滑，身体向桥栏杆倾斜过去。桥上不安全！那个人飞快地跑过来，抓住她惊慌失措的手，她平衡住身体，对那人笑了一下，她看着那双有点陌生有点熟悉的眼睛，她看到那眼睛里有一种蹑手蹑脚、夜长梦多的情形。那个人还在用力抓着她的手，她感到有些疼，她把手轻轻抽回来，她听到那个人说：生命其实是一种隐痛。

六

镜子里的故事有一个心怀忐忑、动荡不安的结局。

现在，那些反复出现的谜一样的梦境呈现在我的面前，交叉，重叠，不可辨认。那些梦让我吃惊，我日复一日地试图阐释它们，我相信其中肯定隐藏着日常生活的秩序和法则，仿佛一个人的影子凸现在墙壁上，他的往事就会渗透出来。而事实却并非如此。每个貌似回忆的想象都充满了这样那样的幻觉。在那间灯光雪亮的老房子里，我看见天空流逝的一些颜色将有关或无关的人都化作了梦，在接下去的时光中反复出现。隔壁有个人喝醉了酒，一会儿哭，一会儿笑，一会儿又纵声高歌。那天夜里，我始终没有睡着，我听见清心寡欲的时光一直在窗外徘徊，脚下颤颤的，风吹草动，遍地尘埃。

在我无限苍茫的梦中，那座夕光映耀中的老房子总是被风吹得歪歪斜斜的，有时甚至要张开近乎黎明的四肢飘然远走。那时，总会有一个女人从窗口探出头来，手里拿着笤帚用力在风中虚拍几下，我耳畔常常回荡着她那柔软的南方口音：看我不打扁你小狐狸的尾巴！后来，风停了，1976年的背景晦暗，沿途停放着几辆运蔬菜的卡车，一些破旧的自行车驶出了那些散发着油墨味的书籍，那上面写满了锈迹斑斑的语言和梦幻般的符号。

再后来，我醒了。我在夜里走到那座木桥的时候，有个男人在那里已经坐了很久。确切地说，是他坐在岸边的那块石头上睡了很久。他一直就坐在那里。按照一个伟大释梦者的神秘说法，这个男人将在下一个梦的大雨中不知去向，满目苍凉，一无所获。

他的确睡着了，而且睡得很沉。我从他身边走过时，我的高跟鞋踩在鹅卵石上，急切而清脆的响声并没有将他惊醒。其时，河水丝绸一样缓缓舒展着，月亮又大又圆。我可以看清他的脸了。那是一张饱含沧桑、旅痕里尽是风尘往事的脸，像一封遥远的家书。他的周身都是黑色的，从衣服，到裤子，再到鞋子。他有时鼾声如雷，有时咬牙切齿，我不得不轻轻拍拍他的后背，尽量使他恢复应有的平静。这个夜不归宿的陌生人，他是谁？流浪者、逃犯、走私者、守夜人、出租车司机、沿着梦中的边境巡逻的警察？好像都不是。

他醒了，用一种深切的目光看着我：

我一直都在梦中见到你。

你还好吗？

七

我们的生活只是梦中的一些手势。

我拿起笔，写下上面这句话，然后盯着它出神。我殚精竭智地想找出我写下这句话的理由，然而，这个念头并没有顺势延伸下去，而是一个闪身，鸟一样急急地飞过了夏日的天空。有些事情就是这样，冷漠得像一只说不上是好还是坏了的钟，有时不得不软塌塌停在那里，有时又会给你点颜色看看，当当当地响个不停，让你觉得心烦意乱。

有些事情是飞翔的石头，画着一条条弧线，一不留神就会击中生命的要害。有些事情只能记在纸上，然后从勘误表中揪出一大堆谬误。有些事情早就在那里了，只是你没有发现而已。有些事情活生生的，有些事情则死气沉沉。有些事情因为过于普遍而被忽略，有些事情则可能铭刻肺腑纠缠你一生。有些事情多少显得有些不可思议，有些事情看上去清晰明了。有些事情像身上的衣服，穿上，脱下，再穿上，反反复复，不厌其烦。有些事情里空无一人，有些事情里你也坐在观众席上。有些事情在出生时就带着晦暗的胎记，像你脸上的一颗痣。有些事情还来不及说出，你就到了晚年，四肢僵硬，白发苍苍。

有些事情需要更多的人知道，有些事情只要自己一个人知道就行了，甚至最好连自己也不要知道。有些事情只能和亲人说（谁是你的亲人？），有些事情只能对着镜子复述（你怎么连块镜子也没有？），有些事情只能在梦境里慢慢地温习（像高考时温习功课那样？）。有些事情你永远也不能，也不可能说出来，既不能在信里说，也不能在电话里说，更不能在酒后闲谈时说，即使它们发了霉长着绿毛，也只能像默片那样悄无声息地演过大脑。

有些事情是你的变形记、成长史，或伪自传的一部分。

有些事情一旦完成，你就再也无法改变它。有些事情，是需要用一生的时间去完成的。

有些事情你记了一辈子，有些事情你当时就忘了。

有些事情，你一生都不要和它有任何瓜葛。

八

一部无法完成的小说，或许就是一部不必完成的小说。但是，它总是在压迫我的思绪，像月亮压迫弯曲的树枝一样，最后的反抗是将它高高地反弹起来，反弹到一个随处可触，半是白天、半是夜晚的梦。一只手伸出去，抚摸的重量应当重于一切，那是对这个世界的疑虑和恐惧。

忘了是谁说过：做梦者到最后都有可能成为被梦者，只要他愿意。

我不断地梦见木桥。在另外的空间里，我猜想，人们要面对的并不仅仅是一座木桥，也许是两座，或者更多，抑或是车轮滚滚的石桥。他们是怀着怎样的心情走过桥去，将自己置身于对岸的风景中呢？

我相信，一个人一生中只有一座可以通过的桥。

如果这是一个规则，那么，我就要借着这皎洁的月色，借着月色中那些柔情似水的东西，走过长夜尽头的走廊，走上那座木桥，走到随手翻开的一页书中去。在那里，我希望能够遇见那些在梦中来回走动的人，或者我被别人遇见。我相信，以这种方式生活的人，地球上并不只我一个。

九

最后，我睡着了。像个疲惫的旅行者那样睡着了。

你拍了拍我的脸说：

醒醒吧，亲爱的，车到站啦……

创作谈

有多少慢令人亲切而未知

　　春天里的一天，朋友邀我去饮茶。当茶的氤氲在舌尖上袅袅升腾时，我突然觉得：饮茶，与其说是品，不如说是在聆听千百年的茶语。

　　陆羽的《茶经》，实际上记载的就是茶的声音、茶的情感，以及茶的韵事。

　　在美国诗人华莱士·史蒂文斯看来，茶是大象皱巴巴的耳朵，是雨伞，是海和天空的阴影。这样一个经过时光反复浸泡而不断褪色的意象，因其自身的舒展释放着本真的心性。

　　真正懂茶的人，喝一杯茶，需要治器、纳茶、候汤、冲茶、刮沫、淋罐、烫杯、洒茶等诸多工序。所谓的功夫茶，讲究的是一个"慢"。

　　诗歌也是一种慢。小说和散文，亦然。

　　所有需要时间之手来精心打磨的，皆是一种慢。

　　木心先生说：从前慢，车、马、邮件都

慢……从慢时光里回过头来，我发现，我的写作和阅读也是一种慢。事实上，被这本书收录的诸多文字就是那样一种"慢图景"，是存留于内心深处的岁月的慢照：亲情的慢、友情的慢、聆听音乐的慢、领悟生活的慢……这许许多多的姿态各异的慢，构成了时间的相册——有时神色犹疑，徘徊不去，有时则呈现出超乎常理的冷漠和热情。

对过去很多年的回望，在我的眼中就是这样的，但吹过纸页的风似乎更愿意将"慢"解释成"漫"。

《说给你听》记录了从我怀孕到女儿一周岁的历程。人生的奥秘和意义，或许就在于我们会从未知中发现已知，对自身的一切充满了好奇。而成长如蜕，转眼间，女儿开始上小学了。成长的慢，其实是另一种快。蓦然回首，当年的新交已成促膝长谈的旧友。

《疼痛之年》来自一个疼痛了大半生的人，现在他已经不在了。20世纪60年代的一个冬天，他在边防执行潜伏任务时被冻伤了，然后又被误诊，脚趾被截去了多个，双脚更是长年溃烂着。我认识他时，疼痛已经在他身上慢悠悠地生长了很多年。肉体的疼痛是一种慢，时间不能改变这种慢。而精神上的疼痛也是一种慢，时间同样无法改变这种慢。

《镜中手记》是在梦境与现实的交错中慢慢滋生出的一些片断，是介于二者之间的冒名顶替的记忆，大部分篇幅得益于那些萦绕于身前和身后的怪诞。之所以说冒名顶替，是因为对记忆的重建无法准确揭示其应有的位置，此时此地也可能是彼时彼地。

用小说的笔法去写一篇散文，更像是临时客串或走走过场，或者说，散文与小说的短暂对视，并不能帮助想象获得添枝加叶的能力，但文字这面镜子所暴露出来的景象，被瞥见时早已不是它原来的样子。米洛拉德·帕维奇曾经描绘过的快镜与慢镜，说的是存在与敞开，而更多的人早已被生活抛在了原地。

　　每个人都能在镜子里看到自己，但却常常看不到自我，人生中最大的慢，莫过于此。

图书在版编目（CIP）数据

你自己就是每个人 / 闫语著． -- 北京：作家出版社，
2020. 5

ISBN 978-7-5212-0533-6

Ⅰ. ①你… Ⅱ. ①闫… Ⅲ. ①散文集 - 中国 - 当代
Ⅳ. ①I267

中国版本图书馆CIP数据核字（2019）第093266号

你自己就是每个人

作　　者：闫　语
责任编辑：史佳丽　李亚梓
特约编辑：赵　蓉
装帧设计：守义盛创
出版发行：作家出版社有限公司
社　　址：北京农展馆南里10号　　邮　　编：100125
电话传真：86-10-65067186（发行中心及邮购部）
　　　　　86-10-65004079（总编室）
E-mail:zuojia@zuojia.net.cn
http://www.ZUOJIACHUBANSHE.com
印　　刷：北京玺诚印务有限公司
成品尺寸：142×210
字　　数：196千
印　　张：8.25
版　　次：2020年5月第1版
印　　次：2020年5月第1次印刷
ISBN 978-7-5212-0533-6
定　　价：39.00元